桂林拾遗

郁钧剑◎著

漓江出版社
·桂林·

图书在版编目（CIP）数据

桂林拾遗 / 郁钧剑著 .-- 桂林：漓江出版社，2022.1

ISBN 978-7-5407-9194-0

Ⅰ. ①桂… Ⅱ. ①郁… Ⅲ. ①散文集—中国—当代 Ⅳ. ① I267

中国版本图书馆 CIP 数据核字（2021）第 260580 号

GUILIN SHIYI

桂林拾遗

郁钧剑 著

出版人：刘迪才
策划编辑：张谦
责任编辑：辛丽芳
书籍设计：曾意
责任监印：张璐

封面题字：郁钧剑

出版发行：漓江出版社有限公司
社址：广西桂林市南环路 22 号 邮编：541002
发行电话：010-65699511 0773-2583322
传真：010-85891290 0773-2582200
邮购热线：0773-2582200
电子信箱：ljcbs@163.com
微信公众号：lijiangpress
印制：北京中科印刷有限公司
[北京市通州区宋庄工业区 1 号楼 101 号 邮编：101118]
开本：690 mm × 1000 mm 1/16 印张：20.75 字数：272 千字
版次：2022 年 1 月第 1 版 印次：2022 年 1 月第 1 次印刷
书号：ISBN 978-7-5407-9194-0
定价：99.80 元

目　录

第二部分 《家在桂林》之内的拾遗

第三部分 《家在桂林》之外的拾遗

第四部分　拾遗桂林

自序（一）

《桂林拾遗》是为了我的《家在桂林》而写的。

《桂林拾遗》是为了我对桂林的割不断，也理不清的眷恋而写的。

什么是拾遗？顾名思义，就是拾取失落的东西。不过也有一个与我所写无关的注解，它在唐代曾经是一个官名，一个执掌供奉讽谏、推荐人才的官职的名称。

当然，在词条的解释中，还有一个为拾遗做了特别贴切的解答，即用来比喻补充与补缺。也泛指采录逸事往事的一种写作手段和方法。

其中也包含文学创作“外传”“杂谈”的内容。

我在后记里，叙说了为《家在桂林》而写本书的理由。

而我在这本书里所写的对桂林的那种割不断也理不清的眷恋情怀，却没有任何理由。

在拾遗中眷恋，在眷恋中拾遗。

是我们这些过来人、老年人晚年的一种生活状态和生活方式。

因此，写这本《桂林拾遗》，恐怕也可以说是这种生活状态和生活方式的最佳体现。企图通过“外传”与“杂谈”的所谓手法，为自己，也为东镇路留下一个侧影。让我们的后人知道，上个世纪五六十年代的东镇路是个什么样子的。

上个世纪五六十年代的十字街又是个什么样子的？

上个世纪五六十年代的桂林又是个什么样子的？

生活在那个年代的桂林人，又是什么样子的？

在我的笔下，至少这个侧影，是一个与众不同的视角中的侧影。

我去过一百多个国家。世界上的四大博物馆，我饱览过三个，一个是在法国巴黎的卢浮宫，一个是在英国伦敦的大英博物馆，一个是在美国纽约的大都会艺术博物馆。还有一个是俄罗斯艾尔米塔什博物馆，由于我只去过莫斯科，而该馆在圣彼得堡，我还没去过，不能不说到目前为止这是一个遗憾。

在饱览这三大博物馆的时候，常看到一个景象，这个景象我甚至在埃及的金字塔下，在印度的泰姬陵旁，在日本长崎的核爆炸遗址上，在德国的柏林墙边，在以色列的哭墙前，都曾看到过。那就是一群一群的孩子，满地的孩子，不是在临摹，就是在做笔记，在瞪大着眼睛倾听着讲解。你会发现在这些文化遗产面前，他们的孩子，甚至游人，更多的是把学习放在第一位，把“到此一游”放在第二位的。

我们似乎有一点点相反，无论是在故宫，还是在长城，还是在曲阜，还是在兵马俑，尽管一片一片的小旗帜后面人流如织，但那些都是旅游的队伍，“玩”肯定是放在第一位的。

我们常提的是旅游文化，几乎没有听说过文化旅游。

就说桂林吧，一般人都会将其称为旅游城市，却很少有人称其为历史文化名城。可我们桂林不仅是山水甲天下的风景胜地，还是首批被国家命名的历史文化名城。

我们似乎已经不习惯对文化产生兴趣了。

当我们在象鼻山下泛舟漓江的时候，有谁会告诉你，唐朝的柳宗元曾经在对面的訾州写下过《桂州裴中丞作訾家洲亭记》？有谁会告诉你那座訾家洲亭是否还在？当我们在榕湖古南门前闲步的时候，有谁会告诉你，北宋的黄庭坚曾在那棵大榕树下系过舟？

谁能告诉我们叠彩山上开过康有为的讲堂？

谁能告诉我们独秀峰下设过孙中山的军帐？

谁能告诉我们周恩来曾经独处桂北的窗口，眺望全国？

谁能告诉我们邓小平当年站在漓江的船头，帷幄神州？

我们需要对文化留下记忆。

我们更需要对文化产生兴趣。

我多么希望桂林的孩子们逢人就能背诵杜甫的“五岭皆炎热，宜人独桂林”，多么希望桂林的孩子们逢人就能背诵韩愈的“江作青罗带，山如碧玉簪”。

我多么希望桂林的孩子们能像卢浮宫里匍匐在蒙娜丽莎的画像前的孩子们那样，临摹着我们山水的模样；多么希望桂林的孩子们能如在长崎原子弹爆炸过的地方凝望着废墟的孩子们那样，笔记着曾经也被日本人炸得片瓦不留的桂林。

……

这一切是需要记忆的。

一个相对完整的记忆，是需要许多零碎的记忆拾遗来补充的。

一个相对完整的记忆，一定会是文化的体现。而只有有了这种文化的体现，才能有我们的文化自信，才能有自信的本钱，才能有桂林人的自信，桂林人骄傲的自信。

我想，你读过这本《桂林拾遗》后，至少会对东镇路的曾经有一个新的，更加全面的了解。于是，当你再游木龙湖的时候，或者陪外地友人来游木龙湖的时候，就不再只会说那些湖光山色了，而是会补充说一点点，木龙湖畔的，那条叫东镇路的小街上的，曾经有过的、发生过的那点有点文化意思的遗事。

是为序。

2021年9月11日

自序（二）

2016年4月16日，60岁生日。

非常平凡的一天。

早上起来睁开眼，六点二十分，生物钟叫醒的，一分不差，每天一样。

推开窗，东天的霞光已经泛起了金黄，在翠生生的枝头上忽闪忽闪着。太阳一会儿还会像昨天一样升起来，光芒四放地普照人间，它不会只照到我家门前的那一点红。

要是往常我会迎着霞光出门，不过今天不用去上班了。正式退休了。

心里面早就做好了准备，头天离开办公室时，嘱咐同事们日后以最短的时间将其收拾干净，交还给管理处。

走的时候，竟没有回头。真的，一点留恋的感觉都没有，反而有一种解脱的兴奋。在一块牌子下苦干了十三年半，对得起自己的良心。也没有辜负把我调到这里工作的首长，尽管他曾经含着眼泪问我："是不是把你从部队调来调错了？"

离开办公室，往家走，我家住在京城的西面。

西天的暮色同样泛着金黄，在青黛的西山顶上漂浮。一会儿太阳也会像昨天一样落下去，人间重归于漆黑一片。退休的与不退休的都会在黑夜中沉寂。

我想起了一个词，叫"归途"。

我想起了父母，想起了在桂林尧山上的父母的坟茔，想起了镌刻在父母墓碑后的那首叫《途中》的小诗：

小时候爹娘常常带我在月下乘凉，
告诉我好男儿长大后就该志在四方。
到那时你想爹娘就望望天上的月亮，
天上的月亮是爹娘床前的那盏灯光。

儿如今走的离乡路已经好远好长，
坎坷时常念着爹娘的旧时模样。
但却不敢抬头望那圆圆的明月，
怕它引我望见爹娘盼儿的泪光。

我想起了桂林，想起了来路。

我出生在桂林，从桂林走到北京，路途蛮远的。大概是在2014年吧，闲来无事时，突然想写写在桂林度过的童年时光、少年时代，写写成年后到离开桂林的那段日子。

开始的时候，纯粹是玩玩儿，可一旦动笔了，却有不尽的往事涌上心头，呈现在眼前。才觉得这是在写回忆录了，不是简单的玩玩儿的事了，而是年纪使然。

2016年10月，在桂林的广西师范大学出版社为我出版了一本自传体的文集《家在桂林》。找到师大出版社出版，有三个原因，其一，我是桂林人啊！其二，当年我是在广西师大附中读的初中啊！其三，当时广西师范大学的校长叫梁宏，是我中央党校“党联系的院士专家学者”第三期理论研修班的同学。天时、地利、人和，使我的书得以问世。

出版社约我在桂林搞了一个签名售书，那是必须的，我去了，在桂林阳桥的新华书店。那天前来捧场的父老乡亲还真不少，有昔日的中小学同学，有昔日的街坊邻里，还有少年时一起学艺的兄弟姐妹。签名售书的活动从早上九点，一直延续到中午十二点半以后。

《家在桂林》的出版，不仅得到了父老乡亲们的关爱，还受到了当时的市委赵书记的关注。他在读过了我的书后，在我后一次回桂林时，专门约我询问过当年东镇路的状态：“真如同我在书中写到的那样，是一条颇有历史文化积淀的街道吗？”对桂林这座历史文化名城有着浓烈情怀的他，还即刻让有关方面对我书中的一些描绘进行调研。不久，我在北京收到了一份由桂林市文化局发来的材料，名为《东镇路历史文化调研》。

面对这份充满着认真负责，浓烈着家乡友情的调研，我想我也要有个态度，也应做个回答。正好退休后空闲多了，于是就有了写这本《桂林拾遗》的初衷。

不料退休后的日子反而更忙。2017年春节刚过，突然就被成都的中国－东盟艺术学院聘为院长，阴差阳错，从此走上了职业教育的道路。

此时的我，就像小时候看见的蜗牛、蚂蚁一样，在咫尺方寸间，重又负重爬行。

此书，就这样拖下来了。

今年是我从艺五十周年，桂林是我从艺的起点。

回望风尘，检点行囊，拾遗过往，突然又想起了这本书需要继续。

我把对《家在桂林》调研的回答，用补遗的方式放在了本书里，还把过去零散写过的桂林往事“拾遗”在这里。

拾遗，是一种失落的表情，也是一种愧欠的行为，还是一种心灵的抚慰，更是一种眷恋人世的解释。

对今天的我而言，《桂林拾遗》是我对桂林的种种眷恋。

2021年4月16日，在我65岁生日之时，我开始写这本书。

2021年9月

第一部分

关于《东镇路历史文化调研》的回复

关于《东镇路历史文化调研》的回复

2016年——我退休那年的10月，由桂林的广西师范大学出版社为我编辑出版了有关我人生头二十年的回忆录《家在桂林》。书中回忆了我在桂林成长的岁月。由于是怀着真诚、坦诚、开诚、至诚的心态写的，自认为可信度和可读性都是很强的。

该书出版后受到了欢迎，尤其是受到了桂林乡亲们的欢迎。

2016年年底，我回桂林在阳桥的新华书店举办了一场签名售书活动，蛮热闹的。大致情况我在自序里讲了。

当时的中共桂林市委书记赵乐秦、宣传部部长陈丽华约见了我，聊起当年的东镇路住过民国时期的重要人物白崇禧、李宗仁、李济深和黄旭初等，并说到，还真没有想到我的故居也在那条路上，更想不到我祖父也是个“名人”，在抗战时期担任过全国厂商会迁桂联合会主任这个“要职”。大家兴之所至，聊得十分开心。

其间书记问道，故居还在吗？有没有像你家的邻居李济深先生的故居那样保留着呢？我说早就拆掉了，遗址在修建两江四湖的木龙湖时就彻底灰飞烟灭了。

记得书记说，蛮可惜的。

我说，是啊，要是当初保留了，有白崇禧、李济深的故居打头，加上我们家等一众小巴拉子的旧宅，说不定东镇路会成为桂林城市文化的另一张名片呢。

知道桂林是以山水风光闻名于世的风景胜地的人多，知道桂林是我国第一批公布的二十四座历史文化名城之一的人少，而知道桂林是具有万年历史的人类智慧圣地，是世界上唯一一座拥有三处万年古陶遗址的城市的人更少。

/桂林甑皮岩遗址//

该遗址于1965年文物普查时在桂林南郊独山西南麓被发现。遗址距今12000年至7000年，洞穴分主洞、矮洞、水洞三部分，文化堆积约260平方米，最厚处达3.2米。出土遗物遗迹甚多，是华南新石器时代的典型洞穴遗址，有石器加工点一处，用火遗迹一处，墓葬27处，同时出土的还有人骨遗骸，经鉴定，年龄多数在25岁至45岁之间。遗物中的器类有石锤、石斧、石盘。骨器有针、锥、镖等。蚌器有铲、刀、勺等。还有陶制品。虽均为残片，但为数不少的都在逾万年的地层中。到了距今8000年至7000年之间，这些陶片上的纹饰有粗绳纹、细绳纹、扁草纹、刻画纹等。出土的水陆生物中，有哺乳类、鱼鸟类等。其中还有新发现的属种，有一种鹿被定名为"秀丽漓江鹿"，有一种鸟被定名为"桂林广西鸟"，但均为灭绝动物。遗址中还出土有各种植物种子82粒，在距今10000年的地层中，居然发现有桂花的种子，足以证明"桂林"之存在。(参阅《桂林文物古迹览胜》)

桂林需要的是文化的传承，文化的特征，文化的品质，文化的景象。

数月后又回桂林，有幸再次见到赵书记，更有幸的是参观了重新修复的唐代桂州城东角城楼逍遥楼，以及正在修建的东西巷。我感到了兴奋，感到了震惊。这可是让桂林在旖旎的自然风光里有了文化的传承，文化的特征，文化的品质，文化的景象，更像一抹浓墨重彩的文化底色，让我感到了桂林的厚重。

书记让我在逍遥楼上吟句，我用毛笔写下了"逍遥楼上观山水，东西巷里品人文"。在场的诸位都给予了赞赏。

书记对我的这两句即兴对联，饱含着对桂林这两项新的文化建设的赞美，感到非常高兴。并回忆起我与他相见时曾多次发出的关于桂林旅游应与文化建设齐头并进的一些感叹，他显然表示了认同，随即让同时在场的宣传部陈部长及文化局李局长搞一个调研，搞一个东镇路的调研。

半个月后，我在北京收到了桂林文化局发来的《东镇路历史文化调研》，应该是发给赵书记的一份抄送件。

《调研》中一共有十四条，足以说明调研者的认真与负责。

我认真拜读了。作为当事人的我，觉得也应该有一个态度，也应当有个回复，一是表示感谢，二是我感觉到了，也许这样做，能为桂林的城市文化建设留下一份补遗，何乐而不为呢。

下面即是我对十四条调研的回复。

关于《调研》中第一条——东镇路

《东镇路历史文化调研》原文：

1. 东镇路

东镇路的得名，缘于东镇门。清代时称东镇门街，民国年间改称东镇路。当时，东镇路为桂林要人的住宅区，李宗仁、白崇禧等的公馆栉比，辉煌一时。时任军委会桂林办公厅主任的李济深于1940年至1944年就居住于此。

解放后，东镇路曾一度更名群建路。今东镇路南侧，已建成木龙湖景区。

在东镇路、东镇门街和群建路这三个名称中，我使用得最多的是东镇路。

东镇门街在我童年的时候，听过街上的老人这么称呼。还有一次听到这个称呼竟然是在台湾。那是1998年，我随全国青联组织的“中华杰出青年代表团”参访台湾，接待我们的对口单位是台湾地区的青联组织，负责人叫李钟桂，百度能查到她，她是江苏泰兴人，1938年出生于桂林，1966年她当选台湾的“十大杰出青年”。当她知道我是江苏人，生在桂林时，特别高兴，也特别亲切。她问起我在桂林住在哪条街上，我说东镇路，她高兴地说，我知道应该是东镇门街。

她的名字叫钟桂，我想其间饱浸着浓浓的乡情呢。钟，自然指的是江苏；桂，一定指的是桂林。

东镇路在桂林真的是蛮有名的，这恐怕与它至今尚保存着宋代的古城门东镇门有关。

东镇路不长，只不过一两里路，甚至更短。因为我家的门牌号是23号至25号，就基本上到路尾了。因此，如果以门牌号计算，应该不会超过30个号，这是其长。

我在《家在桂林》中写道：

东镇路，位于桂林人称的北门口附近，是一条东西向的、夹在叠彩山与铁封山之间的、一两里路的短街。

小时候我们把叠彩山也叫作风洞山。那是因为叠彩山的半山腰有一个东西贯通的洞穴，名叫风洞。这里一年四季的风都特别大，据说它的风还有清、和、冷、暖之别。可我在小时候，只能感觉到夏天时小风飕飕吹，让人倍感凉爽。冬天时风大得呼啦啦的，让人张不开嘴。

铁封山也有别名，叫作马鞍山。因为它东、西各有两峰，中间凹了下去，便成了马鞍形。铁封山的山体绵长，西北面峭壁如削。在它的东面，是沿着山体下来的南宋年间的静江府城垣。城墙上修筑有一个城门洞，叫东镇门，东镇路由此而得名。

东镇路不宽，它的宽度似乎与东镇门的宽度是相辅相成的。最能说明问题的是，当年它的路中央，是用一块块半米见方的大青石板铺就的。在童年印象里，那青石板墨绿墨绿的，光光滑滑的，尤其是夏天，打赤脚走在上面，舒服得不得了，当然这是指阴凉天。如果下雨，它会滑得不得了，一不小心会让你四脚朝天啪嚓摔一跤。如果是大太阳天，它又会烫得不得了，小时候喜欢打赤脚，一旦走上去，仿佛能听见脚底下冒出烙饼似的滋滋声。

但它的景色之美是毋庸置疑的，当年的东镇路两边都是一户户独门小院，不同的围墙使东镇路更像是一条青石板铺就的甬道。许多绿植，像竹子啊，夹竹桃啊，都从围墙里婆娑到甬道上来。我在《家在桂林》里写过一处最美的景色是，我家对面的一户院子，种着几株芭蕉，宽大的、碧绿的芭蕉叶，常常在清风中摇曳着，更有一两朵猩红的芭蕉花，在清风摇曳着的芭蕉叶中起舞。我常常在经过它的门前时驻足凝望，不尽遐想。

可以这么说，幼小的我的审美观，是在东镇路上开始形成的。

东镇路上的青石板是在1965年左右时被撬走的。一是年久失修。估计以前都是走人的，最多走一下牛车马车，如今开始走汽车了，自然承受不了载重，有的开裂了，有的低陷了。二是城市扩建的需要。东镇路上不少围墙被打破，住家越来越多，要修下水道了。当时我家23院的门口相对比较宽敞，就堆满了那些直径一米、长两米的水泥管子。三是在当时的年代里，文物的保护意识比较淡薄。

也是在那个年代，东镇路被改名为群建路。那时候大凡是旧中国留下来的街道名字、店铺名字、企业名字都必须改掉。群建路寓意就是群众建设起来的路。那时候红卫路、反修路、工人路、革命路、群众路等等，全国各地的城市都有。我就读的小学也由中山北路第一小学改名为群建小学。

那时候的东镇路上除了民居，还有几家工厂和机关单位。比如我家前院的桂林蜜果厂，从我家往东去的应该是黄旭初“行宫”里的桂林地区食品公司，再往东去，有全市唯一的一家自来水厂，抽的是漓江的水，机房就建在东镇门外的漓江边上。还有轴线厂，建在东镇路东巷里。

关于《调研》中第二条——东镇门

《东镇路历史文化调研》原文：

2. 东镇门

（资料来源:《桂林市志》下册2985页及《桂林文物古迹览胜》）

东镇门位于铁封山东南麓，东镇路东端。南宋末年所建静江府城城门之一，宋时名称无考，明代称“东正门”，清代始称“东镇门”。砖石结构，券拱及墙垣外用料石，内填夯土，地面铺宽薄条形砖。城垣高6.4米，厚15.8米，拱高3.4米，门洞

/东镇门//

深16.32米，门西端宽2.3米，东端最宽处2.95米。城门东向，紧邻漓江，南北城垣分别与叠彩山、铁封山相接，现存城为2002年重建。

东镇门于1984年公布为桂林市文物保护单位。宋静江府城墙于2000年公布为广西壮族自治区文物保护单位。

在我小时候的记忆中，东镇门上是没有城楼的，在那一带小孩子的口中也没有人把它叫为东镇门，而是“喊”它为城门洞。桂林人把“叫”说成“喊”。

我在《家在桂林》中写道：

那么东镇门的名字又是怎么来的呢？民间有传说，古时候有一位两次平定岭南的将军叫马伏波，曾在抗击南蛮胜利后，由此门凯旋班师回朝。为了纪念其英勇而叫此名，甚至说伏波山也因他而得名。但据我考证，古时候确有叫马伏波的将军，真名叫马援，成语“马革裹尸”就出自他的故事。可是马将军是东汉人，东镇门南宋时期才有，二者的年代相差太远。所以说，传说传说，就是传过来传过去的你说我说，姑且听之任之。但不管怎么说，民间有这样的传说，足以证明桂林人崇尚正义，景仰先烈。

穿过城门洞，便是漓江。

从城门洞的西口出去便是漓江，而在西口的北边，是国民政府军事委员会桂林办公厅特务营，当年的叶挺曾被囚押于此。在这栋小楼旁，有一条小路可以爬到城门洞上面去。当然这条小路不是修建出来的，而是附近的老百姓走出来的。原本没有路，走多了，就走出这条小路来了。

我曾从这条小路爬到城门洞上抓过蛐蛐，是放学后跟小学同学一块去的。那时的城门洞上一片断壁残垣，翻开倒塌剥落的城墙砖头，往往能翻出蛐蛐。但凡抓到圆头的，就立马将它扔掉，因为圆头蛐蛐不会叫，也不斗。会叫的、敢斗的蛐蛐，一般都是扁的“锅铲头”，小把爷们也叫它为棺材板，浑身黑黢黢的更好。桂林人把小孩子喊成小把爷。

当然，也常常能翻出城墙砖头下的蚯蚓、蜈蚣、地狗仔，桂林人把蝼蛄喊成地狗仔。我甚至还有翻出过蛇的记录，一种小蛇，一种无毒的草蛇，但也够吓人的了。

虽然住在东镇路上，父母却是明令不许出城门洞的，因为怕我去漓江里游水淹死。我在《家在桂林》里写过，有一回晚上跑到东镇路马路对面的桂林监狱家属区看广场电影，忘了告诉父母，正好电影又是连放两部，结果害得父母四处去寻找我。当找到一个我经常去玩的小学同学家里时，睡梦中的他，喃喃地说，钧剑下午游水去了。父母顿时吓得半死，正准备连夜去漓江边找呢，只见电影散场后我回到家里了。

1966年“文化大革命”时，我家被断电断水了。十岁的我，便打破了父母不让去漓江边的禁令，因为我要去江边担水回家用。那时父母每天都要工作到很晚，白天只有靠我去做这件事。那时候的漓江水很清，也很甘甜。

那时候城门洞里的青石板还没有被完全撬走，一年四季几乎都是湿漉漉的，因为居住在附近的老百姓，为了省钱，不用自来水，每天多有到江边汲水家用，或淘米洗菜涤衣。

不过，像我当年的这个年纪，要从东镇路的路尾走到路头，再到江边去担水，绝对是当时路上的一景。尤其是每次都要经过这条街上的自来水厂，靠着自来水厂却不能吃到用到自来水。再加上这条街上有多少小学同学啊，因此每次经过都要遭到不少白眼和背后的指戳，这让我幼小的心灵体会到了什么叫屈辱。

后来，还未与我哥成婚的嫂嫂许玉群看我可怜，便偷偷地跑来帮我担水。为此我流过泪，十岁的屈辱泪水。我因此懂得了坚强与坚韧，这份坚强与坚韧一直伴随着我走到了今天。

/东镇门//

关于《调研》中第三条——环碧园（亦名李园、板栗园）

《东镇路历史文化调研》原文：

3. 环碧园（亦名李园、板栗园）

（资料来源：李超英《李秉绶和他的环碧园》）

位于叠彩山仙鹤峰北麓。元代为石氏桃园，明代是宗室别业，后为宋氏园。清道光甲申年（1824年），由桂林画家李芸甫（秉绶），按照苏州园林风格精心布置修葺，成为一座集自然山水与庭院建筑于一体的著名私家园林。它东临漓江的木龙古渡，北望铁封山和鹦鹉山，南为叠彩山北麓的仙鹤峰。占地面积100多亩，其中水面积20多亩。是当时桂林城中面积的十分之三。民国时期，白崇禧公馆曾建于板栗园内。

看了此段调研，我有茅塞顿开之感，许多年少时懵懵懂懂的猜想和遐想，在这里找到了答案。

比如说，我就读的中山北路第一小学，就在东镇路西巷顶头的叠彩山脚下。我那个班叫23班，班上有个同学叫郭佑云，他的家住在东镇路的东巷里，离学校很近，离我家也近，所以我经常去他家玩。

记得他家的边上有一条山路是可以爬到叠彩山上去的。那条山路除了一小部分有坍塌，绝大部分是平整的，甚至有阶梯的痕迹。最不可思议的是，居然偶尔也会有几级石阶，一看就知道这或许是古时候留下来的。

这条年代久远的山路，小时候我们称它为野路，弯弯绕绕的一直通到叠彩山上的叠彩洞，也就是我们常说的风洞山上的风洞。

风洞临漓江的这面有一座两层楼的亭阁，叫望江楼，可以望见漓江由北往南弯曲而来的景色。通过望江楼这条山路还可以直通叠彩山主峰上的拿云亭。

但一般的游客是不会走这条山背后的野路上来的，他们都由叠彩山山前的大门上山，穿过风洞来到望江楼后，再拐到前往拿云亭的山路上去。望江楼下有一个公共厕所，算是野路的一个断头处，而恰恰是在这个断头处旁还有一个小拐弯，可以避开有风洞的这个山峰，拐到另一个有白鹤洞的山峰上去。

那时候我就觉得这条小拐弯的路有点怪，幼小的心灵一直纳闷，说是条野路吧，它又特别规范，有一种曲径通幽的感觉。疑是无路的时候，它又别有洞天。比如拐进这条小路后，不远处就有一块洼地，也就是一个山坳，那里居然有好几株桂林难得见到的桃树。我在春天的时候，见过这几株桃树上很寂寞但又很烂漫地绽开着粉红色的花朵。到了夏天的时候，也曾见过树梢上挂着不少大拇指大小的、长着绒毛的、豆绿色的小桃子。这时我幼小的心灵又纳闷了，这里怎么会有桃树？像是有人有意在此栽种的。

甚至我还憧憬着，如果有一天，我能在这个山坳里遍植碧桃，等到春天来临，这里一片花海，那该多美啊。

万万没有想到的是，这里居然是元代的桃园，清代的板栗园。是经过文人墨客按照苏州园林风格精心修缮的。那么这条山路绝不是野路。

万万没有想到的是，这些历史的陈迹居然与我儿时的憧憬不谋而合。

万万没有想到的是，读到这份《调研》，得到了如此收获。

关于《调研》中第四条——李宗仁“行宫”

《东镇路历史文化调研》原文：

4. 李宗仁“行宫”

（资料来源：《桂林文史资料》第24辑）

位于原东镇路5号。1942年1月14日，李母刘太夫人病逝。为料理老母丧事，李宗仁、郭德洁夫妇于1942年1月至3月6日在此居住近两月。其位置与郁钧剑描述的基本一致，抗战期间被毁，无从知晓实物。

李宗仁先生是地地道道的桂林人，他的祖屋在桂林临桂的两江镇，我去过，往柳州的融水方向去，离市区不到六十里地。他的祖屋是个大宅院，据说占地面积有五千多平方米，约八亩地。祖屋大门有一幅“山河永固，天地皆春”的对联，横批是“青天白日”，流露出一种代总统的霸气。

李宗仁先生除了在桂林临桂的乡镇上有祖屋，另外我还知道他在桂林城中还有好几处故居。在桂林市文明路上有一座李宗仁官邸，号称“桂林总统府”。它建于1948年，是他担任国民政府副总统后由广西省政府所建。当时的广西还是广西省，省会就是桂林。李宗仁先生从1948年该官邸建成后，一直在此办公，居住，接见军政要员，召集桂系上层人员举行重要会议，并在这里拟定和发表了当时影响颇大的文章和谈话。1966年，海外归来的他又来这里故地重游。

此建筑属于中西合璧的别墅式建筑。坐西朝东，而不是民间称好的坐北朝南。如果按朝向来说，它的左侧面就是桂林的杉湖南畔。

我知道李宗仁先生在桂林还有一处公馆，坐落在桂林的桃花江畔，是他的第二位夫人郭德洁于1938年建的，也是一座砖石木结构的两层楼建筑。该楼面临桃花江，背靠甲山。有意思的是，在二楼李宗仁办公室的卫生间内，隐藏着一条通往甲山腹中溶洞的地道，通过地道可以到达另一面的两栋别墅和江边码头。

解放后，这里曾被改为属于榕湖饭店的甲山招待所，后又改名为桃江宾馆。该宾馆内除了有原来的公馆建筑，还有在临桃花江路上新修建的现代钢筋水泥建筑。其中有一棵大树，是在建筑里的阳台中间参天而立的，行走在桃花江路上就能看见。小时候的我觉得稀罕极了。

其实，李宗仁先生在桂林还有其他居处。

他的原配夫人叫李秀文，跟他同是临桂人，十九岁时在父母的包办之下嫁给李宗仁为妻。但李宗仁常年征战在外，根本无暇顾及家室。作为人妻的李秀文只有老老实实待在家里，服侍公婆，操持家务，尽着传统的孝道。

李秀文的晚年是在桂林度过的，活到一百零二岁。无论是她1958年去美国之前，还是1973年回国定居后，她在桂林就有多处居所。据我所知，龙珠路、东西巷都有她的房产。这些应该也都是李宗仁先生下榻过的地方。

该调研文核实了东镇路5号当年是李宗仁先生居住过的地方，而且是与夫人郭德洁共同居住的。从某种意义上说，它应该比其他居所都更有特殊意义。因为它完全有可能是李宗仁与郭德洁在桂林最寻常的居所，也是他们年轻时期，真正在桂林时唯一的居所。

调研文说，李宗仁先生的“行宫”，已于“抗战期间被毁，无从知晓实物”，或许这是真的。但文中也说现存资料中的记载，与我描述的基本一致。

如此可以说，我对此处的记忆是准确的，东镇路上的房屋也许真的被毁掉过，但是在抗战胜利后，重建也是完全可能的，否则我记忆中就不会有此处的形象，以及关于白崇禧、黄旭初等人“行宫”的记忆。

在我写《家在桂林》时，父母已经去世了。我曾经想过，应该考证一下，我对此处的记忆是不是从他们口中得来的，但非常遗憾的是已经没有机会了。我也曾反复地、竭尽全力地在记忆里搜索，但实在想不出来究竟是谁告诉我这里曾经住过李宗仁先生夫妇。

只有一个可能，就是当年我确实进去过那个院落，是让我进去的那户人家告诉我的。

我在《家在桂林》中写过：

再往里去，在桂林自来水厂的斜对面，是做过国民党代总统的李宗仁先生的“行宫”。这个小院我曾去过一次，记忆中是我小学三年级时，一位父母是军人的同学在这里住过。印象中小院里面有一座颇为洋气的T字形平房，多间居室都是玻璃敞亮的木格门窗，墙壁与我祖父居所的墙壁相似，是一种拉毛式的装饰效果。但是祖父家是米黄色的，他们家是雪白的。小院里有很多花草树木，吱呀一声，推开院门，扑面而来的是阵阵鸟语花香。小学同学姓姜，与我同班不到半年，又跟着父母随军走了。

至于那位同学是不是姓姜，已经记不清楚了，但这个院子的场景我记得非常清楚。它那干干净净、整整齐齐的院落，其格局绝非一般百姓人家所能有。

今天回忆起这些，对我而言，只是企图把童年的东镇路拼图成美丽的画卷而收藏。如果李宗仁先生还有后人，他的后人还能看到，或许能会心一笑。

今天回忆起这些，对桂林这座城市而言，或许也还是有点意义的。我的这些回忆与记载，至少给桂林的历史留下了一页影像。

岁月是一台无情的粉碎机，它把往昔毫不留情地碾得灰飞烟灭。话又说回来，我所回忆与记载的这一切，或许只是对我们这一辈人有点意义，一点唤起回忆、唤来回味的意义而已。等我们都随岁月而去时，这一切也都将完全消失。

/桂系两巨头：李宗仁（左）、白崇禧（右）//

关于《调研》中第五条——白崇禧公馆

《东镇路历史文化调研》原文：

5. 白崇禧公馆

（资料来源：《桂林文史资料》第45辑）

位于东镇路口板栗园内，靠近叠彩山。抗战期间，为避日机轰炸，白崇禧家人多在此居住。1944年3月16日（农历2月22日），白崇禧和夫人马佩璋在此为母亲做寿。

郁钧剑书中描述的位置在东镇路东巷的顶头。大约在此偏东的位置。

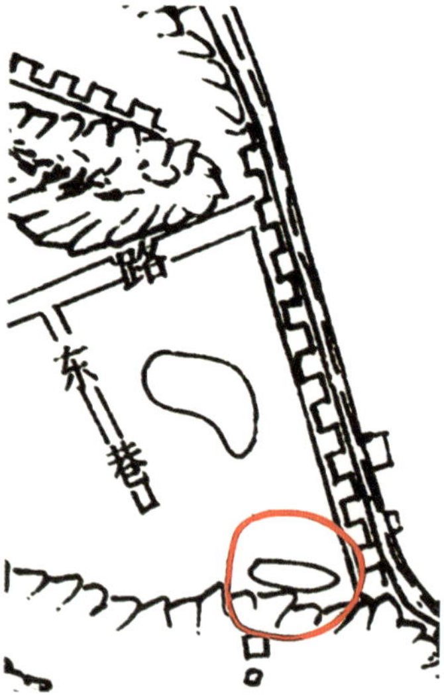

调研文说，白崇禧的公馆在东镇路东巷的顶头偏东的位置是对的，因为东巷再往前走就没有路了，就是叠彩山的北麓了。山底下有一口浅浅的水塘，在1949年出版的桂林地图上是标有的。（如右图红圈内）而白崇禧的公馆就在此小池塘的北边。

在此依山傍水处，还有好多棵高高大大的树，是不是板栗树不记得了。但在调研文中的第三条说过，这里曾经是板栗园。在第三条中还说过这里曾经也叫过环碧园，有过水面积二十亩的池塘。我估计前面地图中另一个大一点的池塘早先与这个小池塘是连在一起的。更应该是与我们家后面的城公寺塘连在一起的。也就是现在两江四湖的木龙湖。

而现在这个小池塘所处部位就是木龙湖与漓江的衔接口。

说起来蛮奇怪的，很早以前我经常会做一个梦，梦见我小学时沿着山边往东走，可以一直走到漓江边。其实那时候是没有路的，不通的，但是在我梦里是有路的，是通的，而且漓江水一直流到我家后面的城公寺塘里去，再一直往前流，可以流到大海，我从这里可以扬帆起航……

不承想后来这里真的勾连出了两江四湖，而且在古时候的现实中，就有与我梦境一样的存在。

东镇路东巷不长，估计也就百十来米，东面是什么忘了，绝对不是那口大的池塘，毕竟那是1949年的地图。东巷的西面是桂林轴线厂。说到轴线厂又有点意思了。

轴线，就是绕在线轴上的棉线与丝线。当年的桂林轴线厂是桂林的纺织业大厂，很多年后，才有超过它规模的在瓦窑的桂林棉纺厂。

那么，轴线厂建在东镇路上不排除与我祖父有关系。因为我祖父所崇尚的和所受的教育是实业救国，专业领域是机械工业。再加上他出生在中国最有名的纺织工业基地之一的南通，因此对纺织工业非常精通。他曾经做过福州中华职业学校的校长，教的就是纺织机械专业。他到桂林来之后，组建过多个工厂，数西南纺织厂最有影响，甚至在1949年出版的桂林地图上都标有显赫的位置。（如下图红圈内）

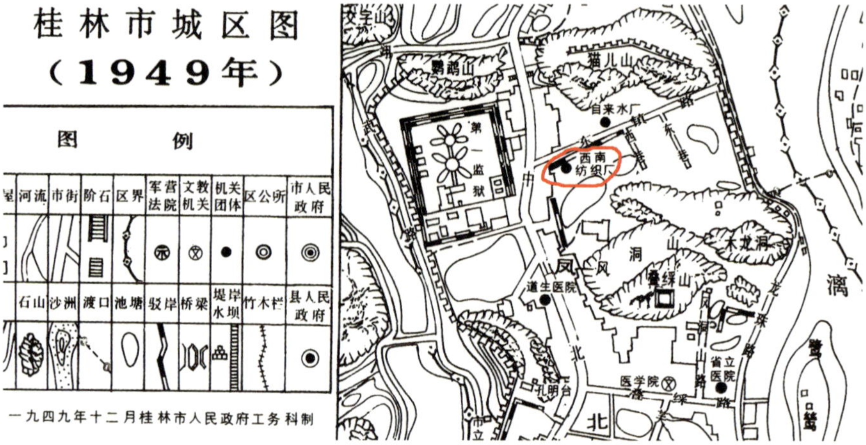

由此可见，西南纺织厂要比桂林轴线厂的规模大很多。它们同建在一条街上，应该是图互相有个照应吧，或者是有“生意要扎堆做才能兴旺”的意思在其中吧。

言归正传，按照调研文所说，东巷顶头大约偏东的位置是白崇禧公馆，其实在白崇禧公馆的斜对面，也就是东巷顶头偏西的位置，还有一栋别墅，但不知其原主人是何人。当时那里面住着数户人家，其中有一户是我同学郭佑云家。他家住的是别墅门进去后右手边的那间。站在郭家的门前、窗口都可以看见白家的公馆，那里那时候估计也是一栋公馆分居着多户人家。因为我去郭同学家玩的时候，经常看见门前有不少幼童在嬉戏，在奔跑。

那时候，除了听郭同学说过，对面那栋别墅曾经是白崇禧家的，母亲也跟我说过，那是白家的房产。

后来我读到白崇禧将军的儿子白先勇先生的文章，他在《我的寻根记》里写道：“抗战时我们在桂林有两处居所，一处在风洞山（即叠彩山）下，另一处就在榕湖。因为榕湖附近没有天然防空洞，日机常来轰炸，我们住在风洞山的时候居多。”

关于《调研》中第六条——李济深故居

《东镇路历史文化调研》原文：

6. 李济深故居

位于原东镇路11号。国民党元老李济深在1940年—1944年期间任国民政府军事委员会桂林办公厅主任时的住所。李济深桂林任职期间，营救过胡志明等越盟盟员，皖南事变后保护过叶挺、廖承志，协助李克农、夏衍安全离桂。〔李济深（1885—1959）出生于广西苍梧县，是中国近现代历史上一位杰出的军事家和政治

/东镇路李济深故居//

家，是中国民主党派的重要创始人和领导人，又是中华人民共和国的创始人和领导人之一。新中国成立后，历任中央人民政府副主席，1959年在北京逝世。〕

在东镇路已经面目全非了的今天，李济深先生的故居还能保护得如此完好，是我没有料想到的。

离开桂林的这四十多年里，我大概“回”过东镇路四五次。所谓的“回”，就是一个无家的游子，在故居的废墟上流连。

我们家的老房子是无法寻觅到了的，说实话，幸亏还有李济深先生的故居。每次看到这栋他人的故居，邻居的故居，就仿佛看见自己幼小的身影从它的身边蹒跚走过。

上个世纪八十年代中的一个秋天，有一次回东镇路时，天正下着雨，那时候我还是骑自行车去的，路上几乎没有人，显得格外凄凉。突然看见一个七八岁的小把爷，戴着一顶大大的斗笠，也就是我们桂林特有的那种用竹叶子编成的大草帽，顺着李济深故居的墙根慢慢地走着。看着看着，泪水一下子就涌出了我的眼眶，幸好当时有雨水遮掉了泪水。

我想起了自己的童年，那时去上小学就是这个样子，沿着墙根，蹚着泥水，也戴着那种大大的竹叶编的草帽。

我在《家在桂林》中写过：

母亲也对我说过，她听祖父说，从抗日战争开始一直到1944年桂林大疏散之前，由于大批的江浙人、北方人为了躲避战火，来到了桂林，城市人口一下子从几万人膨胀到了几十万。其中有不少从各地来的达官显贵，都住在东镇路上。比如从我家倒数过去，在桂林地区的食品公司院子里面就有一栋据说是当时广西省主席黄旭初的“行宫”。旁边，是东镇路上唯一保留下来的豪宅，东镇路11号。时任国民党军委会办公厅主任，解放后曾任全国人大常委会副委员长的李济深先生的家就安在那里。我上小学时，每天上学、放学都要经过他家。因为他家院墙的东侧有一条五六百米的东镇路西巷，这条巷子的顶头就是叠彩山。而那山边就是我就读的小学，中山北路第一小学。

李济深先生家的前院与我家的前院同在东镇路的南侧，相隔也就是三四个院落。他家的后院与我家的后院又同在木龙湖边，当时木龙湖叫城公寺塘。

那时的城公寺塘实际上有一大一小两个塘，其间还有一条土径相隔。不涨水的秋冬季时，可以抄此近道到我的小学校，而春夏季雨多，土径便被溢盖了。

塘边有一片菜地，一年四季泥土芬芳、蜂蝶蹁跹。

听母亲说，李济深先生抗战时期曾在这里住过三四年，与祖父多有交往。李先生爱骑马，我祖父也爱骑马，并都爱喝现挤的新鲜马奶。解放后祖父回上海，在外滩的和平饭店娶三姨太，李济深先生还出席了他的婚宴。1995年底，桂林老乡文氏姐弟在北京开了家专营桂林风味的酒楼，开业庆典时置席，李济深先生的公子，时任全国人大常委会副委员长的李沛瑶先生与我同被邀请。席间我主动与他聊起了“邻居之情”，沛瑶先生既意外又惊喜，还相约有机会一定要同返故里，同游东镇。不料祸从天降，沛瑶先生月余后遇难，实为一大遗憾。

不久前，还回过一次桂林，开着车在东镇路转了一下，不是显摆有车，而是有一种说不出来的情分。说是想去寻觅什么吧，仔细想想也没什么好寻觅的了。故居的一切彻底被埋葬在木龙湖底了，可偏偏又特别想来，坐在汽车上转转，标志着来过了，尽了那份情分了。

记得那天心情很平静，好像还在故居门口的那个地方下了车，还碰见了两个路人，居然叫出了我的名字。他们跟我说，你是来看你们屋里啊，什么也没得了。如果是在十几二十年前，我一定会非常热情地与这两个路人寒暄，因为从他们衰老的容颜中，依稀能分辨出他们是当年的街坊。但不知道为什么，那天一点这样的冲动都没有，心情很是平静。

唯有在看到李济深故居时，看到它那花格子的砖围墙时，心头一热，蓦然想起了那个秋雨时分，想起了那个戴着一顶大大的斗笠，也就是我们桂林特有的那种用竹叶子编成的大草帽，顺着那墙根慢慢地走着的七八岁的小把爷。

想起了自己的童年，那时去上小学就是这个样子，沿着墙根，蹚着泥水，也戴着那种大大的竹叶编的草帽。

这次泪水没有涌出眼眶，而是滴在了心底。

关于《调研》中第七条——阚维雍将军殉国纪念碑

《东镇路历史文化调研》原文：

7. 阚维雍将军殉国纪念碑

（资料来源：《鱼峰文史》第13辑）

位于桂林市东镇路北侧（原阚宅基地，华中铁工厂对面）。

此碑于1946年4月开始筹建，7月纪念碑落成，并举行落成典礼，广西省政府主席黄旭初出席并主持了落成典礼。碑的全称为“陆军中将陆军第一三一师师长阚公维雍殉国纪念碑”，由黄旭初书题碑衔。碑高5米半左右，四方形，下大上小，底座四面嵌有蒋介石、李宗仁、白崇禧、罗铁青书题的石刻，蒋所题为“英风壮节”，李所题为“浩气长存”，白所题为“英灵永峙”，罗所题为“流芳千古”。碑座四周有祭台，纵横约6米，围以砖砌波澜式80公分高的护墙，四面有道口，道口下有三级砖楷。碑所用的砖料，都是从原地基上及附近倒塌的房屋砖堆中捡来，用石灰砂浆砖砌和批搪，最后在表面批搪一层不到3毫米的水泥，整座碑及平台，看起来像水泥建筑，实际上只是表面上薄薄的一层水泥。整个建筑颇为壮观！此碑已于“文革”期间被毁。蒋、李、白、罗所题赠的四块石刻，今只找回三块，现陈列于三将军墓侧，蒋的那块“英风壮节”至今仍未找到。

阚维雍（1900—1944）原名庆福，号伯涵。祖籍安徽合肥，迁居广西柳州。先后毕业于广州医科学校、广西陆军讲武堂工兵科和中央陆军大学将官班第一期。1942年任少将师长，担任桂西南防务。1944年9月率部一三一师参加桂林保卫战，与友军执行坚守桂林的任务。深恨未能完成坚守桂林任务，在师指挥所自杀殉职。后国民政府追赠其为陆军中将。新中国成立后被广西壮族自治区人民政府追认为革命烈士。

郁钧剑在书中写道："在我家的正对面的确有一座北伐的纪念塔。拾级而上的塔基应该有两到三层，每层都有汉白玉的栏杆。塔身是锥柱形的，至少也有六米高。纪念塔坐北朝南，正面镌刻着铭文，记载着孙中山领导北伐革命在桂林的光荣历史。题写铭文的落款是国民党的元老，不是胡汉民，就是蒋翊武或者廖仲恺。具体的状况因为当时自己年纪小，已经记不太清楚了。"（查相关资料，此处应为阚维雍将军殉国纪念碑）

而我在《家在桂林》中是这么写的：

在我家大门的正对面的确是有一座北伐的纪念塔。可是不知为什么这么多年来，我所能看到的桂林史料中，对这座塔几乎都没有记载。

这座塔的园区占地应该有两三亩吧，它紧靠着桂林地区商业局的南墙。南墙和纪念塔之间隔着约莫十米宽的野草带，这里面有比人高的艾蒿，有带刺的一球一球的小红果，小时候我们管它叫小苹果，因为它的形状特别像苹果。这种野果在桂林的山野上随处可见。到了秋天，红彤彤地点缀在赭岩绿叶之间，特别好看。

这里面还有一种黄豆般大小的浆果，成熟后有红色有紫色，一掐则破，果汁滴在衣服上很难洗掉，小时候没东西吃，于是这种浆果也就敢往嘴里送，味道酸酸的，有点像毛秀才。

桂林人把西红柿叫作毛秀才。

最高兴的是在这片野草地里，还长着一种叫桃金娘的野果，这种乌黑色的果子，卵状壶形。那时候在街上桃金娘是有得卖的，乡下的农民挑着竹筐担子沿街叫卖，一分钱可以买三四颗。它的味道还特别好，有一种跟任何水果都不相同的甜味，甚至还有点土腥味。

但吃多了会令人难堪，会屙不出屎。

小时候放了学，最喜欢和同学到这里来玩耍。因为除了可以摘野果，还可以捉蚂蚱、蛐蛐、蜻蜓、知了。桂林人管知了叫四会牙。春天草地里有青蛙、癞蛤蟆、地狗仔（蝼蛄），夏天的晚上，这里能捉到萤火虫。可怕的是这里面有蛇，而且是好几种蛇，最毒的叫扁头风，也就是五步蛇。大人们常常用此来吓唬我们，不让我们到这里来玩耍。

再回头说塔吧，拾级而上的塔基应该有两到三层，每层都有汉白玉的栏杆。塔身是锥柱形的，至少也有六米高。纪念塔坐北朝南，正面镌刻着铭文，记载着孙中山领导的北伐革命在桂林的光荣历史。题写铭文的人落款是国民党的元老，不是胡汉民，就是蒋翊武，或者是廖仲恺。具体的状况因为当时自己年纪小，已经记不太清楚了。记得清楚的是当时来这里凭吊的人几乎是没有的。每到酷夏太阳火辣的季节，附近的老百姓就把红薯啊萝卜啊茄子啊切成片，刨成丝丝，把辣椒啊豆角啊黄花菜啊编成串扎成捆，再拿到这石栏上台阶上晒成干菜以备冬时。令人痛心的是，这座装满童年乐趣的纪念塔和那片草地，在“文化大革命”中都被彻底地捣毁了，铲平了。

读完这段调研文，才知道我记忆中的这个纪念碑是存在的，但内容记错了。而且差得还比较远，从年代到事件都不一样。

记错了的关键还是因为年龄小，把第一次国共合作后的北伐战争与抗战时期的桂林保卫战混淆了。毕竟是八九岁时留下的记忆，错在难免。不过，我为什么会把蒋介石给忘掉了，而记住了胡汉民、廖仲恺，这似乎有点不应该呀，因为蒋介石比他们的名声大多了啊。

历史上蒋介石是多次到过桂林的，他第一次到桂林就是孙中山用电报催他来的。那是上世纪二十年代初，孙中山在桂林准备北伐，建立了总统行辕，也就是北伐的大本营。而蒋介石当时正在广州。这一时期的蒋介石，还是孙中山的忠实信徒，因此，孙中山一声召唤，他必定赶来。

当时孙中山北伐的大本营，据说是建在叠彩路和芙蓉路的三岔路口的，即后来的广西师院中文系院内。顺便说一句，这个院子很有历史的厚重感，继作为北伐大本营之后，徐悲鸿在上世纪三十年代下榻过这里。徐先生还曾在这里构想过成立桂林美术学院。这些都是有记载的。

从小喜欢读历史的我，一直觉得在中国近代史上具有极特殊意义的、由孙中山先生直接领导和亲自指挥的北伐战争的大本营曾建在桂林，它不仅有孙中山先生的亲临，还有当年仍是国共合作中进步分子的蒋介石也前来参与北伐，这些都应该在历史上记下一笔，然而桂林地方史的记载中却鲜有提及。

对北伐战争、第一次国内革命战争、第二次国内革命战争、抗日战争、解放战争的几段历史大致清楚的我，很容易把这座纪念碑记成是纪念北伐的，这就有了出处。

不过，这座在调研文里被称为“整个建筑颇为壮观”的纪念碑，也已经与当年的东镇路一样，被历史的长河席卷而去了。

关于《调研》中第八条——
国民政府军事委员会桂林办公厅特务营（叶挺被囚处之一）

《东镇路历史文化调研》原文：

8. 国民政府军事委员会桂林办公厅特务营（叶挺被囚处之一）

位于原东镇路南二里5号院。现已建文化标识。

调研文中只有这么一句话，我在《家在桂林》中记载的也只有一句话：

再往里去就到了东镇门口，在紧挨城门洞的北坡上，有一栋两层的小楼，是当时国民党第四战区司令长官兼桂林行营主任白崇禧在桂林时，警卫们驻扎的营房。

根据调研文的回复，我们说的应该不是一个地方。我说的是城门洞北面的山坡上，就是在东镇路的北面，马鞍山南面的山根下。而调研文说的是东镇路南二里，那么按我的理解，应该就是过去所说的东镇路的东巷。

为什么我没有说这栋两层小楼是囚禁叶挺将军的地方？因为我知道它确实是白崇禧在桂林时警卫们驻扎的营房，或许也是看守叶挺将军的特务们住的地方。

非常有意思的是，我在八九岁的时候，居然进去过这栋小楼。那是因为当时它成了我们家前院的桂林蜜果厂的单身职工宿舍，平时在厂区里愿意逗我玩的那些大哥哥、大姐姐搬去那里时，顺便带我去玩过一次。记得上楼的楼梯是在靠西面的墙边修建的，进楼后有几间不大的房间。令我印象深刻的是，房间是木地板的，这在当年可是奢侈的象征。

关于叶挺将军在东镇路被囚禁过，小时候就有所耳闻，长大后读过史料也就更清楚了。

叶挺将军是北伐战争的名将，抗日战争时期更是担任了中共领导的新四军军长，在震惊中外的皖南事变中被俘。他坚贞不屈，拒绝归顺国民党阵营。在被关在江西上饶集中营和重庆磁器口集中营后，1943年春被释，来到了广西桂林。那时，他名义上是国民政府军事委员会桂林行营的高参，实际上是被软禁了的犯人，时时刻刻都受到国民党特工们的监视，处于半自由状态。首要的限制是不准离开桂林。令叶挺将军稍感宽慰的是，在桂林他终于可以与妻儿们团聚。

年轻的时候读过叶挺将军的一句诗：“为人进出的门紧锁着，为狗爬出的洞敞开着。”曾经深受鼓舞。

从媒体上知道，已建了文化标识的原东镇路南二里的叶挺囚禁处之一，是一座小木屋，在两江四湖修建时被拆除了。不知道这是否确切，但是在修建两江四湖时拆除了很多东镇路上的故居旧居，这是不争的事实。

而我所说的这栋小楼不知道现在还在不在，是不是也被拆掉了。下次回桂林一定要去看看。

关于《调研》中第九条——华中铁厂

《东镇路历史文化调研》原文：

9. 华中铁厂

（资料来源:《广西抗日战争史料选编》第一卷327页）

位于原东镇路25号。中南联合工厂，华中铁厂等10家民营工厂联合成立，1945年3月23日复工。陈炳勋任董事长，郁人龙任经理。

郁钧剑在书中称“中华铁厂”，在时间和地点上是吻合的。但筹建人是谁？如何筹建？没有资料显示。

（见第十条）

关于《调研》中第十条——广西纺织机械厂（西南纺织厂）

《东镇路历史文化调研》原文：

10. 广西纺织机械厂（西南纺织厂）

（资料来源:《桂林文史资料》第14辑）

位于原东镇路25号。原为上海铸亚铁工厂，1927年设立，负责人郁鼎铭，为股份有限公司，后迁桂林，归并广西纺织机械工厂（资料来源：张守广著《抗战大后方工业研究》）。1949年12月24日，军管会物资接管部接管广西机械纺织厂、西南纺织厂等。

郁钧剑在书中讲:“由于办厂方针的不和谐，导致另一位叫蔡声白的大股东撤资去了香港。从此西南纺织厂一蹶不振，摇摇晃晃地经营到1952年，祖父（郁鼎铭）将其遣散。”现有资料没有找到关于西南纺织厂的记录。

第九条和第十条虽然只有短短几句话，但都透露了我祖父、祖父工厂的历史以及当时桂林乃至广西民族工业状况的一些信息。我读到这些信息后，感到确实需要进行回复。因为第九条的信息来自《广西抗日战争史料选编》，第十条的信息来自《桂林文史资料》，既然这些信息都来自权威的、非常严肃的史料，尤其是上面有我祖父的名字，作为他的后人，我应当给它补遗我所知道的，而在史料上没有记载的那一部分信息。

第九条中的郁人龙，第十条中的郁鼎铭是同一个人，都是我的祖父。

祖父的名字叫郁鼎铭，字印石，号人龙。旧中国所谓的文人墨客，都是既有名，也有字，还有号的。

如果不是因为写作，关于我祖父的历史及其他，我是一概不知道的。父母几乎从来没有向我提起过祖父，当然我也从来没有主动询问过，因为十岁前不阅世，不懂事。十岁后，“文化大革命”了，整个社会都很忌讳谈过去，尤其是谈旧中国。

要写作了，特别是要写回忆桂林往事的这本书了，就必须要牵涉我的祖父，不然无从知晓我们郁家为什么从大老远的江苏跑到桂林来谋生。于是，我开始走进祖父。

很多事情是在母亲的絮叨中知道的，比如，祖父的婚姻属于旧中国的包办婚姻。他们那个年代除了讲究“父母之命，媒妁之言”，还要讲究门当户对，“肥水不流外人田”。我的祖母和祖父就是姨表亲，据说两家家业相匹敌。这在旧中国是所谓大户人家的婚姻格局。

旧中国的包办婚姻产生过很多悲剧，许多新媳妇在新婚之后就独守空房了。

我的祖父也是在新婚后不久就离开家乡了。听母亲说，父亲从小跟着祖母长大。只有在祖父偶尔回乡探望父母时，父亲才能见上他几面。一直到快三十岁了，父亲有了家室，才到桂林与祖父共同生活了几年。之后祖父又离开桂林回上海了。

父亲一生沉默寡言，逢人只会笑，这可能与他所遭遇的这样的人生经历有关，想想父亲也是挺可怜的。

我在总政歌舞团工作的时候，在政治部工作的好朋友张跃曾经告诉我，我的档案中有记载，我的祖父在上个世纪二十年代初，担任过南通市建设局局长，后来又担任黑龙江省的建设厅厅长。我父亲是1919年生人，属羊；祖父也是属羊，应该比父亲大两轮。这样算起来祖父那时候也才二十六七岁，就已经离开家乡，到江湖上去闯荡了。

祖父后来是什么原因离开东北回到上海的不知道，但从第十条的调研文中可以看到，他于1927年在上海筹建了上海铸亚铁工厂，那么他在东北的时间并不长。祖父会武术，会散打。这是母亲告诉我的，说他当年去哈尔滨任职时，一下火车就遭到了一伙地痞流氓的骚扰，结果他一顿拳打脚踢把他们打散了。他一生都处于国家动荡的年代，他也因此颠沛流离。

我在《家在桂林》里写道：

上个世纪九十年代，我在上海曾听抗日战争期间随祖父一同从上海逃难到桂林的他的学生陆焕文伯伯说，祖父迁到桂林落户东镇路前，先是一直居住在上海。

/1944年桂林城中逃难的人群//

/1944年桂林城中逃难的人群//

/桂林沦陷后东镇路一带//

1937年11月上海沦陷后，祖父就与他的好朋友，当时国民党经济委员会的翁文灏先生一起到武汉谋事了一段时间。1938年的10月武汉又沦陷了，他便离开了那里。其间他还辗转于福州、香港等地，并于1942年左右来到了当时被称为抗战大后方的桂林，出任全国厂商会迁桂联合会主任。陆焕文伯伯还告诉我：到桂林两三年后，日本鬼子打过了长沙，沿着湘桂铁路南下。1944年9月，桂林开始大疏散，他们好几个学生跟着祖父跋山涉水，经贵州、云南到了重庆。抗战胜利后，祖父因惦记着桂林的物业，重又返回了桂林。

上海铸亚铁工厂应该是这个时候搬迁到桂林的。

再回过头来说祖父的点滴生平。

/上世纪四十年代于桂林，时父母携兄长由上海到桂林后不久//

祖父如此年轻就置妻儿于不顾离开家乡，除了确实是有实业报国的志向，确实是有三十而立的抱负，我想应该还与他不太喜欢包办婚姻的祖母有一定的关系，有一点年轻人志在四方的叛逆的感觉。这时的他在外面娶了妾，是位老师，没有生育。

抗战胜利后，祖父由重庆回到了桂林。此时祖父唯一的儿子，我的父亲已经长大成人，年近三十了，并已成家育子，有了我大哥。这时父亲便从南通乡下投奔到桂林找祖父来了，这是后话。

我一直以为我的祖父是单传，结果没有想到是父母一直对我隐瞒了我们郁家在江苏南通乡下是个庞大的家族。祖父有兄弟七人。

父母瞒着我是因为那个年代的政治生态是不允许提及有亲戚家人在中国台湾、在美国的。而恰恰我祖父就有四个兄弟在境外。祖父还有一个兄弟早年参加了革命，一个在家务农，其子女也参加了革命。像这种一个大家族里既有共产党的将军，也有国民党的将军的结构，在旧中国是常见的。

一直到父亲晚年的时候，母亲已经去世，我问他为什么不愿意告诉我家族的情况。他答非所问地对我说，在上个世纪的七十年代以前，做任何事情都是要填表格的，而这表格上的“家庭成分”一栏，要填家庭成员。父亲说，当时的家庭成分分两类，一类是“红”的，一类是“黑”的。红的成分有工人、贫农、下中农、革命军人、革命干部，简称“贫下中农”“革军革干”。黑的成分有地主、富农、反革命、坏分子、右派，简称“地富反坏右”。我说这个我知道啊。父亲又说，像他这样的家庭在当时的农村，有田地，有宅院，还有私塾，一定是大地主。后来祖父离开家乡，到上海各地办学办厂，尤其是到了桂林，就成为资本家了。解放后，因为祖父的离去，父亲被推到台前做了“代理人”，他就理所当然地成了“资方代理人”，也就莫名其妙地成了资本家。这么多年来，他和母亲都深感愧疚，认为已经影响到我的前途了。在那个年代，如果再让人知道我们家还有这么多境外关系，那对我的影响就更大了。所以，他一直隐瞒于我。

垂垂老矣的父亲的这段话，让我不胜唏嘘。

当时我就感觉到父亲还有话，只是话到嘴边没有说出来，他仿佛对因为家庭原因给我前途造成的影响痛心不已。

我在1976年年初时，考上了解放军军乐团。当时的办公室主任王小平和作曲家魏群专程到桂林为我办调动手续，但没有办成。为什么？不知道。尤其不知道的是，他俩甚至曾直接去派出所为我转户口了，不料因境外关系受阻。而后两人冒着倾盆大雨，又专程去了我家，十分遗憾地告诉我父母，不能录取调动我了。

这件事父母一直到去世都没有跟我提过，还是前些年，我请王小平副团长和作曲家魏群吃饭时，才得知的。

我想起了父亲生前那次吞吞吐吐的话，泪流满面。

/ 与时任中央政治局常委、军委副主席刘华清夫妇（右），
亲戚济南军区司令员饶守坤夫妇（左），
合影于刘宅（1973 年）//

家里有“黑”的亲戚父母不对我说，有“红”的亲戚父母也不对我说，那位早年参加革命的叔公，解放后，当上了上海某县委书记，还是他在1979年后自己找上门来，不断往桂林写信寻找我们，才终于与我家相认团聚的。由他介绍，我们与郁家官至解放军八大军区司令之一的亲戚，才开始走动。

我曾问过父母，家里是否有海外关系。父母互相望望，既没说有，也没说无。我也曾问过国内的亲戚多否。父母同样互相望望，面无表情地说，知道有，但几十年都不联系了。

父母对世态炎凉的这种淡漠态度，现在回过头来想，除了与父亲从小跟着祖母生活的孤寂心态有关，也与他们常年饱受屈辱的经历沾边。这其实蛮影响我的，如今我的不卑不亢、不屈不挠，都与父母有关。

上个世纪八十年代中，我在那位当过县委书记的叔公介绍下，与上海的很多亲戚联系上了，才知道在上海既有姑婆，也有姑姑，还有舅舅姨妈，还有好几个堂兄堂姐、表弟表妹。尤其是见到了祖父的学生陆焕文伯伯，经他引见我见到了祖父在上海的后一位夫人，做过医生的汪女士。他们结婚的契机是，上个世纪五十年代初，祖父在桂林受到时任政务院副总理黄炎培先生的邀请，去北京担任北京机器总厂总工程师，途经上海时经人介绍与汪女士相识，一见钟情。而此时的祖父正是孤身一人，身边无人照顾，于是在众人的撮合下与汪女士喜结良缘。祖父也因此滞留上海，没有去北京。

这时祖父的第二任做老师的夫人，早已在桂林患肺结核去世。在旧中国，肺结核属于不治之症。

而他的原配夫人，我的奶奶，已被我父亲接到桂林共同生活。

见到三奶奶是在上海徐家汇衡山路附近的一栋小楼里。她见到我时，一副忐忑不安、手足无措的样子，非常紧张地望着我。我的父母是不让我去见她的，因为怕她以为我会去要遗产。但那次是陆伯伯提到了她，说她这一辈子过得挺不容易，我祖父与她结婚不几年就脑出血了，她一直伺候祖父，直到他去世。他们也没有孩子。当然也不可能有孩子，因为他们结婚时，祖父已经年逾六十了。她其实真是蛮可怜的。

我去看她了，当然会买一点点心和水果。看着紧张的她，我说，我只是想来了解一下祖父的一些往事，另外，父母让我带话给您，我祖父在生命的最后几年里，都是您伺候的，他们都没有尽心尽孝，因此，祖父留下的一切，包括房产，他们都不要。三奶奶听后，连声说谢谢谢谢，然后打开书橱，将爷爷收藏的字画金石、古玩玉器都摊在地板上，让我拿走。当然，我不能这样做，但在三奶奶的执意要求下，喜欢字画的我，便挑选了十来件字画。

后来每年春节我都会给她寄些钱，但凡到了上海也会请她和三姨妈、五舅娘这些老人一起吃顿饭。1995年左右，春节时我寄给她的钱被退回来了，当时我也没太在意，等过了半年，我又有机会去上海，便买了些水果点心去看她，却发现那里已经变成一片废墟，拆迁盖高楼了。

辗转打听，仍然是陆焕文伯伯告诉我，三奶奶应该是拿到了一笔拆迁款，并在她的老家南汇县分配到了几套拆迁补偿的单元楼房，便与长期照顾她生活的侄儿一家搬走了。走的时候没有留下任何联系方式，甚至像陆伯伯这样最亲近的友人也没有得到任何信息。

我明白老人的心思，也就没有再去找她。如今一晃快三十年了，估计老人早就不在了。

如今回过头来想，虽然祖父娶过三房太太，但这三位奶奶的人生都挺凄苦的。想起母亲最爱唱的一首歌，就是解放初期母亲做妇女委员时经常唱的歌：“旧社会，好比是黑格洞洞的枯井万丈深，井底下压着咱们老百姓，妇女在最底层……”

人世沧桑啊！

当年三奶奶对我说过，她对祖父在桂林的事一概不知，要想知道，只有去问陆焕文伯伯。所以可以说，祖父有很多经历我们都是不知道的，因为，我父亲跟在他身边也没有多少年。长期跟祖父生活的二奶奶早已去世，三奶奶又仅仅跟过他短短的头脑清晰的几年时光。不过，陆焕文伯伯倒是给我们讲述了很多祖父的往事。他还曾介绍我去拜访了一个人，是我祖父学生的学生，当时是上海轿车总厂厂长的张旭先生。有些情况张旭先生确实比陆焕文伯伯更清楚。综合他俩的介绍，正如我在《家在桂林》中所写的陆伯伯说过：

“你祖父思想活络，变动很快，顺应了当时的时代潮流，崇尚实业救国，于是弃官经商，从东北回到上海后开了家铁工厂，先是生产锁，这在当时可是个很时髦很赚钱的实业啊。锁生产出来了，上市了，就是不知为何这锁老是卖不出去。赶紧派伙计四处打听，才知道同时期有个很知名的胡厥文先生（祖父后来与他也成了好朋友，抗战期间还与他在武汉共事过。武汉沦陷后，胡厥文曾去重庆担任全国厂商会迁川联合会主任，解放后曾任全国人大常委会副委员长）也开了个锁厂，产品价格要比你祖父的便宜。伙计回来将实情一报，你祖父说马上降价！结果仅仅好了一两天，转眼又不灵了。再派伙计去打听，才知道人家胡家的锁也降价了。如此这般的拉锯战，你祖父终因敌不过资金比他更雄厚的胡家，败下阵来。”

陆伯伯说，败下阵来的祖父去过他的好朋友黄炎培先生的中华职业学校教书，抗战时还短暂地去过福州，做过福州中华职业学校的校长。后来我在祖父上海的故居里，还真发现了不少他在福州职校授课时用的巨幅机械设计图，以及与学生一起画的水墨花鸟和素描写生。在上海的故居里，我还见到了祖父曾用过的琵琶、围棋。也是在那一年，陆伯伯介绍我去拜访我祖父学生的学生，曾任上海轿车总厂厂长的张先生，是他告诉了我祖父的“另一面”：郁老夫子业余时间里一般都沉浸在琴棋书画中。哦，我终于明白了，或许，这也是他将桂林的居所取名为“艺庐”的理由之一吧。

写到这里，再回来说我对第九条、第十条调研文的回复吧。

在第九条、第十条调研文中，交错着两个事实。第九条中说华中铁厂是在1945年3月23日复工的，当时陈炳勋为董事长，郁人龙为经理。

根据这条线索我在百度上居然查到了陈炳勋先生。（简历见附件一）这是一篇回忆文章，这篇文章虽然介绍的是陈炳勋先生在抗战期间的经历，却没料到在这篇文章中恰恰有我写《桂林拾遗》这本书时，想寻找的我的祖父、祖父工厂以及当时桂林乃至广西民族工业状况的一些信息。

写到这里，说出来大家也许不相信，也是由于写《桂林拾遗》，想起了陆焕文伯伯告诉我，当年在桂林与祖父合作办西南纺织厂的人叫蔡声白，也才想起了去网上查查有没有蔡声白其人。其实在写《家在桂林》时就应该做这门功课了，但当时真是没有想到。

结果不查不知道，一查吓一跳。百度网上蔡声白的介绍比陈炳勋先生的更为详细。蔡声白是我国近代纺织史上大名鼎鼎的丝绸大王。（简历见附件二）

关于我对这两条调研文的详细回复请看附件后文章。

写了这么大一段作为对第九条、第十条调研文的回复，似乎都是在说祖父的历史，但我觉得只有把祖父说清楚了，这段历史似乎也就清楚了一大半。

下面我们先看了附件再说。

附件一，转自百度陈公益文《举厂内迁　抗日救国》

爱国实业家陈炳勋，上海闵行区浦江镇人。淞沪抗战中，他用自己的积蓄购买火药，制造雷管、引信，用自家工厂的钢材制造枪械，支援抗战，甚得国人赞许，而他举厂内迁、抗日救国的壮举更是值得一书。他将自己的事业与国家的命运紧紧相连，为国家独立、复兴贡献了自己的一切。

1937年，日本帝国主义发动“八一三”淞沪会战，使陈炳勋艰苦创办的中兴铁工厂以及其他许许多多民族企业遭受沉重打击。广大爱国企业家有感于大敌当前，国家濒危，进一步激发了抗日救国的热情。为了不使自己的工厂落入日寇手中，而且能为抗日事业服务，陈炳勋和许多爱国企业家决心将工厂内迁。

陈炳勋冒着炮火动员组织全厂职工投入搬迁战斗。敌机来了伏在地上躲一躲。敌机去了又爬起来再拆，拆完马上就抬走。白天不能拆，夜里摸黑拆。一次陈炳勋的手被划破了，鲜血直流，但他咬着牙，继续没命地干——一颗螺丝也不能留给日本人！

机器拆卸了，但数百吨的物件怎么运走呢？从公路走，没有大吨位的卡车，而且江阴那边的道路已被封锁；从铁路走，火车拥挤不堪，而且开行无定时，车站和列车又是敌机轰炸的目标。唯一能走的是水路。于是陈炳勋和工人一起拉黄鱼车，踏三轮车，肩挑背荷，绕道进入租界，将拆卸的机器运到了苏州河边。然而，货轮已被官家和军队征用。正当陈炳勋一筹莫展时，内迁队长陆访梅租来了十几艘小划子。为了躲避敌机的空袭，陆访梅在小划子上盖了树枝、茅草之类的伪装，并在小划子四周挂了钢板，以防流弹和弹片，各小划子间保持半里左右的间距。然后，循着苏州河用人力划出。还没划出多远，苏州河交通被封锁了，只得改由黄浦江经松江等地沿运河向镇江划去。躲躲走走，走走躲躲。陆访梅的船队历经一个多月才抵达汉口。

货船刚刚靠岸，兵工署就发来了军需通知。战事紧急，刻不容缓。陈炳勋立即租用堆栈、破庙暂作厂房，带领全体职工架轮轴，装机器，烧炉子……整整十天，陈炳勋没有好好睡觉，上床常常不脱衣，躺一下就算了。每天工作十二三个小时。就这样，在半年多的时间内，中兴铁工厂就制造了数以千计的手榴弹、迫击炮弹、地雷、水雷及洋镐、铁铲等军需品，有力地支援了抗日战争。

1938年6月，武汉又告危急。鉴于自上海迁出时的混乱情形和迁移时的严重损失，少数企业家对前途产生悲观情绪，有的出卖机器设备不再办厂；有的中途回沪；有的任机器堆在江边，让风雨侵蚀。为了保持民族企业的尊严，为了争取抗战的最后胜利，陈炳勋和许多爱国企业家同仇敌忾，不惜一切代价，继续内迁。中兴铁工厂和另外十多家民族企业历尽千辛万苦，南迁到了长沙。

中兴铁工厂迁到长沙后，只生产了一批军需产品，长沙即告危殆。枪声四起，秩序混乱，人心惶惶，不少迁湘工厂不知所措。陈炳勋在绝境中奋起，不辞辛劳、不计一切，动员组织了一批劳务人员，帮助他人工厂拆卸机器；他四处奔波，沟通关系租来运输工具，帮助他人工厂抢运机器。当大家安全到达桂林时，他还蹲在长沙车站。等到他和陆访梅及中兴铁工厂员工一起到达桂林时，满脸焦黑，眼里布满了血丝，家人都认不出他了。

1939年，迁桂的88家工厂组成迁桂工厂联合会，大家一致推选陈炳勋为主席。从此，他不仅要和理事们一起为88家工厂选址、买地和生产操心，还要与国民党政府、军阀、土豪劣绅、官僚资本的欺诈、盘剥做斗争，维护同业的生存、发展。

为使各地迁桂企业家有个隐蔽的集合地点，他租了间半是山洞半是房屋的旧房子。前半间为五金店，后半间为企业家活动的场所。五金店后来成了桂林地区有名的联络服务站。要打听情况、了解战况来五金店；要借款、找担保、介绍工作来五金店……来来往往，每天少则十几人，多则二三十人。所有这些烦事、琐事、难事，陈炳勋都要过问落实，从不马虎敷衍，实在忙不过来，就请他的密友、中共地下党员、迁桂工厂联合会秘书陈明中来协助打理。

1944年春季，日本帝国主义发动了打通大陆交通线的战役，桂林危在旦夕。中兴铁工厂和其他迁桂工厂不得不再次西迁——迁往陪都重庆。从桂林到重庆，关山重重，崎岖的山道只能行驶小吨位的卡车，迁移十分困难。爱国的民族企业家们在陈炳勋倡议下决定：大机器埋入地下，小机器装箱拆运。陈炳勋掏出全部积蓄租来了抢运车辆。屋漏偏逢连夜雨，搬迁队伍途中又遭遇国民党败兵。他们强行把车上的机器设备丢下后，把卡车开走了，陈炳勋和大家一起含着眼泪把被败兵丢下的机器设备掩埋入土，无法掩埋的统统推下深山峡谷，就像抛弃自己的亲生孩子一样悲怆。就这样，中兴铁工厂和许多民族企业在国难中破产了，陈炳勋实业救国的梦被再次打断。

陈炳勋到重庆后，小家还没安顿好，就到朋友开的经纬纺织机械厂上班去了。日机轰炸工厂，他和工人一起，随炸随修随生产，从不后退。他常常戴着护目镜，对着熊熊的炉火，一站就是几个钟头，细细琢磨解决生产中的难题。抗战胜利了，陈炳勋以为从此可以专心一致地搞他的工厂，岂料，良好的愿望和残酷的现实发生了严重的冲突。国民党对内迁民族企业不但不扶助鼓励，反而实行压榨、并吞、打击、排斥等恶劣手段，使内迁工厂企业不断破产倒闭。

正在这时，从密友陈明中和胡厥文那里传来了中国共产党的政治主张和对民族工商业的政策。陈炳勋跟随黄炎培、胡厥文等爱国民主人士冲破国民党的重重阻挠，上街示威、请愿、呼吁，要求国民党停止内战，扶助民族工业。为此，陈炳勋多次受到国民党特务的恐吓和威胁，但动摇不了陈炳勋反独裁、争民主的决心。他毅然参加了在周恩来指示下成立的中小工业联合会，继续无所畏惧地为民主、强国奔走呼号。

1946年返沪后，“民建”组织活动遭到国民党禁止，早已将生死置之度外的陈炳勋，义无反顾地和胡厥文等爱国人士一起积极参加民主党派组织的地下活动。1949年9月27日，陈炳勋出席了全国人民政治协商会议第一届全体会议，为建立富强的新中国献计献策。新中国的建立，使陈炳勋看到了希望，他又开办了中兴铁工厂，熊熊的炉火点燃了他胸中的工业强国的火把。他顺应形势，将中兴铁工厂改为国有工厂，主动地将自己融入工人队伍之中，并担任上海杨浦区政协第一届副主席。他经常到上钢一厂、上海焊接厂等工厂与工人同吃，同住，同劳动；同工人师傅一起研究炼钢的火候，探讨焊接的技艺，对多项技术进行了革新，并取得了实际的成果，为工业强国添了砖加了瓦。

1962年，国家有关部门组织编写《中国资本主义工商业史料丛刊》，陈炳勋抱病参加丛刊中《上海民族机器工业》的编写工作，这本书的出版还了陈炳勋工业强国的一个心愿。在“文革”中，陈炳勋处境艰难，备受折磨，最终辞世。1979年，他获得昭雪，他的骨灰被安放在上海龙华烈士陵园。

陈公益先生所写的回忆陈炳勋先生的纪念文章，的确给我的《桂林拾遗》增添了很多拾遗的东西。我从中不仅看到了陈炳勋先生的抗日事迹，也仿佛看到了祖父在那段日子里的身影。因为陈炳勋先生与我所听闻到的祖父的往事太接近了，并印证了很多说法和我自己的推测，这太出乎意料了。

陆焕文伯伯曾经对我说，祖父去桂林前去过武汉，经长沙到的桂林。从这篇纪念文章看，当时这条线路是走得通的。陆伯伯还说，1944年桂林沦陷之前，祖父与工厂职工及学生坐汽车翻山越岭撤往重庆，与纪念文中所说“1944年春季，日本帝国主义发动了打通大陆交通线的战役，桂林危在旦夕。中兴铁工厂和其他迁桂工厂不得不再次西迁——迁往陪都重庆。从桂林到重庆，关山重重，崎岖的山道只能行驶小吨位的卡车，迁移十分困难”是相吻合的。

最为重要的是，在这篇文章里，我看到了迁桂工厂联合会的成立及活动情况，甚至还由中共地下党员陈明中担任联合会的秘书。

那么其中就有值得调研的地方了。

首先，我原来所说的全国迁桂厂商联合会，也许它的正名就是全国迁桂工厂联合会，因为我曾经似乎听陆伯伯跟我说过“工厂联合会”这个名称，把它记成“厂商联合会”，估计受的是香港厂商联合会的影响，这是需要更正的地方。

其次，文章中提到“他不仅要和理事们一起为88家工厂选址、买地和生产操心”，选址买地，买的就应该是东镇路的这块地吧，因为工厂就建在这里嘛。买这块地的钱应该是大家凑的，也可以说是筹集的。但为什么我祖父的大宅院，也建在这块土地上呢，而且其规模还不小？如此这般，难道是我祖父出的钱更多？要不然就是原来的厂址并不在这里，是在别处。但这种可能性又极小，因为我家院子里有防空洞——1939年后日本鬼子就经常来桂林轰炸了，大家在白先勇的回忆录中就可以读到。

防空洞一直都在，下图为我两三岁时，我兄与我在防空洞顶上的合照。（照片后的池塘，为如今的木龙湖）

因此，完全有可能这块地一开始就是以祖父为首买的。

因此，也可以说，抗战期间江浙沪地区首次迁桂的88家工厂的落脚地应该就是东镇路25号。

既然是调研，我们就尽量把它做细一些。再有就是牵涉祖父究竟是不是联合会主席或主任的问题了。根据纪念文章得知，当时的确成立了迁桂工厂联合会，而且是由从上海、江浙一带迁到桂林的88家工厂的代表联合选出了主席的，选的是陈炳勋先生。那为什么陆焕文伯伯告诉我我祖父做过主席或主任呢？何况在我小时候的确不止一次有大人当着我的面说，你爷爷当年是迁桂工厂联合会的主席。在这里慎重地提出这个问题，就是不希望有人觉得我祖父是在沽名钓誉。

现在看来，以东镇路这块地由我家居住着的这个事实而言，祖父应该是担任过这个联合会的主席的，或者当时有两个主席，或者至少是副主席，或者是在陈炳勋先生回到上海后，由我祖父接任了主席。再有这篇文章是陈的友人或家人写的，如此这般的写法，也是正常的。总之是不是主席不重要，重要的是我们把这段历史捋清楚了。

应该说，也捋清楚了祖父是在1939年左右来到的桂林。根据这个时间段来判断，祖父1939年以前应该在福州的中华职业学校当过校长。这使我想起了1998年9月，我随中华杰出青年代表团参访台湾时，有一次在台中，我的一位本家叔叔请我吃饭，其间来了一位姓严的长者，印象中中等身材，不胖不瘦。叔叔介绍说："我听我爸爸，也就是你的叔公说，严先生有个叔叔在三几年时跟你祖父在福州办过学呢。"后来我才知道，严先生的父亲是严家淦，做过台湾地区领导人，他的叔叔是曾任全国人大常委会副委员长的严隽琪先生的父亲，当时严副委员长的父亲在福建办的是农业大学，我的祖父办的是职业学校。都是在践行科学救国、实业救国的理想。

还让我感到意外的是，在纪念陈炳勋先生的这篇文章里，多次提到了祖父的老朋友黄炎培先生、胡厥文先生。当然所谓的多次提到也只是我们单方面的提到，未见黄炎培先生和胡厥文先生方面的说法。但确实在祖父过往的日子中，我的家人、友人多次提及他们与祖父的瓜葛，如陆焕文伯伯所说的祖父与胡厥文先生共同开过锁厂的逸闻，以及父母亲口对我说的关于黄炎培先生邀请祖父去北京的佳事。我在《家在桂林》中写过：

正当祖父的事业在此“飘摇”之际，他接到了时任民盟中央主席和政务院副总理黄炎培先生的邀请，要他赴京“共商国是”，还告诉他，拟聘任他为北京人民机器厂总工程师。黄炎培先生在信中说，人民机器厂新建在北京的大北窑，一共有两位总工，一位是祖父，一位是苏联专家。父亲说那封邀请信是用毛笔写在宣纸上的，祖父接到后非常高兴。父亲还说，祖父特别愿听黄炎培先生的话，因为黄炎培先生是上海川沙人，川沙话与海门话声调一样，两人语言相通，加上两人都喜欢纺织工业，又都喜欢做职业教育，祖父不仅在黄炎培先生的中华职业学校教过书，还做过福州中华职业学校的校长，因此两人的关系一直很好。解放后祖父在上海娶三姨太时，黄炎培先生也欣然出席过他的婚礼。另外，两人还长得特别像，都是胖胖的，都有圆圆的脑袋，圆圆的身躯，大鼻子大眼睛。因此，祖父于事业的追求，于友情的报答，于爱国之信念，马上就同意北上北京。

尽管这些都是真的，但我总觉得有点像我们在自说自话，有点一厢情愿的感觉。因为黄炎培先生和胡厥文先生，以及李济深先生，解放后的地位都实在是太高了，都是全国人大常委会副委员长之类层面上的。而祖父在解放后就脑出血了，早与他们不可同日而语。即便有过曾经，但已经不值钱了。说得太多了，真的是会有攀附之嫌。

让我感到意外的是，纪念文章里说的虽然是陈炳勋先生与黄炎培先生、胡厥文先生的交往，但无形中也成了我祖父的确与他们相处交往的佐证。也就是说，陈炳勋先生与祖父，一个是董事长，一个是经理，能在一起合作开厂，至少说明曾经是非常好的朋友，那么他们必定会拥有一个共同的朋友圈子。

真的挺感激这篇纪念文章的，它不仅解开了历史的这个结，同时也解开了我的心结。

根据调研文，1945年3月23日，在东镇路25号的华中铁厂复工。但根据百度上的这篇回忆文章，和我知道的祖父的经历，1945年3月华中铁厂不可能在桂林复工。因为无论是董事长陈炳勋，还是经理郁人龙，当时都不在桂林，而是在重庆。但十家工厂中的其他厂主以他们俩的名义重组华中铁厂，是完全有可能的。

顺便说一句，有复工一说，就证明原来就有这个厂，那么，就等于华中铁厂在1945年复工之前，就一直存在于我家东镇路25号的院里。

这就对上历史了。纪念文章中说到，陈董事长是1946年由重庆回到上海的，因此，即便他曾回到了桂林，但也是很快就由桂林回上海去了。也可以这么说，我祖父同他一样是在日本鬼子投降后，才从重庆回到桂林的，有可能就是在祖父回到桂林后不久，华中铁厂由于陈炳勋先生的离去而倒闭了。

估计也是从这个时候开始，祖父另起炉灶，组建了西南纺织厂。

华中铁厂在《广西抗日战争史料选编》中还有没有别的记载，我不得而知。成立的时间应该不长，也应该就是我说的中华铁厂，还应该是桂林大疏散之前的上海铸亚铁工厂。而后倒闭的华中铁厂便被西南纺织厂替代了。当然后面是我的推测，不过是符合事物发展规律的推测。

由此看来，我曾在《家在桂林》中说到的西南纺织厂在1952年关闭，应该说是根据我的判断推测出来的，这个日子是不准确的。

由于我在前文详细地介绍了我父母是特别不愿意说往事的人，相信大家就理解我为什么在父母生前没有认真地去考证一下。这真的是一个万分的遗憾。

该条调研文提到“现有资料没有找到关于西南纺织厂的记录”，这不太准确，因为在《家在桂林》里我写过：

在东镇路组建了西南纺织厂。据近年来出版的《桂林市志》介绍，当时该厂就已具相当规模，有16锭细纱机38台。新组建的西南纺织厂机器好、规模大。

调研文还说："1949年12月24日，军管会物资接管部接管广西机械纺织厂、西南纺织厂等。"这是一种记录，这个记录是不是说明自此之后该厂已经不属于民营，而是收归国有了？

我在《家在桂林》中写道：

由于办厂方针的不和谐，导致另一位叫蔡声白的大股东撤资去了香港。从此西南纺织厂一蹶不振，摇摇晃晃地经营到1952年，祖父（郁鼎铭）将其遣散。

这又是一种记录，这个记录是不是说明，刚解放时军管会是接管了西南纺织厂，但只是临时性的，并没有收归国有。

那么我所说的情况又从何而来呢，当然是陆焕文伯伯说的，是他提到了蔡声白这个人。正如我在前文所说，如果不是他提出来，我不会知道，也不会去网上查找有无此人。

百度上是这样介绍蔡声白先生的：

附件二，蔡声白简介

父蔡松，字琴轩，号旬宣。光绪十五年（1889）己丑恩科举人，与蔡元培、张元济等人同科，被授予国子监学正衔，任浙江萧山县教谕多年。

1900年，6岁的蔡声白在他家乡的私塾开始接受儒家启蒙教育。1907年，入湖州府中学堂，1909年，湖州府中学堂改名为浙江省立第三中学堂，执教此校者如沈尹默、钱恂、钱稻孙、杨筠斋、张宗绪等都是著名学者。在校就读的学生后来不乏名人，如比蔡声白晚两年进校的沈雁冰后来便成为著名的作家（即茅盾）。蔡声白在湖州府中开始积累起他的知识基础，以及形成其初步的人生观与世界观。传统国学的熏陶、新式科学与外语的教育等对他而言都受益终身。

1911年，蔡声白自湖州中学堂毕业，考入北京清华学堂中等科。1914年8月，蔡声白等十一名幼年生，由校长周诒春亲自护送赴美。被分别送到三所美国历史最悠久的中学先完成高中学业。1915年7月，蔡声白自安多弗中学毕业，考入理海大学，专攻矿冶工程。理海大学留学期间，蔡声白学习甚为努力，数次获得奖学金。经常参加各种团体活动，关心中国同学会，并协助编辑《留美学生会季报》。1918年，蔡声白参与了中国工程学会的创建，为其创始会员之一。1919年9月20日蔡声白顺利毕业回国。

从美国回国的蔡声白在上海做短暂的停留之后，即到山东勘探矿藏。1920年5月，蔡声白与莫怀珠在上海结婚。婚后不久，蔡进入联益贸易公司服务，随后担任中美商业公司工程部主任。

蔡的岳父莫觞清是上海著名的丝厂主。1917年，莫觞清着手创办美亚织绸厂，决定请女婿蔡声白主持美亚织绸厂。

1921年4月17日，蔡声白正式担任美亚织绸厂经理职务。

科学管理法，是蔡声白在进入美亚后即着手采用的新制度，在蔡声白的努力经营下，美亚织绸厂气象一新，产销均见增长。蔡声白也名声大震，成为电机丝织业中的英雄式人物。

1930年10月30日，借美亚织绸厂十周年纪念之机会，蔡声白在上海静安寺大华饭店举行美亚时装展览会，首创丝绸模特时装表演，会上为来宾放映自拍电影《中华丝绸》，轰动一时。

在中国近代国货运动历史上，蔡声白有着重要地位。自1921年起，几乎所有重要的国货展览会，美亚织绸厂均会参加。1928年中华国货展览会，蔡声白担任顾问，并为该会纪念特刊撰《我国丝织业之概况》，美亚出口的各色绸缎也获得一等奖。1929年5月，上海国货团体春季国货展览会上，美亚织绸厂获得政府工商部奖励。1930年10月西湖博览会上，美亚是最重要的丝织业参展商，美亚出品又获得博览会金奖。

1937年“八一三”事变后，美亚织绸厂在上海及苏州、杭州的工厂被迫停工，时在香港的蔡声白就地成立美亚办事处，作为未来华南营业基础。8月30日，蔡声白回到上海，决定把上海闸北、南市的工厂分别迁往汉口、广州、香港、重庆等地。随后美亚改行分区制，在上海、香港、汉口、重庆分设华东、华南、华西、华中等四个管理处，统一管理，分散经营。但是随后广州、汉口工厂被迫停产。1939年7月，蔡声白决定将总处迁回上海，将总处迁往霞飞路霞飞别墅36号，继续维持艰难的营业。太平洋战争爆发后，为了避免日军将公司资产定性为“敌产”，美亚在上海的工厂挂上了意大利商行的名号，以“久安洋行绸业部”的名义继续经营。汉口厂则向德商许士洋行转租怡和洋行产业开设，挂德商招牌，以图保护。香港美亚分厂改名为复兴织绸厂继续运营。发行方面，上海则以“粤记绸庄”名义进行，汉口以“汉记绸庄”名义进行。美亚重庆厂开工后，因日本战机对重庆的连续轰炸，正常生产与营业受到影响，于是，经过再三考察后，蔡声白决定将重庆厂部分机器运往四川乐山，开设美亚五通桥厂，以分散风险。这个工厂在1940年10月正式建成开工。

1942年后，战局稍趋稳定，由于蔡声白的努力经营，美亚织绸厂在战时的困难环境中，不但资产方面没有出现大的亏损，而且有了新的发展。

1945年8月，中日战争结束，美亚企业集团面临新的机遇与挑战。早在1944年，美亚便开始战后发展规划，欲在生产与营业范围上有大的突破。战争结束后不久，美亚即宣布将五个管理处改为分公司，并恢复长沙、衡阳、昆明、福州等地办事处，增设北京办事处。但时势变化却往往不遂人愿。对日战争刚刚结束，国共内战硝烟又起，正常生产秩序恢复仍属无望。金融也陷于困境，通货膨胀加速，外汇管制严格。加之交通阻塞，商人投机成风，国内民族企业的经营环境愈来愈恶化。在此情形下，蔡声白确定美亚公司的运营原则为“紧守范围、步步为营”。正常的经营环境既然遭到破坏，金融界及企业界对政治局面好转也没有太大信心，蔡声白乃寄希望于国外贸易业务的拓展，希望能在国内丝绸销售市场萎靡不振之际，扩大产品在海外的直接销售。

1946年1月，蔡声白宣布即日启程赴重庆，并顺道考察成都、乐山、五通桥等处厂务。3月，蔡声白由重庆飞抵香港，一方面考察港厂业务，一方面欲以香港为基地拓展国外贸易网络。5月，蔡声白由香港启程赴美国，筹备在美国成立办事处及分公司事宜。1947年初，蔡声白又从美国到欧洲考察，先后抵达英国、瑞士、法国、意大利等国。回香港后，全力扩大美亚港厂的生产规模，添建厂房，增加织机，以作为南洋与美洲区产品销售之准备。1947年10月，美亚在泰国曼谷成立发行所。

到1949年，国内战局全面恶化，尽管到10月，国共战争基本上告一段落。但报告显示，美亚上海分公司已经“亏损甚巨”，天津分公司处于困境中，西南的工厂也停产。像此时中国其他民族企业一样，美亚织绸厂面临因秩序失宁而带来的严重危机。12月，蔡声白从香港到天津，视察天津分公司业务，举行美亚设计会议，希望能群策群力，解决企业遭遇的许多难题。会后蔡返回上海，在新的局面下负责美亚织绸厂各项工作。由于实行机构改革，妥善处理劳资关系，1950年8月23日，《人民日报》甚至专门发表消息介绍美亚织绸厂的经验。蔡声白大概也在政府统战对象范围内。

1950年，由于中国介入朝鲜战争，美国及其盟国立即宣布对中国大陆实施封锁禁运，中国对外贸易受到严重影响，蔡声白的国外贸易战略也没有办法实施。中国大陆美亚各家工厂在经营不景气的同时，工人薪资仍需要及时解决。蔡声白在此种环境中有一筹莫展之感。加上“三反”“五反”运动的刺激，到1953年，他原来就有的高血压病也严重起来。于是，蔡声白向美亚公司请长假，请童莘伯代理总经理职务，自己赴香港养病。从此，他对美亚业务基本上不加顾问，美亚香港厂及海外一些营业机构虽然仍在他管理范围，但从资料来看已经没有什么发展的迹象。美亚中国大陆部分的资产，于1954年全部参加了公私合营，企业名字都全部更改。曾经在近代中国历史上显赫一时的美亚织绸厂渐渐为世人所淡忘。1977年4月15日，蔡声白因为心脏病突发，在香港九龙寓所安静地离开了人世。

请注意，蔡声白先生简历的后半部分，虽然没有提到桂林，更没有提到与西南纺织厂的合作，但从其经历来看，与西南纺织厂合作，是符合当时的历史条件和社会背景的。尤其是1949年以后，他与祖父商谈合作也是有可能的。因为当时蔡声白先生的公司已经遭遇危机，并在寻找出路。作为我祖父的学生，其实也做过我祖父助理的陆焕文伯伯，我相信他说起蔡声白先生，以及他和西南纺织厂的关系，不会是随便一说的。

我的这些回复基本上捋清楚了第九条、第十条调研文中所透露的需要补遗的那些信息。

祖父与陈炳勋先生、蔡声白先生、黄炎培先生、胡厥文先生在民族工业、纺织工业的问题上是有过交集的，而且他们为了桂林的民族工业、纺织工业都来过桂林。因为他们在那个年代里都是怀有同样理想、同样抱负的有志企业家，而且还共同生活在上海，共同经营着工厂，有着共同的语言。

民国时的上海被称为“十里洋场”，那是个什么样子，那个时代的人际关系、生活方式、商业合作的运行，我们这一代人无从细晓，借用一句当下的时髦话，那可能就是“断崖式”的不同。我们只能零零星星地从老电影中、一些介绍民国遗风的书籍中窥见一斑。

写到这里，似乎可以停笔了。

感谢调研文给我提供了这么一个机会，使我捋清了祖父的这段历史，捋出来了当年与祖父一起为桂林的民族工业做出过贡献的诸位豪杰。

/ 童年时与母亲在东镇路旧居的合影（1960 年）//

关于《调研》中第十一条——桂林中药厂

《东镇路历史文化调研》原文：

11. 桂林中药厂

（资料来源：《桂林市商业局志》332页）

桂林中药厂是桂林第二家制药厂，于1967年6月在东镇路25号建厂，1970年迁往三里店金星路1号，1981年划归一轻局领导。

郁钧剑在书中只是提到西南纺织厂变成“公家”的制药厂，后来又变成蜜果厂。

我的这个记忆有误，应该在中药厂之前还是蜜果厂，1967年6月在东镇路25号建厂的中药厂是直接由蜜果厂改成的。记得当时母亲还跟父亲聊天说，这个做糖果蜜饯的蜜果厂怎么能够改成制药厂。父亲有点调侃地说，它把制作蜜饯的生产线，改成制中药丸子不就行了吗。想想还真有点道理，在生产线上制蜜饯与制中药丸子的工序可能差不多。

我对蜜果厂的印象是非常深刻的，因为那时候的蜜果生产没有什么机械化设备，蜜饯需要烘干，全靠拿到太阳底下暴晒。尤其是蜜枣啊，橘饼啊，冬瓜糖啊，经常引来乌泱乌泱一群一群的苍蝇或是蜜蜂。不过我这时最高兴，因为整个厂区就我们一户住家，几乎就我一个小孩，我经常可以在太阳底下穿梭于一簸箕一簸箕的蜜饯中间，偷吃。

我在《家在桂林》中写过：

那时候蜜果厂生产的产品主要是冬瓜糖、柚子皮糖、李子饼等。突然有一年生产蜜枣了，新鲜的枣子加工成蜜枣后，还要拿到太阳底下去晒干，估计是当时没有烘干设备的缘故吧。于是工厂院子里，经常晾晒着一簸箕一簸箕的蜜枣。被蜜枣熏甜了的空气招来无数的苍蝇、蜜蜂，也招来了嘴馋的小孩。记得有一次，当我正抓起一颗蜜枣要往嘴里塞时，被蒋伯伯看见了，只听得他大喝一声，像是老鹰捉小鸡一样一把捉住了我。我吓得浑身直打哆嗦，赶紧吐掉蜜枣求饶："蒋伯伯，我真的从来没吃过这种东西呀……" 蒋伯伯盯着我那惊恐的小脸看了好一阵，放开我走了。

第二天上学，他把我叫到传达室，趁四下无人时从抽屉里拿出一个旧信封。他把这鼓鼓囊囊的信封塞到我手里说，这种东西叫蜜枣，伯伯给你弄了几颗，你拿到厂外远远的地方再吃……

我们家应该就是在中药厂建厂不久，被造反派"扫地"出门的，从此就永远离开了东镇路。

自从离开后，我就再也没有进去过那个院子。但少年的我会很想念它。

我们原来的家在工厂的后院，紧挨着城公寺塘北岸。池塘的南边就是叠彩山。叠彩山应该有好几个峰，靠近我家的这个峰，在最北面。上面有个洞，颇大的洞，叫白鹤洞。站在洞口可将我家的老房子看得一清二楚。搬离东镇路后，想念它时，我会独自一人爬到山上去，站在白鹤洞的洞口，眺望着山下塘边的老房子，常常会一待就是半小时，满眼是我在那老房子旁边奔跑着、玩耍着的幼小的童年身影。那时候也就是十二三岁吧，懂得多愁善感了。

后来听说中药厂把我家的那几间房子弄成俱乐部了，不久周围的居民区把整个池塘都占用填满盖起了楼房，我家老房子周围的庭院风景自然就不复存在了。再站到白鹤洞的洞口去眺望，被挤在一堆楼里的那个家，已经完全没法分辨。于是，后来就不再去了。

再后来，修造两江四湖，把填满了的池塘又挖了出来，名曰木龙湖。在那次的挖掘修造中，本来已经面目全非的老房子，就彻底被销毁了。

只留下一汪湖水，如同我的眼泪。

/1966年初夏，搬出东镇路故居前合影留念//

关于《调研》中第十二条——桂林蜜果厂

《东镇路历史文化调研》原文：

12. 桂林蜜果厂

（资料来源：市档案馆《市政函[1996]45号》）

位于原东镇路15号（《桂林市商业局志》）。1996年8月28日，根据市政函[1996]45号，批复同意博达食品总厂原蜜果厂整厂易地搬迁改造。会议纪要提道：该厂搬迁后，将空出的11.76亩土地使用权及房屋产权全部转让给桂林地区国家税务局使用。

郁钧剑在书中讲："祖父（郁鼎铭）在离桂赴京前，把东镇路23号留给了他的独子——我的父亲。原来的23号院门，有一条数百米长的宽敞汽车通道，能绕到25号院后面的我家。祖父走后，父母为了表示有觉悟，响应政府号召支援国家建设，主动封闭了23号门，将汽车通道赠送给了政府，让蜜果厂扩建为车间用，这就是我家改走25号门的缘由。"由此说明蜜果厂本不在23号，占了他们家的汽车通道等地是扩建的需要。

前文已经更正了蜜果厂与中药厂的关系，至于后来中药厂又在何时改回的蜜果厂，又改成博达食品总厂的，我就不得而知了。当然，这些也不是我需要知道的事情。

但这一条调研文，却让我知道了我家的这块地原来是11.76亩，将近12亩。其中，还提到了在1996年8月后，蜜果厂将土地使用权及房屋产权，全部转让给了桂林地区国家税务局使用。

这两个产权证我是听说过的，我知道我们家当年是有的，但应该是被祖父带回上海了。

关于调研文中的那段文字，我在《家在桂林》中原文是这样写的：

祖父（郁鼎铭）在离桂赴京前，把东镇路23号留给了他的独子——我的父亲。原来的23号院门，有一条数百米长的宽敞汽车通道，能绕到25号院后面的我家。祖父走后，父母为了表示有觉悟，响应政府号召支援国家建设，主动封闭了23号门，将汽车通道赠送给了政府，让蜜果厂扩建为车间用，这就是我家改走25号门的缘由。至于25号院子这么大一个西南纺织厂怎么变成公家的制药厂，后来又怎么变成蜜果厂，这段历史我不清楚，一是因为当时我还没出生，二是懂事后我问过父母，父母也是丈二和尚摸不着头脑。但父母亲说过，这全是当年与祖父的关系不太融洽造成的后果，祖父离开桂林时，他们知道祖父手上是有地契的，是有“股权证”的，但不敢去问老人是怎么处理的。等1956年末祖父去世后，父母曾斗胆去问过政府，而政府总是支支吾吾。一来二去，老实巴交的父亲觉得这些都是生不带来死不带去的身外之物，加上当时社会对私有财产的鄙视和厌恶，父母也就不再提起。从此，这一大片连桂林市地图上都标有过的产业，也就成了“千古之谜”。父母也从来没有与我再提起过。

这里有两个地方需要更正说明，一个是地契，应该指的是土地使用证，另一个“股权证”应该是房屋产权证，这两个地方是我的笔误。

言归正传，也正是大家已知的家庭原因，祖父不想把房产证留给祖母，所以在他离开桂林时就都带走了。

但在这些地契和房产中应该有一部分，即我家东镇路23号院里的那一部分自留房是留下来了的。什么是自留房呢？即我家院子里原来有12间房，在当时的社会主义房屋改造运动中，被“改造”掉8间，只剩下了4间，这就是自留房。

因此，蜜果厂转让的这两证，与祖父手里持的证是不是同样的，是不是包括了我们自留房的？

正如前文所记录的那样，我家的自留房曾经是独门独院的，在没有被“改造”之前，是什么样子的呢？（见下图）

/祖父留下的宅院之一，一家四口//

/祖父留下的宅院之二//

图中自右起：父亲、祖母、母亲及邻居，最小者为我，图中我的正前方是一块百十平方米的菜地，菜地的前面即城公寺塘。图中我的左侧，五十米外是祖父原来的书房。图中我的右侧，十来米处即防空洞。

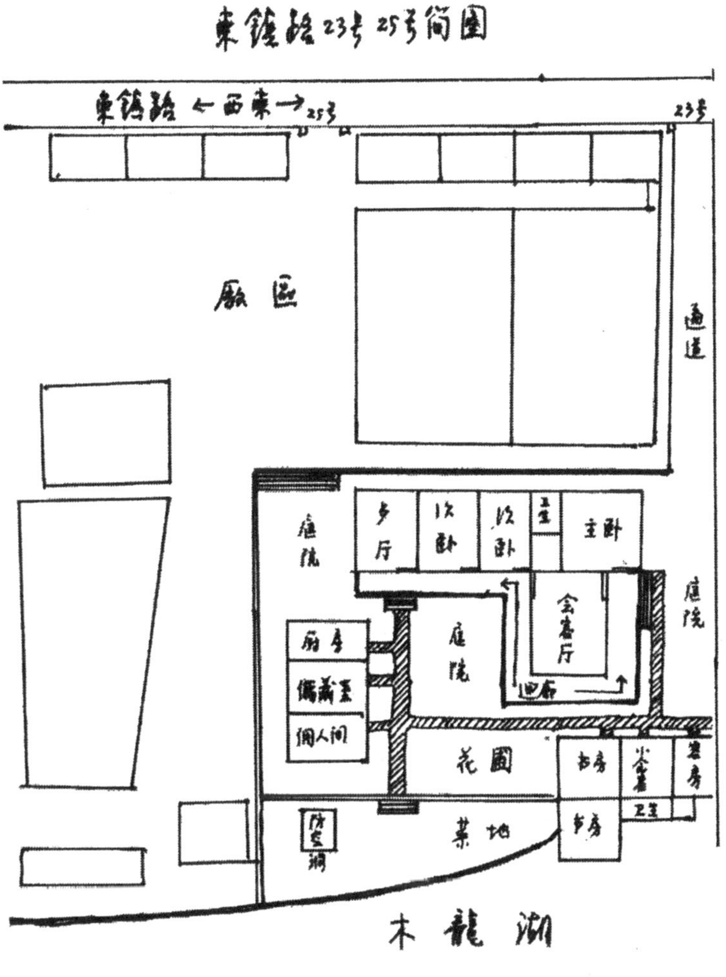

/我凭记忆手绘的东镇路23号、25号平面图，面积不准确，方位是准确的//

关于23号院的情况，除了文前所写，我在《家在桂林》中还有描述：

我出生前“艺庐”就已经经过了社会主义房屋改造运动，“艺庐”里的十多间房屋大部分“改造”给了国家。正如此文前面所提到，父母为了表示觉悟，还额外地将自己“艺庐”千余平方米的大门门厅、汽车通道统统赠送给了政府，让蜜果厂改建成厂房。后来发现自己的“出路”都没有了时，已经来不及了，只好把自己建在厂房后面的院墙拆掉，“寄人篱下”地改走蜜果厂的大门。

走人家的大门，就得归人家管。那时蜜果厂的厂长姓樊，老家也是江苏的，并且跟祖父认识，听说他也是抗战时期南下到桂的“下江人”。当时桂林人把因抗战逃难来桂的江浙一带人，统称为“下江人”。因为有这几层关系，樊厂长一直对我们家十分关照。只要看见我在厂区里玩，总会走过来逗逗我，或者送我两颗蜜果、一块李饼。顺便给我讲讲这个院子的典故。

有一次，他对着被水泥封掉的“艺庐”大门，指着门楣上镌刻着的已经斑驳褪色的“艺庐”两个字对我说：这个厂、这个院子过去都是你爷爷的啊。当时他倒是无心地随口说说，可幼小的我却是有心地牢牢记住了。后来不久爆发“文化大革命”了，蜜果厂的造反派将“艺庐”断水断电，前厂后院的墙壁上，到处糊满了大字报、大标语，并要把我家扫地出门。那时候我十岁，年纪虽小，胆子却大，敢跟他们吵，说你们凭什么要赶我们走。造反派说，你们是剥削阶级，走我们无产阶级的大门，我们决不答应！我说，谁说是你们的大门？这大门、这院子过去还是我爷爷的呢！吵着吵着，我把樊厂长告诉我的话说了出来。造反派一听，好啊！这还了得，这分明是剥削阶级教给下一代的变天账嘛！于是他们抓来我父母质问、批斗。我觉得委屈啊，就说不是父母告诉我的，而是樊厂长告诉我的。话虽是真话，却害了当时也是“文化大革命”被打倒的挨整对象樊厂长。

在《家在桂林》中我还介绍了当时院落的状况：

当时“艺庐”的面积很大，除了有小轿车的专用通道、车库，还有大大小小的房间十多间。那带有木栏杆四周回廊的丁字形主楼是会客室和几间卧室，主楼是砖木结构，因为南方潮湿，主楼在地面上还建有近一米高的台基，整栋房子都铺设着防潮防湿的木地板。院子里还有一排平房，是厨房、餐厅。平房前面就是城公寺塘，即现在桂林两江四湖之一木龙湖。在塘边上还有祖父的书房、客房若干。这些厨房、餐厅、书房、客房都是竹子房，也就是以木头做房子的框架，用竹片编制成墙壁，然后在上面批上纸筋灰（用纸筋与黄泥和水拌成浆），刷上白石灰水，装上玻璃窗，它们就变成像模像样的西式洋房了。

建在塘边上的祖父的书房，有两间建在水上，推开窗，迎面是葱茏欲滴的叠彩山，窗下是碧波荡漾的木龙湖。院子也很大，有石桌、石凳、石径。院子也很雅，有不少花草果木：柚树、梅树、夹竹桃、竹子、芭蕉，还有两丛两人合抱大小的茉莉花。花色一丛淡紫，一丛雪白。

祖父离开桂林时，将书房里几面墙壁的书柜全部都搬运走了。懂事后的我，面对着空空如也的四壁给自己立下了一个心愿，长大后我一定也要有一个几面墙壁书柜的书房。

如果确实是按照调研文所说的那样，根据市档案馆的资料来源，1996年的8月，市政府曾出函批复同意博达食品总厂原蜜果厂整厂易地搬迁改造。该厂搬迁后，将空出的11.76亩土地使用权及房屋产权全部转让给桂林地区国家税务局使用。那么，很有可能就包括了我家手上的自留房的两证和祖父手上的地契与房屋产权证。因为，此时已是1996年，“文化大革命”及“文化大革命”之前的遗留问题均已解决了。

也可以这么说，这近12亩曾经属于我家有土地使用权及房产权的东镇路23号及25号，已全部归于国家，捐献于国家。

应该说，这近12亩的土地并不是一次性捐献给国家的，而是在上个世纪五十年代到六十年代的一次次政治运动中，父母自愿地从自留的需要到最后无偿地搬迁到八角塘，住进了需向房管所交租的公租房内，逐步完成的。

父母从曾经的有产阶级，蜕变成彻底的无产阶级。整个过程，父母他们那一代人的真心实意，是经得起时代考验的。

关于《调研》中第十三条——桂林电机厂

《东镇路历史文化调研》原文：

13. 桂林电机厂

（资料来源：《年华无悔》357页）

位于原东镇路25号。是"大跃进"初期于1958年4月在东镇路25号成立的，1959年4月迁到黑山现地址。

郁钧剑在书中讲："除了留下房子，老人家（郁鼎铭）也怜悯我父亲的自行车修理生意一直不好，毕竟父亲是他的独子，才又拿出了很少一点钱，'公私合营'到桂林电机厂，即后来的桂林机械厂，让父亲代替他做了资方代理人。"与现有的资料在时间上不符，郁钧剑的祖父是1956年去世，桂林电机厂是1958年4月成立。

根据调研文所说，桂林电机厂成立于1958年4月，其信息来源于《年华无悔》。照此书名看，这应该是一本回忆录，虽然在一般回忆录中，都有当事人的记忆会出现偏差的情况，但我想，电机厂成立于1958年是合适的、准确的。而我原来所说的，祖父是在1956年去世的时间是不太准确的。

这不能不说，这是我在父母生前没有核实过的又一大遗憾。

为什么说我祖父去世于1956年的时间，现在看来是不准确的呢？一是我出生后祖父才给我起的名字，二是只有电机厂创办了，我的父亲才能去该厂参加工作，否则我说的这两点都不能成立。

/祖父郁鼎铭中年时//

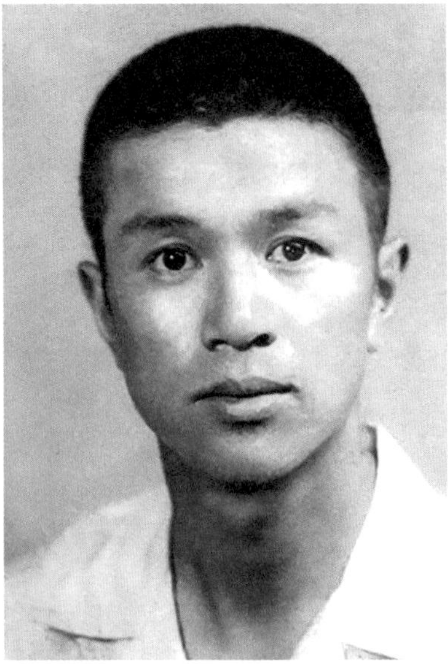

/父亲郁有声青年时//

桂林电机厂对我家而言，其实是蛮重要的。它的重要在于，首先可以说它是我祖父及我父亲人生的一大转折点。而这个转折点，折腾了我家几十年，折腾了我的整个少年时代。

为什么这么说呢？

桂林电机厂对于我祖父来说，他的人生转折在这里是一种解脱。

综合前面几条调研所涉及的华中铁厂重组失败、西南纺织厂曾被军管等，包括在陈炳勋先生、蔡声白先生的简历中我们看到的当时的社会状况，以及当时的经营情况，都可以说明西南纺织厂的局面好不到哪去。

陆焕文伯伯曾经在上海对我说：“新组建的西南纺织厂虽然机器好、规模大，但经营一直不太景气。”他告诉我原因有二，其一是抗日战争胜利后的桂林元气大伤，疏散前在桂林的那些文化人、商人、行政人员绝大部分没有回来；其二是桂林当地并不产棉花，当时交通又极不方便，生产材料自然极度缺乏，有的股东就认为与其远离江浙家乡、远离桑麻产地而在桂林建厂，还不如迁回当时战事已经平定、生产资源又丰富的江南去。陆伯伯说，由于办厂方针的不和谐，导致一位叫蔡声白的大股东撤资去了香港。陆伯伯是在这个地方提到蔡声白先生的。我记得我当时还在笔记本上把这个名字经陆伯伯核准后记了下来。陆伯伯还说，从此西南纺织厂就一蹶不振了。

由此看来，不管蔡声白先生是否参与了西南纺织厂的建设，这个以江浙沪人为主体的纺织工厂的溃败是不可逆转的。

祖父离开桂林，应该就是在此时间段，也就是1953年左右。除了工厂本身的原因，还有就是黄炎培先生来函邀请他北上。再有很重要的一个原因，就是祖母被父亲从南通海门乡下接到了桂林。而此时祖父后续的张夫人也已经去世，于是祖父他急于离开桂林。

桂林电机厂最早是股份制的，祖父是股东之一。应该说，在西南纺织厂的原址上创办电机厂是最明智的选择，这样他就可以把自己在桂林十来年的“身后事”全部解决了，可以告老还乡了，还可以给自己的儿子找到一份安稳的工作。这不能不说是他人生的成功转折。

桂林电机厂对于我父亲来说，他的人生转折在这里是一种脱胎换骨。

我从以往与母亲的闲聊中知道，父亲的学历是不高的，由于从小祖父不在身边，祖母就对他特别溺爱。都说溺爱的孩子不爱学习，父亲应该是个例子。尽管家里有私塾，但据说父亲小时候就是不怎么喜欢读书，再加上祖母舍不得让父亲离开她，便坚决不让祖父带父亲离开家乡，因此，祖母总觉得对自己的独生子有所亏欠，也就对他听之任之。

不过父亲从小喜欢研究机械，这点估计有祖父的遗传。母亲说，在父亲很小的时候就有把自行车拆开了又重新装上的经历。母亲说，那时候在海门乡下，自行车是非常非常稀罕的啊，尤其还是进口的。我问过父亲有这件事吗，父亲憨厚地笑笑说，那时才十三四岁，拆的是祖父从上海捎回来的英国进口的自行车，叫三枪牌。母亲还说，除了拆自行车，你父亲在桂林时，甚至还敢将你祖父新买回来的小轿车拆了，再拼装回来。

记得母亲提到这件事时，叹了口气说："嗐，要是你祖父喜欢他就好了，小时候带他去上海读书，就完全是另外的一个人生啦。"

母亲说，他们结婚后，父亲就开始去打工了，而去哪里打工，父母却没有详细地告诉过我。

1978年的时候，社会上政治氛围宽松了，可以与"海外关系"联系了。从我家与海外亲戚来往的信件中才知道，当年父亲外出打工，也不是靠祖父，而全靠祖父的大弟弟，做过南京的中央航校校长的叔公，安排他到南京机场修飞机。母亲后来说，我这个居住在美国的大叔公是很喜欢父亲的，喜欢他的老实、憨厚、不爱说话。大叔公知道祖父去世得早，也知道父亲这些年来的遭遇，所以特别牵挂他，以至于虽然没见过我，也依然非要联系我去美国读书，并为我存了十万美元。但我不喜欢美国，没去，钱当然也没要。

知道了父亲的这段过往，才想起，难怪父亲一直对南京情有独钟。

记得1968年南京长江大桥建成通车，父亲莫名其妙地特别兴奋，特别表示了想去南京的那种渴望心情。要知道1968年正是"文化大革命"最激烈的时候，像我们这种家庭的人是不敢，也不可以"乱说乱动"的，而父亲却如此反常，他的这个反常给我的印象特别深刻。

父亲一直想去南京，遗憾的是总未能成行，他临去世的前半年来过北京，回桂林的时候就提出过能不能"弯一弯"去趟南京。"弯一弯"是我们江苏老家的土话，就是取道的意思。当时我工作实在是太忙，说明年我专程陪您去吧，不料天不遂人愿，父亲去世了，最终没能去成。

我知道他是想去看看他年轻时工作过的地方，他想他的叔叔了。

言归正传，父母应该是在1946年左右到桂林投奔祖父的，人虽然是投奔了祖父，但心并没有被祖父接纳。由于没有学历，二奶奶看不起父亲，再加上他从小没有跟祖父在一起生活过，很多生活上的习惯不吻合。祖父也无法安排他做贴身的管理工作或是技术工作，便让他去做了华中铁厂或者是西南纺织厂的仓库保管员。

也许父亲也感觉到了这种尴尬，便提出自谋职业。

我在《家在桂林》书中写道：

> 祖父于是就给了父亲三百块大洋，让他去自谋职业，自食其力。母亲说这三百块大洋在当年就创业来说，说多也多，说少也少。当时已有了我兄长的父母拿到钱后，商量来商量去，觉得这钱总不能全拿去投资创业吧，总还得存一点备急吧，于是决定只做些小本买卖。
>
> 父母在三多路附近开了家修理自行车的铺子，做些只图谋生计的小本买卖。辛辛苦苦、平平安安地经营了好几年，一直到祖父离开了桂林。这家铺面上个世纪八十年代还在，也就九到十平方米，是那种在旧时电影里可以见到的、用一块块木门板开启的铺子。小时候父母带我上街，但凡经过那里总要敲开已改成裁缝铺的铺门，进去看看房东孤寡老太太。

开了个修自行车的铺子，等于实现了父亲从少年时就有的修车“理想”。

前文所说，西南纺织厂的落幕，导致了祖父彻底离开桂林，但按照推理可知，由于东镇路这块地盘还是属于祖父的，因此创办的桂林电机厂应该是与上海的祖父商议过的，否则远在上海的他，不会投股参与电机厂的创办。那么也因此，父亲才得以关闭了小小的自行车修理铺，并有了一份正式的工作。而正式工作的名分很清楚，叫“资方代理人”。言下之意，就是代理祖父的股权。我记得每到分红，父母是把分红得到的股利汇往上海的。

不料在“文化大革命”中，不分青红皂白，“资方代理人”便成了资本家。

而资本家这个身份，给父亲带来了莫大的灾难。

也是资本家这个成分，给我的少年时代同样带来了莫大的灾难。

最有趣的是，后来在很多场合，要我说明家庭成分时，我都会颠来倒去地介绍祖父先是干什么的，后又干过什么，父亲虽然开过店，但那只是一间不足十平方米的、个体户的、修补自行车的小店，并没有剥削过工人，等等。常常弄得我是“说的人口干舌燥，听的人云山雾罩”。后来，还是我到了总政歌舞团后，有一次与副团长胡德风指挥闲聊，他听完我如此这般的诉说后，很精辟地说了一句：“咳，说那么复杂干吗，你就是个书香人家出身嘛。”

关于《调研》中第十四条——解放军181医院

《东镇路历史文化调研》原文：

14. 解放军181医院

（资料来源：市档案馆《桂林市人民委员会关于东镇路原181医院房屋产权问题及广州军区后勤分部需用房屋安排的报告》）

位于原东镇路2、3、4号及南一里5号等处房屋，原属桂林市银行财产，由于解放初期驻军需要，均分别由房产管理部门借给部队使用。原驻用单位21兵团后勤部汽车连、修械所及55军后勤部医疗第二所于1953年9月转给74陆军医院驻用（74陆军医院后改为181医院）。1958年11月，由于地方工业的发展，自治区人民委员会及军区营管部门根据我市的实际需要，经实地调研后决定181医院在民主路扩建，东镇路房屋交市接管使用，181医院逐步往民主路迁移。

郁钧剑在书中讲：白崇禧府邸在东镇路东巷巷头，新中国成立之初做过解放军的医院。目前没有找到资料证明此一说。

该条调研文已经说得很清楚了，最早的解放军181医院，确实就是在这里，当年母亲告诉我的情况是对的，只不过是我没把地点写清楚。

关于《东镇路历史文化调研》的最后感言

梳理完了我对这十四条调研的回复，仿佛又重走了一遍东镇路，不尽的往事如潮水般拍打着心岸，让我久久不能平静。

有好几次写着写着自己就哽咽了，甚至流下了泪水。

为什么？因为我想起了我的童年，想起了父母。

因为我对这片土地爱得深沉。

综观这些回复，的的确确是对《家在桂林》的一种拾遗，尤其是无意之中居然找到了全国迁桂工厂联合会的成立出处，这是万万没有想到的。更没有想到的是，当年的东镇路25号完全有可能是迁桂工厂联合会的落脚点。因为，无论是在《东镇路历史文化调研》中提到的上海铸亚铁工厂、华中铁厂、中南联合工厂、中华铁厂，还是广西纺织机械厂、西南纺织厂都离不开东镇路25号。

尤其是在1949年，新中国成立后，桂林市的第一张地图上，就明确标明了西南纺织厂的位置，而且是地图上除民生必需的自来水厂外唯一一家企业工厂，可见其当时的影响与地位。

写到这里，有点感觉进入另外一个状态了，就是东镇路的历史文化研究，不仅仅是几栋故居的问题，不仅仅是城市文化建设的问题，还牵涉抗日战争期间，在桂林的内迁工业、民族工业以及全国迁桂工厂联合会的存亡与发展的问题。而以往关于这方面的研究，似乎是很少的。

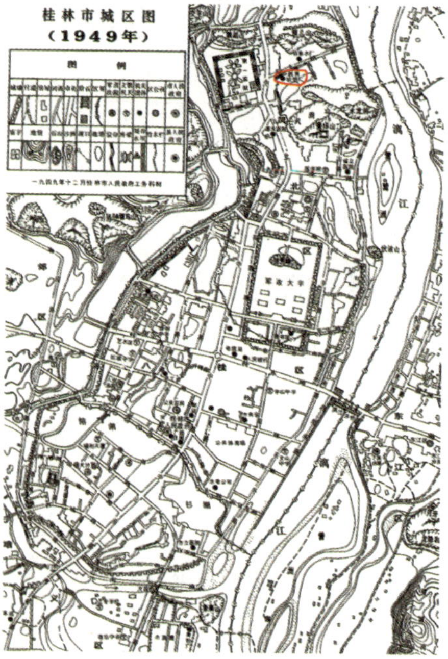

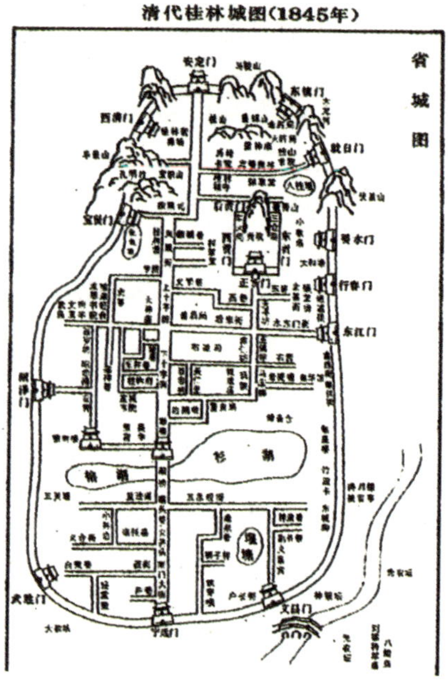

这是我在梳理这些调研文过程中的新的发现。

以往我们比较常提桂林“文化城”的概念，也列出了一大批当年在桂林的知名文化人的名单，讲述了他们的故事。但类似抗战期间桂林也曾经来往过许多像我祖父这样的企业家的研究，似乎没有见到，或者是很少见到。

今天，由我来提出这个问题，似乎有点不合适，有点自以为是，因为毕竟事主是我，说好说坏都与我有关。

确实我在写《家在桂林》的时候，初衷仅仅是回忆一些生活的场景，真的没有想到如今却牵涉了也确实值得我们思考的问题。桂林的过去，确实有需要我们去“拾遗”的地方和东西。

今天，我作这样的文章，除了是对《东镇路历史文化调研》的回复，更想以自己的微薄力量，来填补一下抗战期间，乃至整个当代历史上，桂林工业的发展，至少是民族工业的发展，纺织工业的发展的一点空白。

因为，仅在我的这点回复中，就挖掘出来了，在1938年光是从江浙沪一带迁来桂林的工厂就有88家。在当年88家工厂可不是一个小数，况且不同年代、不同地区，都会有迁往桂林的工厂。这本身就是值得研究的课题。

还有回复中提到的黄炎培先生、蔡声白先生、陈炳勋先生，包括我的祖父郁鼎铭先生都是在百度上可以查到的人物。那么，还有其他来到桂林的企业家呢？这同样是值得研究的课题。

我在前文说过，既然我们要做这方面的调研，就要尽可能做得细一些，有价值一些。

最后，我还有这么一个建议，应该把原来东镇路上的白崇禧公馆、李宗仁故居、黄旭初故居与李济深故居，以及叶挺先生被囚禁处，把这些典型的建筑恢复起来，因为它们正好都是在木龙湖的北岸。如此这般将这些建筑与木龙湖的游览连为一体，这将大大地增添木龙湖风景旅游的历史文化内涵和历史文化价值。

至于我家的故居，也完全可以作为抗战期间88家工厂迁桂时的落脚点之一，和迁桂工厂联合会的所在地的纪念物。

顺便说一句，迁川工厂联合会在重庆当年是非常重要的工业社会团体，主席（理事长）是胡厥文先生。我记得陆焕文伯伯曾经对我说过，1938年10月武汉沦陷前，祖父曾与他的好朋友，当时国民党经济委员会的翁文灏先生一起在武汉谋事了一段时间。分手时，祖父到桂林做了迁桂工厂联合会的主席，胡厥文先生则到重庆，去做了迁川工厂联合会的主席（理事长）。

如果这条建议能够被采纳，实为幸事。

最后的东镇路

洋洋洒洒写了好几万字，倾注着我对东镇路的那一份情感，很深沉的情感，浓缩着我整个童年的喜怒哀乐的情感。

也不知道说清楚了没有？

“情到深处人孤独。”

在《家在桂林》里，和这本书里的调研文的前几条，以及我对调研文的回复中，又啰啰嗦嗦地说了一遍东镇路。真是短短的一条街，有说不完的故事、道不尽的话题。

我想最后用我从资料上查到的相对正确的说法，来把东镇路说清楚。

那就是：

“东镇路的得名，缘于东镇门。

东镇门为宋末广西经略使胡颖于南宋咸淳五至八年（1269—1272）所建的静江府城门之一。”

什么是经略使？经略使是一个官名，在唐宋时期为边防军事长官。一直到元明清都有此官职，统理一省或数省军务，职位高于总督。清朝中期以后，不再设此官职。

“东镇门位于铁封山东南麓、东镇路东端。属于砖石结构，券拱及墙垣外砌料石，内填夯土，地面铺宽薄条形砖，宋时名称无考，明代称‘东正门’，清代始称‘东镇门’，城垣高6.4米，厚15.8米，拱高3.4米，门洞深16.32米，门西端宽2.3米，东端最宽处2.95米。城门东向，紧邻漓江，南北城垣分别与叠彩山、铁封山相接，同时在今铁封山与鹦鹉山之间修有北月城，以作护城之用。

“据史料记载，南宋‘马将军’及其部将娄钤辖曾在这城墙上抗击元军，接着马将军率敢死队与敌巷战，臂伤被俘，就义时‘杀之断其首，犹握拳奋起，立逾时始仆’。

“东镇路在清代时称东镇门街，民国年间改称东镇路。当时，东镇路为桂林要人的居住区。

“解放后，东镇路曾一度更名群建路。”

现存的东镇门于近些年将坍塌的城墙修葺一新，并重建了东镇门楼。

东镇门于1984年公布为桂林市文物保护单位。其宋静江府城墙于2000年公布为广西壮族自治区文物保护单位。

如今的东镇路已建成木龙湖景区。

据史料记载，木龙湖，位于宝积山、叠彩山北侧，鹦鹉山、铁封山南侧。在刻于南宋咸淳八年（1272）的《静江府城池图》石刻中，是一条水流，西段很宽，东段则细小。西段水流在唐代就已存在，名华景塘。唐代会昌五年（845），桂管观察使元晦开发宝积山华景洞，并在洞前建岩光亭。为什么叫岩光亭呢？因为“以岩拂水而写光也”，这里说的水，就是指华景洞前的华景塘。明代张鸣凤《桂胜》对华景塘有这样的描写：“横塘深广，晨飘霞绮，夕丽金波，得水而观益增。”景色如此绚丽，引来不少住户和游人。明人沈林有诗曰：“如流车马门前度，似栉人家水畔围。”明末清初，华景洞前与华景塘之间建有寺庙。清光绪二十七年（1901）重建时，铸有一尊大铁佛，该寺名铁佛寺，华景塘也改称铁佛塘。清代时，东段水流已分割成几个独立的小池塘，清代桂林著名画家李秉绶以这些水面为中心，建私家园林，名环碧园，建有石桥、亭榭等，水面可泛舟游览。到了民国，铁佛塘水面缩小，与环碧园的水面已不能连接。

由此看来，木龙湖即我在《家在桂林》与本书中一直说的城公寺塘。城公寺塘是我小时候东镇路一带人对木龙湖的称呼，此史料中所记载的铁佛塘，应该也就是城公寺塘。

1998年，桂林市委、市政府启动两江四湖工程，恢复和发展了桂林古城水系。四湖成为桂林环城水系的核心组成部分，水变清，景更美，与漓江贯通，可以通航。两江四湖游览新景区，使桂林更具“城在景中，景在城中”的特色，凸显山林情趣和历史文化特色。

我曾经在梦中见到过似熟悉又陌生的一条东镇路。

在梦里，清晨轻纱般的薄雾缭绕着竹木葱茏的漓江边，它的青石板路蜿蜒穿过东镇门，然后笔直地通向了中山北路。青石板路的两边鳞次栉比着各种精巧别致的小院子。不同的院门、不同的围墙玲珑错落。围墙内婆娑着婀娜的芭蕉，翠绿的大叶片中垂悬着猩红的花朵。

院门顶上蓬蓬勃勃着蔷薇，红的、白的、粉的，花团锦簇。

青石板路的两边五颜六色的小花、青碧欲滴的杂草，镶嵌在围墙与青石间，一片生机盎然的气象。

有红衣女子挎篮洗衣而去；

有白襟男儿木桶担水而归。

百把米的路上，流淌着不尽的清幽静谧，温馨安逸。

我相信这不是梦，这是曾经。

拾遗东镇路，就是企图拾遗东镇路的曾经。

拾遗是一种心灵中的安静，一份审美上的恬淡，一点情怀间的依恋，一抹回忆里的温馨，一派过日子的安逸。

那么也许有人要问，难道现在这样的东镇路不好吗？平心而论，现在这样也蛮好的，热闹奢华，同样是心灵的满足，审美的别类，情怀的拥有，回忆的组成，日子的寻常。

而且当今的整个社会、整个世界都在向热烈的氛围膨胀。

这是历史发展的必然，是大自然走向的必然。

我们今天拾遗恐龙，拾遗《诗经》，拾遗千年百年的过往，到拾遗东镇路，在形式上都是一样的，当然内容会完全不一样。但在主题上有一点相同的意义，那就是在拾遗中应当要恢复记忆，至少是一种文化碎片的记忆。就拾遗东镇路而言，就是在将东镇路的一些文化碎片，填补与拼凑入东镇路的历史，再完整地留给后人。

就最后的东镇路而言，绝不可能再是我梦中的那个样子了，也不可能是我拾遗中的那个上世纪五六十年代的样子，更不会是今天的这个样子，而是明天的那个样子。

谁也无法预料明天的东镇路，或者最后的东镇路会是个什么样子。

第二部分

《家在桂林》之内的拾遗

小胖和毛毛

小胖和毛毛是姐妹俩，是我童年时的邻居。姐姐小胖比我大五六岁，妹妹毛毛比我大两三岁。

生活中的小胖并不胖，只不过脸是圆嘟嘟的，像她妈妈。记得她比我大五六岁是因为我刚上小学的时候，她就考上中学了，而且考上的是广西师院附中，这是全市教学水平最高的中学，还记得为此她爸爸还给邻居分发了喜糖。虽然后来我进的也是附中，但我们那时候已经是按地区分配的，不用考试了。

妹妹与姐姐长得不像，妹妹毛毛像爸爸，方方正正的脸，性格却像妈妈，整天哇啦哇啦地喜欢说话。而像妈妈的姐姐性格却像爸爸，似乎走路都是顺着墙根走，叫她的时候，她应声时，都要脸红。

大凡小孩子小名叫毛毛，一听就是我们江浙沪老家的人。我们老家那边的孩子小名叫毛毛的很多，光在我们总政歌舞团的院子里，就有好几个孩子叫毛毛。一问老家在哪，都是江浙沪的。

我的童年挺孤单的。

我只有一个哥哥，比我大十几岁，我六七岁时，他就快二十了，懂得谈恋爱了，搬出去自己住了。在记忆中我俩几乎从来没有玩到一起过，印象最深的是他带我去漓江里游过一次水。桂林人把游泳叫作游水。那次下水时，他也不管我根本就不会游水，一直把我往深水区里拽，吓得我呜里哇啦地乱叫，把旁边的人都吓着了，他却笑，说淹不死你，有我在呢，我是你哥，能让你淹死吗？

我不知道是不是那次造成的“恐水”，使我虽然生长在漓江边，至今也不会游水。

我十岁以前我们家是个深宅大院，经常是十几间房间里只有我一个小孩，自顾自地玩耍。因此，小时候的我胆子很小，特别怕黑夜，怕鬼。那时候很奇怪地觉得为什么父母那么忙，为什么每天除了工作还要学习，每天晚上都要八九点钟才回家。于是，每到晚上，我常常像一只猫，蜷缩在床上的被窝里，盯着房门口，盼望着父母归来时开门的一刹那。

应该是在我四五岁的时候，院子里突然住进了五六户人家，这便是我在《家在桂林》中写到的：

听父母说，解放初期祖父北上，将秘书、保姆、司机等都辞退后，家中只剩有我奶奶、父母、兄长四口人，“艺庐”院子里的那十多间房子，住起来就绰绰有余了。正在此时，政府推行了一场社会主义房屋改造运动，父母一是响应号召，二是害怕运动，只给自己留下了四五间“自留房”，剩下的房子就都归公了。那些房子由房管所出租给了租户。最热闹的时候，院子里住下了五六户人家，尽管我当时才刚刚懂事，但那种热闹的场面、邻里的情谊一直维持到上个世纪60年代初，给童年的我留下了十分难忘的回忆。

这些邻居中，其中有一家人姓李，在《家在桂林》中我也有介绍：

与我能玩到一起的是住在我家北隔壁宁波人的孩子，姐姐叫小胖，妹妹叫毛毛，她俩的父亲叫李节守。平时与李伯伯见面时，他总是笑，当年四五十岁就有了白花花的长长的寿眉。母亲说他也是抗战时到桂林的“下江人”，当时自己开了个小小面粉厂，做了个小老板。新中国成立后他的小面粉厂也被公私合营了，他成了原来属于自己的桂林北门面粉厂的仓库管理员。

小胖和毛毛的母亲是湖南人，是带着另一个女儿改嫁给老实巴交的李伯伯的。李伯母气质优雅，总喜欢穿一件旗袍。母亲说她原来是有过丈夫的，因为临解放时的战乱失去了联系，于是才带着这个女儿嫁给了既少钱又少貌的李伯伯。小胖和毛毛的这个同母异父的姐姐，刚来到李家时正值十八九岁的芳龄，超过了其母的优雅和容貌，但十分可惜的是因为上大学时失恋而疯了。

疯姐姐平时不吵也不闹，整日躺在床上，可每当见到我，总有十分善良的笑，甚至还知道拿糖给我。但她发起疯来却不得了，会打人，力气还特别大。院子里的男子汉，如我爸、我哥、老曹、小董都会去帮李伯伯的忙，把她按在地上捆起来。每到这时候我都会被吓得躲得好远好远，我会难过得流眼泪，我觉得疯姐姐好可怜好可怜。

小胖和毛毛比我略大几岁，因此能玩在一起。其实我也只能与她俩玩在一起，因为母亲管得严，甚至不让我出院门，我也就只好成为她们的跟屁虫。

她们在院子里时是愿意跟我玩，一旦要上街了，却又嫌我小，烦我跟在后面。有一次小胖和毛毛要去看电影，刚要出门就被我发现了，我非要跟着去，她俩就骗我，说我头上有跳蚤，要我洗十遍头，还要用花露水杀死跳蚤后才带我去。那时我小啊，害怕跳蚤啊，信以为真了，把头发洗了又洗，真的偷出了母亲的花露水，恨不得往头上洒了半瓶。正当我忙碌着呢，哥哥回家了，他问我是怎么回事，没等我解释到一半，他扬手就给了我一巴掌。

小胖和毛毛姐妹俩，可以说是我童年时期的唯一玩伴和朋友。

然而，好花不常开，好景不常在。也就是过了三四年吧，到了1964、1965年左右，社会上又搞了次私房改造运动。听父母说过，政府当时又来人了，说原来归公的那些房子，虽然表面上是归公了，但实际上你们还是收取了一些租金的，这是资产阶级不劳而获的剥削行为，在社会主义的新中国是绝对不允许的。从现在开始，租金是绝对不允许再收了，而且所有的房子都要真正地归国家所有。当时父母都有工作，心想也不缺收房租的这几个钱，再掂量掂量政府来的人说过的话，又想想新中国成立以来所经历过的那些“三反五反”“公私合营”“反右”等多次政治运动，顿时觉得这是件势在必行的事情，归公就归公吧。房子一归公，就听说蜜果厂要改造成集体宿舍，不久，昔日的邻居就被通知要往外搬了。热闹的院子一下子就寂静了下来。

院里的五六户人家很快就搬走了，李伯伯一家搬得最晚，因为他老是在犹豫是继续留在桂林呢，还是趁此回到老家去。当然最后还是走了，但宁波回不去，因为宁波算是大城市，于是他们只好回到了浙江省的嘉善县。

他们离开桂林时，我们全家都去火车站送行，李伯伯送给我一本十分精美的笔记本，上面写着“祝钧剑小朋友好好学习、天天向上，将来成为国家的栋梁”。那天母亲很伤感，对李伯母说：“桂林蛮好的，为什么偏要走呢？”李伯母叹了口气：“唉！老头子说，这叫落叶归根啊……”

他们离开桂林后，还是来过几封信的，但因为很快就“文化大革命”了，我家也搬出了东镇路，加上父母心情不好，也就懒得回信，两家的通信就这样中断了。

一直到三十多年之后，在上个世纪的九十年代末，有一次浙江嘉善邀请我去参加一个公安晚会，我想起小胖、毛毛他们家，就同意去了。但没有他们的地址啊，一直到临行前都没有找到，结果没想到一到嘉善，她们姐俩竟主动找来了。

见面时表面上没有太多的激动，但眼睛却一直在辨认着对方脸庞上的变化。我发现姐姐小胖还是那样沉着文静，妹妹毛毛还是那样叽叽喳喳，最不可思议的是，她居然在用一口完全不是桂林话了的“桂林话”

与我交谈。她顽固地、激烈地说，当时她是坚决不愿意来嘉善的，是她父母逼她来的。这是她一辈子的痛，一辈子的悔，一辈子的恨。她说："我从来不说我是浙江人，更不说我是嘉善人，我在任何时候对任何人都说，我是桂林人，因为我生在桂林。"

我感觉到了这是毛毛这一辈子的不快乐。

姐姐小胖很平静很温和地看着妹妹，眼里流露出的尽是怜悯、同情和心痛。可不是嘛，当时在"文革"前夜，开过面粉厂的李伯伯被冲击在所难免，况且夫人的状态也不好，还有个疯女儿，所以远离桂林，找一个小县城安个家，"落叶归根"是最好的办法。毛毛年纪小，不理解父亲的用心良苦啊。

小胖告诉我，她们的父母都不在了。疯姐姐去世得更早，回到嘉善后因为没有药，也没有经济实力长久地给她治病，不久就去世了。我说我父母也不在了，他俩前后脚是在一年内去世的。

顿时一片寂静。

想起了我们母亲之间的、当年亲如姐妹的交往场景，顿时感到了人生的短暂和脆弱。

姐妹俩约我第二天吃顿饭，我说没时间了，演出完后我就要赶回杭州，明天一大早还要赶回北京。我说这次同意来嘉善，就是想碰碰运气，看看能不能见到你们俩，没想到如愿了，心里真高兴。

我请她俩看了我的演出。散场时因为走得匆忙，加上围观的人又多，只是远远地挥了挥手，我看见毛毛哭了。

后来通过两三次信，在信中我向小胖索要了当天她带来的那张旧照片，说复印一下再还给她，我说因为"文化大革命"红卫兵抄家时，把我家的照片都毁掉了。不久，小胖把照片寄来了。但后来又因为我太忙，不仅拖着拖着就忘了还，而且还断了音信。

现在偶尔会看看这张照片，看见小时候的模样，就想起了那个年代的忧伤。

这次在桂林开“回乡演唱会”，还真的想请她俩来的，咳……人生真的是没有后悔药的。

/上世纪六十年代于桂林，邻居小胖、毛毛离开桂林时的合影//

五分钱的情谊

在我小时候的眼里，五分钱的钢镚是个稀罕物，值钱得不得了。

那时候在桂林，如果去饮食店，四分钱就可以买一碗素米粉，或者一碗胡辣，一碗三个的汤圆。也可以买一块碗糕，或者一点发糕，一个油堆，一根油条。如果去杂货铺，可买的东西更多，五分钱可以买一个描红本，四分钱可以买一个算术本，三分钱可以买一块橡皮，两分钱可以买一杆铅笔，一分钱可以买一张硬纸壳的公仔，这是小学生用的。在杂货铺里还可以买吃的，五分钱可以买一块蛋糕或萨其马，三分钱可以买一块鸡公饼或桃酥，一两分钱可买的零食就更多了，两粒水果糖，一颗橄榄，两根酸豆角，两片泡包菜，一串辣萝卜干，一块烤红薯。如果走在马路上，五分钱可以在街道两旁的摊贩上买一个陀螺，可以看五本小人书，打十次气枪射击气球……

读小学的时候，懂得了花钱，但凡父母能给五分钱，便觉得那一天就是神仙过的日子了，就得花大半天的时间盘算着这五分钱该怎么花，然后在一两分钟时间内，短平快地把它消灭掉。

也由此对钱从可以买好吃的、好玩的的认知，上升到了一种财富的认识。过年时把压岁钱存了个五毛、一块的，都可以在同学之间相互攀比了。那时候家家都很穷，小孩子手里有个一两块钱的，绝对是一笔巨大的财富了。

大概是在小学二三年级的时候，班上转学来了一位男同学，他家就住在我在《家在桂林》中写过的李宗仁的“行宫”里：

再往里去，在桂林自来水厂的斜对面，是做过国民党代总统的李宗仁先生的“行宫”。这个小院我曾去过一次，记忆中是我小学三年级时，一位父母是军人的同学在这里住过。印象中小院里面有一座颇为洋气的T字形平房，多间居室都是玻璃敞亮的木格门窗，墙壁与我祖父居所的墙壁相似，是一种拉毛式的装饰效果。但是祖父家是米黄色的，他们家是雪白的。小院里有很多花草树木，吱呀一声，推开院门，扑面而来的是阵阵鸟语花香。小学同学姓姜，与我同班不到半年，又跟着父母随军走了。

这里我写他姓姜，应该是不确定的，甚至他在班里是不是待了半年，都是不确定的。或许只有一两个月？两三个月？总之在他这短短的就学时间里，估计我是他在班上唯一交往较多的同学。他去过我家的“家庭学习小组”，在我家做作业，母亲对他进门叫阿姨，出门喊再见的彬彬有礼赞不绝口。

记忆中确定的是，有一天下午放学，他偷偷地拉着我，要我去他家，就是学校巷子口那个平时院门紧闭，几乎没有人进出的那个李宗仁“行宫”。然后他悄悄地告诉我，他又要转学了，要跟父亲去外地，明天就不再去学校了。说完后，他从口袋里拿出了一枚五分钱的钢镚，塞到我的手里，两眼很真挚地望着我，什么也没再说。

我在他的凝望下，把这枚滚烫的钢镚紧握在手中，离开了他的家。

从此，天涯海角再无音讯。

从那天起，五分钱的钢镚，在我小时候的眼里不再是很值钱的，可以买到很多好吃好玩的稀罕物的了，也不是什么财富的象征了，而是沉甸甸的友情的存在。并启示着今生。

宝积山下的孔明台

我就读过的中学，当时叫广西师院附中。这是一所颇有历史的学校，它成立于1941年，而且自成立始，就一直是广西境内最好的中学之一。算来已有整整八十年了。

学校七十周年的时候，搞过一次校庆的纪念活动，邀请我回去参加，并让我在活动上演唱了两首歌。校长刘新来说，一定要给我报酬，他的意思是有付出就应该得到报酬，这是社会的公平原则。我是赞同这个理念的，因为在我的从艺过程中，经常会遇到“被赞助”的情况。比如说，我曾经参加过某地的一个纪念活动，当地请了不少明星大腕，那些同行都是按“市场价”拿报酬的。到了我这儿，主办单位却对我说，郁老师你在这里生活过，又是军人，这次就当赞助我们了吧。于是，我就莫名其妙地“被赞助”了。当然赞助“被”与“不被”都无所谓，因为我们经常就在做赞助的事情，但是像这样的做法，心里的味道总是怪怪的，心里是很别扭的。所以，刘校长的意思我领会了，那次给我的报酬我也要了，但是没有拿走，而是自己又加了几十万，成立了“郁钧剑奖学金”。

一眨眼，这个奖学金发放也到第十个年头了，真快啊。当时我定下的奖励对象不是贫困学生，而是品学兼优的好学生。记得刚成立“郁钧剑奖学金”的时候，有记者采访我，问我，在他的印象中一般助学都是捐助贫困学生的，如“希望工程”。他们都没想到我反其道而行之，奖励的都是优秀学生。

我说虽然我是1989年最早的“希望工程”的捐助者之一，但我对“希望工程”的理念不是很认同的，因为我国的宪法明文规定，学生享有九年制的义务教育。按照宪法的解释，在我国无论城市还是乡村，每个适龄儿童都有九年是不用交任何学杂费而必须上学的……

今天我们奖励这些品学兼优的好学生，就是鼓励他们在学习上要好上加好，优上争优。近十年来，有三百余名学生获得过这项奖励，其中半数左右的学生考上了北京大学、清华大学、中国科技大学、复旦大学、上海交大、南京大学、中国人大、哈工大、国防科大、浙江大学等名校。

其实奖励的金额并不多，但我想对学生的鼓励是巨大的，人这一生，很多蓬勃的希望都是在中学时代放飞的，而在中学时代得到的鼓励，则是放飞的强大动力。

我的希望放飞，就是在附中。

附中修建在宝积山下，风水特别好，“宝积”二字本身就是一种风水和气场。

更何况学生本身就是宝贝啊，祖国的宝贝，民族的宝贝，更是家家户户的心肝宝贝。

一所学校，就是积宝堂，就是宝积山。

宝积山高不过60米，长不过350米，宽不过120米，是座袖珍的城中山。虽然它既不高也不大，但在桂林很有点历史，唐代以前就被称为盘龙岗了。古代人实在，常常把矮山称为“岗”或“冈”，如著名的武松打虎的景阳冈、诸葛亮隐居的卧龙岗、隋朝农民起义的瓦岗、民国广州起义的黄花岗。因此，就宝积山的高度宽度而言，称其为“岗”，才是名副其实。后来在这座山岗上，唐代有岩光亭，宋代有藏兵洞，元代有武侯祠，明代有鲁班庙，清代有铁佛寺。最令学子肃然起敬的是山上有明代的孔明台，故宝积山又被叫作卧龙山。古人刘禹锡《陋室铭》中的那句名言“山不在高，有仙则名”，仿佛说的就是这里，当然这只是我的杜撰。

我是1968年进校的，到了学校以后才知道宝积山上更是积宝多多，学校背靠着宝积山，教学楼全部是坐北朝南。

更令人震撼的是，1979年原广西师院附中少年科学活动小组在宝积山的主洞内北壁石钟乳下的胶结土中发现两枚牙状化石和一些哺乳动物化石。后来据中国科学院古脊椎动物与古人类研究所和广西壮族自治区博物馆、桂林市文物管理委员会的鉴定，证实了这些化石大约生存于距今35600至24760年之间。宝积岩人是目前已知最早的桂林先民，他们已能制造并运用简单、粗糙的打制石器，依靠采集植物的根、茎、叶、果，猎取陆生动物而生存。

我为宝积山感到了骄傲。

我为曾经是宝积山下人而感到自豪。

站在山顶上的孔明台上，我亦曾经四处眺望。

志向随天广云深而高远，胸怀随山环水绕而博大。

少年的我看见孔明台的东麓与叠彩山的四望山相邻，中间仅隔着一条中山北路，那时候我就想如果哪一天我做了官，有了权，或者经了商，发了财，我就从宝积山这边修一条天桥到四望山那边去，像一道彩虹，让这两座山勾连在一起……

这是一种希望，一种放飞的希望。现在看起来非常可笑，但那的确是我放飞希望、憧憬未来的开始。

宣传队的队歌

三月底四月初的桂林，油菜花开过了，各种杂树一层一层地绿着青着翠着，一片生机。

我想起了那片湿漉漉的土地，想起了马上又要到来的清明节，想起了父母，想起又该回桂林了。

2019年3月底的一天，正当我独立南窗，眺望南天时，阮桂林从广州发来短信问我清明节回不回桂林去为父母扫墓，我说会去。我问他，你会去吗？他说他也会去，所以打电话问问我，届时我们可以聚聚。

自父母去世后，桂林对我而言，就是尧山上的那座坟茔，父母合葬的坟茔了。前两年翻修过一次，在新立的墓碑后，我刻写了“心塚”两个字，把自己的一颗心埋在了那里。

应该是与阮桂林通信后，他便把清明节我和他的聚会扩大为当年学校整个文艺宣传队的集体聚会了。阮桂林有这个魅力、兴趣和能力，因为他当年就是我们那几届学生“广西师院附中毛泽东思想宣传队”的队长之一。

其实在当年的“校宣”里，我跟阮桂林接触是不多的，甚至几乎连说话都不多，因为他比我高两届，年纪自然也比我大两岁。后来与他陡生感情，缘自当年在“校宣”为他召开的欢送会上，我唱了一首现代京

/1970年春末，广西师院附中操场，“校宣”合影

一排左起：王桂春、夏健纯、李玲、郭文清、陈培静、李宁佳、王建华、唐艳

二排左起：李伟群、校领导赵达贤老师、阮桂林、王顺瑶、赵建平、尹鑫、李卫国、郁钧剑

三排左起：王建国、陆亚天

四排左起：王家桂、张红兵//

剧《红灯记》中李玉和的一个唱段，唱词是这样的：“一路上多保重山高水险，沿小巷过短桥僻静安全。为革命同献出忠心赤胆，烈火中迎考验重任在肩……”

当时我唱着唱着就流眼泪了，绝大多数在场的队员都被感动了，都认为我这是对阮桂林离别情感的流露，我想这也是后来阮桂林参军后一直与我保持信件来往的重要起因，也是再后来我们成为一直联系不断的好朋友的缘分起因。

时至今天，我才解密，可以说当年我流泪并不完全是为了离别的伤感，而是为了自己的命运在哭泣。因为，当时我有点太“惨”了，考文艺团体，申请加入共青团，都被所谓的家庭成分不好耽误了，更不要说去参军了。那天欢送会上，看见阮桂林能够去当兵，当时“宣传队”里去当兵的还有周莲梅、李静、李小平等人，我便触景生情，悲从心起，止不住的泪水喷涌而出。

阮桂林兄看见今天的解密，不会生气吧。

后来我跟阮桂林一直保持着很亲密的联系，后来他脱下军装做生意，也做得很好，还给我赞助拍摄过一首歌——《童年四季》的MV。

/四排左起：汤志昂、唐荣德、袁世荣、许新宁、张运华、赵建平、尹鑫、李卫国、王顺瑶
三排左起：刘军、吴昌明、唐燕、陈培静、李宁佳、王桂春、夏健纯、李玲、史克林
二排左起：刘涛、黄建云、王家桂、陆亚天、张鸿斌、刘波、郭文清、韦向军
一排左起：李小平、王建华、阮桂林、郁钧剑、周莲梅、彭超//

我跟“校宣”队员接触最多的首推史克林，其次是王建华。上面照片中第三排最右边的那位昂首挺胸的，从小到大都保持着一种“斗鸡”状的就是史克林。除他二人外，好像“校宣”里再没有队员在文艺团体里工作了。不过从事音乐教育、文化管理的人倒有几个，如李小平、王顺瑶、李宁佳、尹鑫、彭超等。

在阮桂林的撮合下，“校宣”的聚会于4月2日在桂林榕湖饭店五号楼顶层的宴会厅里举行。那个宴会厅我去过，一般市里的领导都是在那里宴请的。那里的风景好，四周的落地玻璃窗尽显榕湖的湖光水色。

菜钱应该是阮桂林出的，酒钱是我出的。那天我们喝的是洋酒轩尼诗XO。

为了写《桂林拾遗》，前两天找史克林要了这张当天吃饭前合影的照片，绝大多数面容我是记得的，但确实有不少如果在大街上相遇我是断然不可能认识了。如二排的黄建云、王家桂，一排的老队长周莲梅，他们的变化实在是太大了。

周莲梅应该是宣传队最早离开的那一批队员中的一位，好像都是去当兵了。跟她一起走的队员，有一位家在军分区的，如果没有记错的话她的名字叫李静，小名叫“鬼什么”来着，意思是她特别机灵。还有一位叫邵什么，只记得姓，名字忘了。年纪比我们小，也是部队的孩子，印象中长得乖巧极了，但听说前几年已经英年早逝了。

黄建云原来应该不是叫这个名字，当时他在学校里很活跃，好像就是住在学校里，以校为家。他喜欢一年四季都戴一顶军帽，不知道家里是不是军人出身。宣传队的事情，黄建云最喜欢干，苦活累活他应该都是冲在前面的，他比我高一届，我当队长时，他应该已经毕业了。

王家桂好像有点罗圈腿，这绝没有贬义歧视的意思啊，完全是印象深刻所致。家桂应该是与阮桂林、王顺瑶一个班的，一般来宣传队集中时，他们三个都是前后脚，顺瑶与家桂都是乐队的，胡琴都拉得好，印象中顺瑶拉二胡多一些，家桂拉板胡多一些。印象中他们俩还经常抬杠，高高大大的阮桂林，常常俯视着他俩在一旁笑。他们班还有一个“校宣”队员叫李伟群，不知为什么这次聚会没有来。李伟群当时唱得特别好，是属于那种特别柔美的细嗓子，音色极为漂亮，像丝绒绸缎一样。在我们“校宣”之前，她居然还在广西师院“毛泽东思想宣传队”

里唱过独唱。她是与我同时考入文工团学员队的，我们那一批仅考取了我们俩。李伟群后来被分配到曲艺团去了，还当了那个团的团长，还是副团长？当然唱曲艺也不错，但是她没有唱歌实在是可惜了。

坐在前排的阮桂林和王建华一样，跟四十年前相比几乎没有变化，也许是因为我们接触得多，常看不新。王建华是学员队里与我接触最多的一个，我们同一专业，曾经一同受教于李培良老师，一同到过南宁学习，也一同到过北京学习。王建华办事泼辣，也认真负责。这次我举办“回乡演唱会”，请她组织了中小学音乐教师观摩方队，她又联络了彭超，组织得很好，了了我想请音乐教师来观摩的心愿。

史克林一直说彭超也是我们“校宣”的队员，但我没有印象了。克林说，他可能是在我之后进的“校宣”。那是有可能的。

与我同在“校宣”时间最长，而且相处比较多的队员，女的应该是夏健纯、李玲、李宁佳、郭文清等，男的应该是陆亚天、赵建平、李卫国等。我特别喜欢夏健纯和李玲这一对形影不离的好朋友，每次她们俩来“校宣”集中，人还没到呢，声音就到了，至少提前三分钟能听见她们嘻嘻哈哈、打打闹闹走来的声音。要是哪天她俩请假来不了，我就觉得那天宣传队的集中，没有了意思。郭文清跟王顺瑶、王家桂是同届的，给我的印象是文文静静的大家闺秀。字也写得工整，而交给她的任何事情，无论大小都跟她的字一样，给你做得“工工整整”的。

我一直认为李宁佳是块搞文艺的料，她形象好，气质好，有一种“自来俏”的感觉，因此也就有一种拒人千里之外的感觉，这种良好的感觉陈培静也有，但陈培静在宣传队的时间好像不如李宁佳的长。

李宁佳后来还真从事专业文艺了，与我同在桂林歌舞团工作过一段时间，不过她是从广西艺术学院声乐专业毕业后分配到桂林歌舞团来的。后来，她去广州发展了。这次聚会，周莲梅介绍说她俩是一同从广州来的。

李宁佳这次见到我非常热情，她说她二十年前初到广州，曾去北京请我帮过她一个忙，一个挺大的忙。她说那次她要带一个演出团出国，需要文化部外事司的批准，否则拿不到护照。由于她们不懂程序，将这个手续忽略了，而时间仅剩下半天，她希望我能帮帮她。她说我帮她了，让她当天下午四点前赶到文化部，找一个姓李的领导。她去了，领导半开玩笑地说，看在你跟钧剑是老同学的分上，破例给你批了。她说当时她就要感谢我，但当时的我在帮她联系好了以后就出差离开北京了。这事让她记了一辈子。

我告诉她，我真还把这件事忘得一干二净了。我还说，那位姓李的领导，现在已经退休，而且身体也不太好。于是在聚会的时候，我俩还为他敬了一杯酒，共同在心里感谢了他。

男队员中来往比较多的除了陆亚天、赵建平、李卫国，还有一个是刘军。刘军在宣传队的时间也是不长的，但我跟他关系一直非常好，我在《家在桂林》中写过他，书里是这样写的：

在《金训华之歌》中跳舞的刘军，也是我的好朋友。他比我长一岁，是1967级的。记得那时刘军的父母离异了，在那个年代，离异家庭的孩子，在社会上抬不起头。因此，他每次去八角塘找我玩，总是站在离我家远远的地方叫我。任何时候见到他，他总是谦卑地笑着，让人看着心痛。

看着他心痛的感觉，我母亲最甚。

刘军后来下放到农村，又在农村被招工进了桂林的工厂，三十多年前，我从北京回桂林探亲时，曾去工厂找过他，他还是那样谦卑地笑着望着你。

本来在这次相见时，我准备了满腹的话想要跟他说，但一见面，那些话竟然全没了，大家只是互相望着，别有一番滋味在心头地望着。

岁月真是一台无情的粉碎机啊。

同样这么望着的还有陆亚天，有一段时间我和刘军、陆亚天经常晚上出去“操街”。“操街”是那个年代年轻人的时髦话，也就是逛街、压马路的意思。那时候我们三人都住得很近，在一起仿佛有说不完的话，因此常常相约晚上“操街”，边走边聊，一直从我家所在的八角塘走到阳桥的桥头。在桥头的东北角有一家甜品店，卖汤圆、芝麻糊、绿豆沙、北方人叫麻团的油堆、马蹄糕、桂花糕等等，记得每次每人凑几毛钱就可以吃得很丰富了。然后，再百无聊赖地边走边聊，回到各自的家。想想我们的少年时代，这就是最美的夜生活，也是夜生活中最大的乐趣。

刘军和陆亚天比我大一两岁，李卫国比我小一两岁。有一段时间李卫国跟我走得非常近，我记得他有个哥哥，有个姐姐，都在我们附中读书，而且都挺有名。他的哥哥是当兵走的，他的姐姐考上了广西歌舞团，也走了。或许是这个原因，“孤独”的他，便在“校宣”里成了每次集中必到的骨干，作为队长的我，当然愿意把他当作依靠的对象。

他的姐姐好像叫李卫红，考上广西歌舞团，临去南宁时，我还跟卫国一起在他家为她送过行。嘴上对他姐姐说的是因为我跟卫国是好朋友所以来送送你，其实心里面是对她的一种羡慕啊，一种说不出嘴的羡慕啊。更是我心中的一种痛——对自己出身不好、前途渺茫的一种心痛。

照片中第三排站在刘军旁边戴着鸭舌帽的那位老兄，如果不是照片下面注明了他是吴昌明，我也认不出来了。吴昌明在“校宣”也是乐队拉二胡的，我俩在“校宣”时接触并不多，但走上工作岗位后，反而有一段时间接触得多了起来，因为昌明的字画都好，我们在这方面颇有交往。昌明曾经用草书为我撰写了四条联，我在北京的家里还挂了好一阵子。当年在桂林的父母家中，有一幅中堂好像也是昌明兄画的。后来也不知什么原因，一晃十几二十年也没联系。那天聚会时，本来也有满腹的话，想与他聊聊书画，但一喝酒，就被“酒话”冲掉了。

喝了酒“酒话”就多，尤其是五十年前的话题，少年的时代，丑事不丑，苦事不苦，尽在笑谈中。

当然最多的话题是围绕我在《家在桂林》一书中写到的“校宣”，说到了宝积山前大门口的那两间“校宣”的队部，那里曾经有一台80贝斯的手风琴，被撬门偷走了，全队的队员如丧考妣，呆滞了好几天。尤其是会拉手风琴的赵建平，絮絮叨叨地估计都叨了小一个月。他叨叨说，这台手风琴在全桂林市的中学里面都算数一数二的好琴；他叨叨说，估计偷这琴的是内伙子，否则怎么能知道有这台琴呢；他还埋怨派出所的警察不帮我们破案。

当年吹笛子的许新宁说，我当队长时，搞过一次暑假的集训，要大家每天围着老人山踮着脚尖跑步，说是我说的，歌舞团的演员就是这样跑步的。好像我还真的这么说过，但是真不知道我是听谁说的了，说这样跑步跑多了，跳起舞来更好看。

还别说，后来我考上了文工团学员队，参加过舞蹈的基本功训练，其中还真就有“踮脚尖”的训练。

大家还说到，周莲梅和阮桂林当队长的时候，“校宣”排过一台大戏，叫作《金训华之歌》，金训华是从上海去黑龙江北大荒插队落户的知识青年，在一次爆发的特大山洪中，他为了抢救急流中集体的木材，被急流卷走了，长眠在了那片黑土地上。当时在全国的大中小学校都掀起了向他学习的热潮，我们附中当然也不例外。显然被感动了的我，立即向“队领导”建议，“校宣”应编出一台活报剧《金训华之歌》来配合学习。面对我血气方刚的热情，“队领导”非常赞同我的建议，并马上报告了学校负责的赵老师，没想到学校也很快就同意了，并组织了由我负责编剧、周莲梅负责编舞、李小平负责编曲的三人编导组。

李小平当时是1967级一个连的连长，他会吹笛子，也会拉二胡，还是“校宣”小乐队的队长。

我和他相识交往是在进“校宣”前。那时候学校动不动就全校集合，到大操场去开批斗会，听报告。有一种报告叫“讲用报告”，就是请一位英雄模范人物来讲自己是如何“活学活用”毛主席著作的，以及在毛主席思想的武装下，取得了工作学习上的成绩或者成就的心得体会。有时候还会请来一位苦大仇深的老工人、老农民，请他们讲类似《半夜鸡叫》里的地主周扒皮欺负穷人的故事，用这种忆苦思甜的方式，对我们进行教育。这种报告一般都很长，两三个小时是常有的事，而且老师还要求记笔记。每到这个时候，就见全校学生纷纷从教室里把课椅搬到操场上去。附中当时的课椅很实用，右手边有一个拐到腰前的扶手，扶手前端是一块可放笔记本的木板，正好方便记笔记。

我当时笔记记得很快，记得也很全，因此不少同学会来找我借抄，加上我字写得也不错，在学校中多有传闻。由于我们“68·1连”是1968级的第一个连，这样在操场上就会紧挨着1967级的最后一个连，而李小平就是1967级最后这个连的连长。在一次操场上的报告中间休息时，他专门找到我，看了我的笔记，称赞不已。我知道他的学习成绩也是他们连的佼佼者，从此我们俩就有了交往。

这次李小平回桂林也是阮桂林专门请回来的，当年满头秀发的他，如今已一马平川。照片上的他温文尔雅，既像个学者，也像长官。其实他还真是这二者兼有。我知道他从部队转业回来后，就去了南宁，在新闻出版部门工作。那时候，我们也多有联络。每次到南宁出差，我都会去看看他。也是与昌明一样，后来不知什么原因，一晃十几二十年没联系。聚会那天，也有满腹的话想与他聊聊，但一喝酒，也给冲掉了。

吃着桂林土菜，喝着外国洋酒，故事一个接着一个，笑声一阵连着一阵，不知不觉中，居然一箱六瓶轩尼诗XO都不够。我让在场外候着的小兄弟习永光临时开车出去再找再买再喝，结果又买了一箱，又喝掉了。

不容易啊，将近五十年后的聚会啊。漫漫长夜，悠悠年华，唯有用酒，才能弥补这岁月的鸿沟。

临近结束时，突然有人说起我们宣传队曾经有过一个队歌，也是老郁写的。我说，这可是我完全忘记了的事情。不知是谁立马哼出了这首队歌的旋律，而且一刹那之间，大家集体开口演唱了起来，在歌声中我们完全沉浸在了五十年前的青春岁月中。

这时候，大家互相起着哄，让当年的指挥家史克林站出来指挥。

在“校宣”里，我最好的兄弟是史克林，他与我同营不同连，也就是同年级不同班。我们是好兄弟的表现是，衣服可以换着穿。史克林当年在附中的知名度也很高，那时候每当全校集合到大操场时，还时兴部队的“拉歌”，克林就是因“拉歌”而一举成名的。当时他也是连长，脸上写满了青春的扬扬得意。正好他父亲又当过兵，因此，他坐有兵样，站有兵样。“拉歌”时敢于扯着嗓子喊，尤其是一旦指挥起自己的队伍时，他便扬脖挺胸，双手有力，屁股紧绷，翘得老高，很是让人过目不忘。

已经喝得摇摇晃晃的史克林，当仁不让，只见他依旧扬脖挺胸，双手有力，屁股紧绷，翘得老高地指挥了起来。

我沉沉地看着这一切，心头在滴血。

附：当年的《队歌》

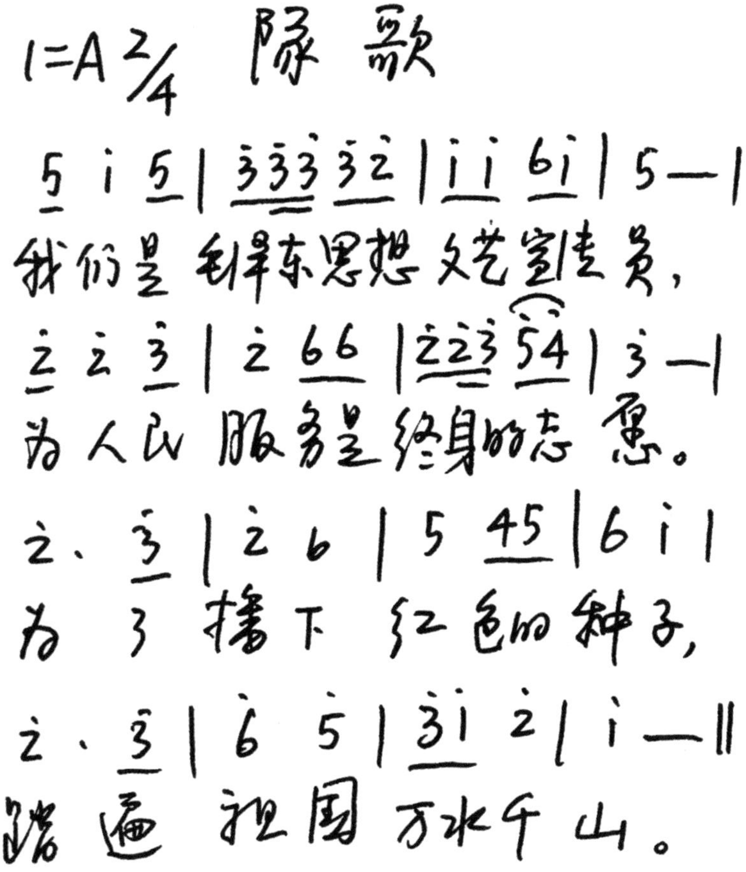

/聚会 瞥//

梦中的高音喇叭

漓江边的早晨是特别美的。

无论你站在哪个地段，处在哪个角度，它都是一道美丽的风景，一种带有呼吸、带有灵魂的景色。

尤其是早晨，总有一层薄雾缭绕在江面上，飘拂在江岸上。

那种细细的、清清的、柔柔的感觉，同样会缭绕和飘拂在你的脸庞和身上，像丝绸一样轻轻地抚摸着你的肌肤。

转眼来到学员队一年了，一年来几乎每天早上天刚蒙蒙亮，就会被“工宣队”的卿工宣叫醒；如果卿工宣不在，就是被郭工宣叫醒。

何为“工宣队”？它是“文化大革命”的产物，全称叫“工人毛泽东思想宣传队”。当时还有“军宣队”，全称叫“解放军毛泽东思想宣传队”。它们都是“文化大革命”期间来“占领”上层建筑，指导文化文艺单位搞“文化大革命”的。我们学员队的“工宣队”，由桂林毛巾厂派来的三位工人师傅组成。卿工宣便是姓卿的工宣队员，郭工宣则是姓郭的工宣队员，这是我们当时对师傅们的昵称。

1972年的夏末初秋，还在学员队学习的我们，突然听到“工宣队”的工人师傅说，他们马上要撤走了。几天后，他们果然都走了。又过了几天，我们得到了又一个正式的宣布，即学员队结束了，学歌舞的回歌舞队去，学桂戏的回桂剧队去，学曲艺的回曲艺队去。那时候桂林市的文艺团体还统一叫作“文工团”，这也是“文化大革命”的产物，当时全国有一个口号，是毛泽东主席的语录，即“工业学大庆，农业学大寨，全国学解放军”。当时解放军的文艺团体叫文工团，所以全国各地的文艺团体都改叫文工团了。像当时的桂林，有歌舞、桂剧、曲艺、杂技四个文艺种类的文艺队伍，它们就自然成为桂林市文工团下属的四个队。像我后来去的总政歌舞团，1979年时都还叫总政文工团歌舞队。

学员队结束，我自然被分配到了歌舞队，名曰“下队”。歌舞队在解放西路尾的艺术馆里，它的街对面是桂林三中，它的围墙后面是桂林六中，两个中学都有个习惯，喜欢放高音喇叭。早上七点开始放，一直到八点上课，中间课间操要放，中午放学要放，下午一点半又开始放，一直到两点上课，课间和放学同样要放。

现在的孩子们或许都不知道高音喇叭是什么样子的，下面的例图可以让大家一睹真容。

所谓高音喇叭，就是不仅音频高、音量大，而且还传得巨远。只要它一响，恨不得十里八乡都会有它的声音。

/高音喇叭//

高音喇叭是一个时代的象征，从上个世纪五六十年代，直到八十年代初，无论是工厂、农村、机关、学校、军营，甚至连大一点的商场里都安装着高音喇叭。所有农村都会在村口最高的树杈上挂着它，所有街道都会在街头最高的楼顶上立着它，无论是学校、军营、工厂，还是火车站、港口的广场都会在最醒目的地方敞着它，而且每个单位都有专门负责管理和使用它的广播站、广播室，以及专职的广播员。

应该说，使用高音喇叭是新中国成立后的一大文化现象，各级组织都是通过高音喇叭的广播宣读政府的通告、号召，播放时兴的歌曲，高呼应景的口号。很多发动群众的运动，如“三面红旗运动”“文化大革命运动”，都是通过高音喇叭高亢、嘹亮的口号声和歌声激励人们亢奋的精神。

这种功能到“文革”时被发挥到了极致。

1966、1967年的时候，桂林最著名的高音喇叭是耸立在市中心的独秀峰上的广西师院红卫兵广播站的，它们在山顶上朝着桂林市的四面八方安装了一圈，当时毛泽东主席的很多语录、指示就是从那里走进千家万户、深入人心的。当时我也是这个广播站的拥趸，因为从那里学会了许多当时非常时髦的毛主席语录歌曲和革命造反的歌曲。

那时候的年轻人没有玩的东西，也没有玩的地方，我在《家在桂林》里写到，我与隔壁邻居钟姓大哥哥兄妹，玩起了模仿广播站的游戏，自娱自乐：

这种自娱自乐，是那个年代年轻人的唯一。于是他表妹开玩笑说，我们就成立个桂林市八角塘广播站吧。当然这个广播站没有麦克风，也不会有发射台，从播音员到表演者到听众就是我们三个人。表兄妹俩还煞有介事地为我起了个艺名，叫剑涛。

每天吃完晚饭，我们三人就围坐在钟家仅有的一张方桌前，方桌的四面一面靠窗，剩余三面正好我们一人一面。钟哥哥那一面正好靠近他的床沿，因此每次都是他坐在床沿吹笛、弹琴，担任伴奏，或者独奏。剩下的时间是剑超报幕，剑涛唱歌；剑超独唱时，剑涛主持。那真叫少年不识愁滋味，苦中作乐趣无穷啊。

聆听高音喇叭，在我搬进艺术馆的歌舞队后便形成了习惯。我住在夹在两个中学之间的歌舞团宿舍楼的三层楼上，推开窗便能听见街对面三中广场上高音喇叭的声响，推开门又能听见墙院后六中楼顶上高音喇叭的声响。虽然经常被三中和六中每天准点的广播，吵得头晕脑涨，但后来竟发展到听不见它们的声响反而不习惯了。因为，从它们的高音喇叭里不时能听到吴雁泽和李双江的歌声，而这些歌声恰恰是我在学习声乐的过程中，如饥似渴盼望的歌声。

到了北京以后，几乎有十几年的时间都会因为记忆中三中和六中的高音喇叭声从梦中惊醒。午睡的时候，常常爬起来就觉得应该去上班了。因为在桂林的时候每天下午都要参加雷打不动的政治学习。

这是时代的回忆，也是青春的回忆。

在回忆中，才知道自己曾经是那么喜欢在桂林度过的那些日子，喜欢桂林这座城市，这条漓江。

我是十八岁开始带学生教唱歌的

说出来有点“狂”，也有点不好意思，我是十八岁那年就开始带学生，教人唱歌了。

1972年秋天学员队的学习生涯结束后，我被分配到了歌舞队，而教我唱歌的老师裘蕴清在不久后却被调回了上海。从桂林调回上海多难啊，皆因裘老师的丈夫当时是革命现代京剧《智取威虎山》的乐队指挥，才被中央领导特批调回去的。她一走，我就没老师了。正好当时的领导觉得我们虽然“下队”了，但毕竟只有十六七岁，还有学习上进的空间，便安排我和其他六位同龄人到广西首府南宁的广西文工团歌舞队去学习。

我在那里学习了三四个月吧，开始不仅学唱歌，还要学舞蹈，结果南宁的老师说这样太不专业了，要想唱好歌就不要再跳舞了，否则永远改变不了地市一级文工团的业余范儿。我把这个意见转达给了桂林的领导，不久得到了反馈：那你们就好好学吧，该唱歌的就别跳舞了，该跳舞的就别唱歌了。

在南宁学习的时间虽短，但收获却是蛮大的。在桂林的时候听的是裘老师的一家之言，到了南宁毕竟专业教唱歌的老师多了，除了广西文工团歌舞队专门为我配置了男高音老师韦光义，同时歌舞队里还有很多毕业于中央音乐学院、上海音乐学院、湖北艺术学院的各路“诸侯”，我每天都能听到不同的声乐观点。年轻的我好学啊，什么样的观点我都能够接受。从那时候起我也学会了辨别，也知道了歌坛的“水深”。

我是在那时第一次听到男高音必须要懂得在唱高音时，要使用“关闭”的说法。告诉我这点的老师叫周维民，毕业于中央音乐学院。而很多年后廖昌永在碰见我时叫我师哥，是因为他也曾跟周维民先生学过唱歌。

由于在南宁学习到了比在桂林时多得多的声乐理念和知识，回到桂林后自然就有了一些显摆的本钱。比如说“关闭”，就可以照葫芦画瓢地侃他一通。还别说通过这一通侃，不仅自己在知识上得到了巩固，而且还引起了不少旁观者对我的刮目相看。

第一个来找我学唱歌的所谓的学生叫阳福民，应该比我小一岁，嗓子非常好，尽管后来这个人杳无音信了，但他却是我最早所谓教学的“试验品”。每当想起这些，我都在心里默默地感激他。

话说再回到1974年的春末夏初，桂林地区阴雨连绵，这是岭南特有的天气。淅淅沥沥的雨顺着歌队排练厅窗外的葡萄藤蔓滴落在地上，给人增添了无限的惆怅。

一天下午，我依然独自坐在钢琴边练唱，突然发现窗外的葡萄架下站着一位中年男子，他默默地看着我，听着我唱歌。开始我不以为意，因为这种伫立窗外听我唱歌的人时常都有，只不过不像今天这个人如此认真。我唱了一首又一首，他听了一首又一首，并报以了微笑。我看他还站在那不走，就有点不知天高地厚地问他：“喂，请问你是干什么的？”他微微地又笑了一下，慢吞吞地说：“我是中央民族歌舞团来广西招生的李培良。”

什么？中央民族歌舞团来广西招生？我的心猛烈地颤抖了好一阵，过去我一直有离开桂林奔前程的理想，而如今呢，敢问路在何方？如今路不就在脚下吗？

我赶紧请他进到排练厅来坐坐，李老师见打断了我的练唱，有点歉意地走了进来说：“不坐了，我已经听了很久了，你能陪我走走吗？”

在我陪他回他下榻的榕湖边上的市革委会招待所的路上，李老师一直夸奖我音色好，乐感好，问我想不想到北京工作，我当然想啦，眼里顿时流露出了无限的企盼。然而，这种企盼还没有维持几分钟呢，却遭到了他当头的一盆凉水。当他知道我不是少数民族后，十分遗憾地说："你要是壮族就好啦，哪怕是苗族、瑶族也行啊，因为中央民族歌舞团招生，要招的必须是少数民族。"

我马上又如同坠入冰窖，特别失望地看着他。李老师慈爱地拍拍我的肩膀说："不过我愿意教你，只要你们团肯送你到北京去，我一定安排你在中央民族歌舞团学习，然后再以特殊人才招进团里，那时候你是汉族也就无所谓了。"听了李老师的话，情绪大起大落的我又兴奋无比，仿佛在这阴雨连绵的天气中，突然升起了一轮红日，一轮希望的红日。当时正好走到三多路和榕荫路岔路口的一家糖烟酒杂货铺门前，我匆忙跑进去，给一直在抽烟的李老师买了两盒漓江牌香烟，每盒四角二分钱，那时候我的工资每月是二十块钱左右。

这是我在《家在桂林》中叙述的我人生的一个转折点。

1974年的秋天，李培良老师再次来到广西招生与讲学，那次他到的是梧州，我们桂林歌舞团好几个同行都赶去了梧州向他求教。由于我接触他最早，学习的成效也最好，李老师便让我做他的"助教"，帮他在忙不过来的时候，也教教他的学生。从那时起我就开始所谓的带起了学生。

1975年9月初，我终于在李培良老师的引领下来到了北京，并在南宫华玲老师的帮助下住进了民族歌舞团，我因此接触到了曾渭贤老师、方应暄老师、胡松华老师以及魏鸣泉老师等人的教学理念，开阔了视野，增长了学问。等八个月后的1976年4月末，回到桂林后，便有更多的同行和社会上的歌友来找我求学，这时候我的教学逐步走向了常态化。

到了1978年，我把从上海林俊卿大夫处得到的咽音训练的真传带回了桂林，而这种训练，在短时间内便可以突破高音HighC的难度，可以加强咽壁力量，可以对歌唱位置、音色的调整起到质量上的改变，还能使声音的穿透力丰富。当这些歌唱方法的信息在广西很快地广泛传播开后，便使得更多的同行和社会上的歌友来找我求学。加上我把林俊卿大夫，李培良、曾渭贤、方应暄等老师的教学笔记整理出来，并油印成讲义广泛流传，这样又使我的教学更加名声在外。

在这个阶段，我的学生有四五十人，除了广西境内的，还有湖南、湖北的，四川的、河北的也都远道而来。

最值得引以为骄傲的是，我在桂林教学过的学生，严格说来从1976年到1979年这短短的三年，就有考上了广西艺术学院、湖北艺术学院等专业院校的，也有考入海政文工团的廖莎，考入原广州军区战士歌舞团的慕小明，考入中国煤矿文工团的宁峰等。

因此，我才敢在2000年后与刘和刚、王丽达、陈永峰、王志昕、吕宏伟、穆维平、谭学胜、孙维良、吴扎拉·涛、李凌利等人进行交流切蹉，也才有了2016年后在北京开办的“郁钧剑民族声乐公益教室”，2017年受聘于中国－东盟艺术学院担任院长，2018年创办了“郁钧剑民族声乐高级研修班”，并先后担任了泰国西北大学和哈尔滨音乐学院的博士生导师，培养了于海洋、曾勇、孔庆学、毛一涵、张明旭、李佳蔚、张宇、冯金伟等中国音乐最高奖“金钟奖”的金奖得主，以及一大批民族声乐的年轻人。

我始终认为学生是老师的“试验品”，因为老师教学生唱歌是一件看不见摸不着的教学实践，老师把学生教好了，学生就会有出息，就会有作为。如果老师教不好，把学生耽误了，甚至教坏了，那就会影响学生的一生。虽然，没有任何一个老师会在主观上想把学生教坏，但由于方法不对路，无形中学生就会成为老师的“试验品”。因此，老师肩头上的责任，很重啊。

我始终认为要让学生学好，首先自己要做好；要让学生走得远，老师自己要走得更远。

山外有山，天外有天。

青出于蓝而胜于蓝，我希望学生们都超过我。

而我十八岁时开始带学生、教唱歌这一起步，就是从桂林开始的。

/1979 年离开桂林时 //

全荃的回信

全荃是东镇路邻居小胖的初中同学。

据全荃的回忆，我俩应该是在1964年认识的。那时她在读初中一年级，来我家院子里找她的同班同学玩，也就是小胖。小胖的学名叫李玲。

我当时六七岁，正是被人认为好玩的时候，所以全荃还多次来领我出去玩过，去她们那些同学的“大人堆”里玩过。后来我被选中参加了桂林市少年宫的红领巾歌舞团，而她是红领巾歌舞团的“老人”，自然又多了几分亲近。不久她又被解放军的广西军区文工团选中，更成了喜欢文艺的我崇拜的偶像。可以不含糊地说，她是我现实生活中崇拜的第一个偶像。

1973年我到南宁学习时，全荃转业在广西军区的303医院工作。我在南宁举目无亲，她的居处必然就成为我在星期天的去处。那时候她还没结婚，身边也有不少亲密战友和桂林老乡，于是我的去处，她的居处，也就成了我们欢聚在一起的佳处。但凡有什么好吃的、好玩的，她都会打电话叫我去。因为我年纪小嘛，加上也没有更多的兄弟姐妹，我们便以姐弟相称。在以后的生活道路上，我便时常向她请教。

1976年初，我曾考上了总政军乐团，该团当时的办公室主任王小平和作曲家魏群，也曾亲临桂林，去给我办调动手续，但却铩羽而归。他们回京后没有告诉我为什么没有办成，也没有告诉我他们去过我家，把办不成的实情告诉过我父母，而且回到北京后，还避而不见我。终于有一次被我“堵”到了，在我的再三追问下，王主任才含含糊糊地对我说，主要是广西不放你，直接从文艺团体里调动比较困难，你要是不在专业团体了，而转业到了其他工作单位，招你的途径就能方便得多。

也许他们觉得这样的解释既可以照顾我的情绪，我也不可能会离开桂林歌舞团。

没想到我一根筋，真的以为只有离开桂林歌舞团，才能够实现去北京的理想。于是我千方百计、想方设法寻找机会，要离开桂林歌舞团。全荃的父亲叫全德康，是桂林市委党校的校长，我就曾找过他，希望他能先同意我调到党校，然后再“曲线”调到北京去。

那段时间在桂林，能交心谈心说说话的人很少，与全荃的书信来往便是隔三差五的了。我那时候的心情特别沮丧、苦闷、焦虑。

《家在桂林》出版后，全荃来过信，说我如果早些跟她联系，告知她要写书的话，她还可以给我提供一些当年我给她写的书信，以及我那时候写的颓废诗，哈哈。不久她还真传了一首诗稿来。读着当时的诗，能感觉到当时的沮丧、苦闷和焦虑，甚至还真有点颓废。

当时所写的原文如下：

心酸谣·运气篇

心里酸，眼里酸，心酸眼望穿。

山也穿，水也穿，总把机会盼。

佳运降临我，要比登天难。

登天难，天意高难算。

紫气啊，渺无影。东风啊，去无返。

渺无影，去无返，焦虑萦绕缠。

苦恋二十年，至今未晤面。

我只有，期待藏心底。

希冀胸中按。

自忧自，自嘲自，

云横秦岭忍耐看，

雪拥蓝关任凭暗。

母亲说，日子苦，心里不能苦。

自己说，心里酸，志气不能酸。

风雷动，旌旗奋，在人寰。

跋涉在路上，我者千千万。

世上多巨峰，只要敢登攀。

唯有今徒壁，无奈也茫然。

平庸数日子，虚度心不甘。

但愿来世投胎好，命运啊，不用盼。

她还传来了一封信，在信中我说：

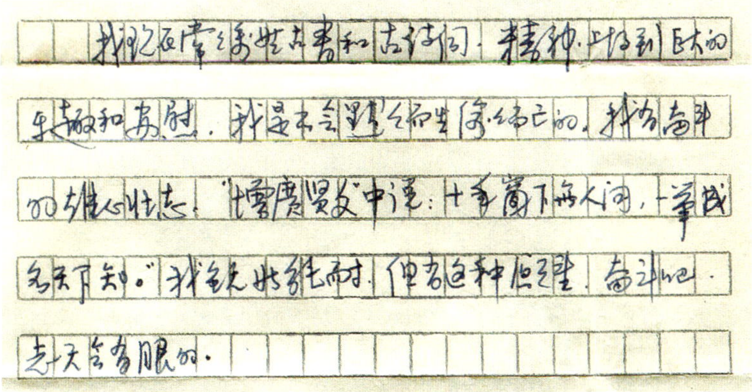
我现在常常读些古书和古诗词，精神上得到巨大的乐趣和安慰。我是不会默默而生，默默而亡的，我有奋斗的雄心壮志。《增广贤文》中说：十年窗下无人问，一举成名天下知。我缺少能耐，但有这种信念。命运呢，老天会有眼的。

我现在常常看些古书和古诗词，精神上得到巨大的乐趣和安慰，我是不会默默而生、偷偷而亡的。我有奋斗的雄心壮志,《增广贤文》中说，十年窗下（应为“寒窗”）无人问，一举成名天下知。我虽无此能耐，但有这种愿望，奋斗吧，老天会有眼的。

这封短信一扫沮丧、苦闷、焦虑的心境，一扫颓废之感。

今年“回乡演唱会”的时候，因为怕摆不平，所以基本没有邀请来宾，而全荃却是我为数极少的、最早邀请的亲友之一。

不料她回复我说：

昨天接到小丁的电话，很激动，谢谢钧剑总是想着老姐。抽空仔细看了钧剑回乡演唱会的目录,“爱人生，自然就爱桂林，爱父母，也自然爱桂林”，为钧剑念家乡情而感动。这么大的阵容演出，也只有钧剑的超强能力和人格魅力才能做到，只有唯一，没有之一。作为发小大姐，五十八年的相识，不间断的亲情，我何尝不想飞回桂林目睹壮观的场面并当面祝贺。无奈平津肠癌复发转移，正在医院治疗，可知我现在的焦头烂额。平津听说你的演唱会，虚弱中也常叹遗憾。钧剑，我为你骄傲，祝你演唱会圆满成功！心心相念。

请转钧剑，请他见谅。

演唱会后不久，我去百色参加一个活动，本可以直接坐高铁到百色，但念着全荃和她爱人平津，便专门取道南宁去看望了她。然而没有看到平津，全荃说，平津不想让你看见他的病容。我理解他。

离开南宁后，全荃又发来了短信：

转达了钧剑对平津的问候，并对钧剑专程绕来南宁看我们，感动得流泪。

两个月后，她又发来了短信：

小丁，请转告钧剑，平津于8月5日13时因病去世。全荃泣告。

写这篇文章时，我翻出了下面这张照片，想起这应该拍摄于四十多年前的伏波山麓，当年都是风华正茂的照片中人，而今正中间的黄健兄和右边的平津兄均已离我们远去，人的一生就这样结束了。

我长久地看着照片中人，此时此刻，仿佛他们就在我的身边。

他给父亲系上了领带

说到全荃，必然也要说到黄健，因为可以说我们都是发小。发小是什么？发小就是小时候如果我有两颗花生，我一定会分给他一颗的那个人；如果他有一颗水果糖，他一定会在嘴里咬成两半，分一半给我吃的那个人。无论好事坏事，永远是在第一时间给自己通风报信的那个人。

黄健也是中山北路第一小学毕业的，但他毕业时我刚进校，在年纪上我们相差五岁。他小时候就喜欢打篮球，高高的个子，壮壮的身躯，在班里鹤立鸡群，在校中木秀于林。

印象中，他总穿着一双白球鞋，那时候能穿球鞋的孩子家里肯定很富足。后来知道，他父亲是桂林市工人医院的院长、老医生。

他喜欢穿球鞋，冥冥之中就预示着是搞体育的料。果然，他小学毕业进初中后，不久就被选送到广西区里的体工队去了，从事职业田径运动。田径运动分田赛与径赛，田径这两个字特别形象，如田赛主要是投掷、跳高跳远之类的项目，都是在“田”的范围内运动；而径赛则是长跑、短跑、马拉松跑之类的项目，是但凡一切都在“径”的跑道中完成的运动。黄健从事的是“径”的项目。

而白球鞋则是我对少年的黄健最深刻的印象。

我与黄健续上少年同学的缘分，是全荃拉的线。因为黄健上的初中是附中，比全荃低一届，而我后来上的初中也是附中，自然“校友亲一分”。1973年我去南宁学习的时候，每逢节假日都会去与全荃等桂林老乡欢聚在一起。好几次都听说黄健要来，结果好像都没有来，不是说集训忙，就是说去外地比赛了。一直到了1975年，我去北京学习时，才有了相见的机会。说来有意思吧，在家乡见不着，在异乡却能够共叙少年情。

/1975年9月，与黄健一同游玩颐和园//

能在北京相见，是因为那年的秋天北京举办了第三届全国运动会，一比就是半个多月。全荃给我写了封信，说正好黄健也在北京，他比完赛后要休息几天，你可以找他去玩玩。

那次他比赛很风光，如果没有记错的话，他应该获得了百米跑的全国第四，他当年的风采很像现在的苏炳添。

我与他联系上了，第一次见面是在通县的煤炭学校，即现在的中国传媒大学那个地界，当时广西的体育代表团下榻在那里。我去一趟好远哦，从海淀魏公村坐公共汽车过去，花了差不多两小时。

他请我吃了顿饭堂的饭，让我感受到了运动员的伙食，是我们平常人不可以比拟的。我们约好第二天一起游玩北京，于是第二天一大早先去了天安门，然后又去了颐和园。那次游玩，这两个地方都是我今生今世第一次去。

小一年后，我回到了桂林，不料不久他也转业回到了桂林。都说搞舞蹈吃的是青春饭，其实搞体育的也一样，吃的也是青春饭。

青春饭不容易吃，甚至很难吃。

黄健回到桂林后，我们几乎每天都要见上一面，如果不是他专门到歌舞团来找我坐坐，就是他下午下班后在回家的路上顺路拐到八角塘我家来聊几句。他家在叠彩路上的工人医院院长楼里，也在八角塘边上，我们两家可以隔塘相望。

每次相见，也没有什么更多的话题，经常说的就是全荃来信了。全荃经常以姐姐的身份给我们写信，甚至还要求我在歌舞团给黄健找个对象。我兑现了承诺，做了他的媒人。

我跟黄健最能玩到一起的是洗照片。那时候有个照相机能拍几张风景照，是当时社会上无论是官是民，是富是贫，在假日里最大的奢侈和乐趣。而自己冲洗胶卷、扩印相片，更是当时年轻人特别时髦的本事。因为除了要有钱买相纸、冲洗的液体、扩印的设备，还必须要有暗房。而这一切黄健都有，因为医院里就具备这些条件。黄健是院长的儿子嘛，“借用”一下是心照不宣的事。

当然黄健是操手，我只是打下手。比如说照片扩印了以后，放在药水里浸泡，浸泡多长时间是要掌握火候的，这时我只能听黄健的吆喝，他说行了，我就赶快把浸在药水里的照片拎起来，夹好挂在绳子上。上面那张我和他同游颐和园的照片，就是那时候洗印的。

黄健转业后，如果没有记错的话最先是在计量所工作，后来又到过科技局，最后做到了市长秘书，还做过文化局副局长。

由于工作的需要，黄健特别爱穿正装，爱系领带。加上他相貌堂堂，一出现，用现在的话来说，就能让人感到正能量。同样由于工作的关系，他赴“酒场”的机会也就多，但他不胜酒力，常常三杯过后，便面红耳赤，东倒西歪，甚至还有过血气方刚地与朋友动手的经历。那时候我就劝他，你不能喝就少喝，他说没有办法，每次“酒场”，不是朋友，也是朋友的朋友，“来的都是爷，全凭酒一杯”。况且现在的这个市长秘书的地位，喝也不行，不喝更不行。

我离开桂林赴北京，搬“家”的时候是他帮我联系的火车站货运，是他把我送上的火车。每次从北京回桂林，不管我多匆忙，停留的时间多短，我都必定要和他在一起吃顿饭、喝点酒。

我母亲脑出血时，我正在海南下部队，那时候的交通特别不方便，从海南下部队的地方赶到桂林至少要两天。而黄健当时正在梧州，闻讯后连夜开着右舵车，与好友张跃，翻山越岭赶回了桂林，代我履行了很多我做儿子应该做的事。

父亲去世时，我正在美国，也是他第一时间赶到了家里。在为父亲整理遗体的时候，突然发现身着正装的父亲没有领带，他便毫不犹豫地摘下了自己的领带，给父亲系上了，让父亲留下了最后的尊“颜”。

黄健是四十六岁的时候因突发的心肌梗死去世的。据说这种猝死，经常在运动员身上发生。他的去世，让我强烈地感到了老天的不公，让如此优秀的善良人英年早逝。

/上世纪九十年代初，与全荃（中）、黄健（左）同回附中校园//

更让我深有感触的是，在这个世界上，发小是存在的，没有血缘的兄弟姐妹情也是存在的。我与黄健相处的二十多年岁月，虽然不长，但因为有了他，我把对人世间真情无限的深刻感受，铭刻在心头了。

黄健与我父母一同埋葬在尧山。每回我去祭奠父母的时候，都会去看看他，或者给他烧炷香，或者给他烧张纸，或者对着空旷的苍天，用桂林话说一句："黄健，我来看你了。"

墓碑上照片里的他微笑地看着我，就像他活着的时候一样，看着我笑着。

我的贵人肜团长

肜团长是我在桂林歌舞团工作时的团长，在此之前她还是我最早考入的桂林市文工团学员队的队长。屈指算了算，我在桂林工作八年，都是在她的直接领导下的，也是在她的直接教导和关怀下成长起来的。

肜这个姓氏很少见，月亮的月加三撇读“荣”，这是一个很古老的姓，传说商代时就有。肜团长叫肜雪新，河南人。

肜团长是我的贵人。

一个人要想获得成功，按照中国的老话，他必须具备天时、地利、人和这三个很重要的条件。所谓条件之一的“人和”，就是在你前进的道路上要有贵人的相助。什么是贵人？贵人应该具备以下几个条件：

第一是无条件帮助你、支持你。他们是父母、朋友、上级。第二是善于发现你的优点。这一点尤为重要，如果这个人是你的上级，是领导，他可以使你人尽其才，物尽其用。第三是困难中会拉你一把。老话说，岁寒知松柏，患难有真情。在困难中能够拉一把，嘴上说说容易，到了实际的情况下要做到就不容易了。第四是敢于对你说不是。能发现你的毛病、不足，并且能够给你指出来，这没有一定的交情是不可能的。第五就是能够做你的老师，能传授技艺给你。把技艺与宝贵的经验传授给你，至少是给你提供了生存的机会。一般说来，具备这五个条件的人是你事业上、生活上的贵人。其实还有一种贵人，可以说就是自己。为什么呢？因为，同样还有一句老话，机会是为有准备的人准备的。

彤团长正是这样的人。

最早见到彤团长是在学员队，那时她还是彤队长。

那时候在学员队学艺，每天天刚蒙蒙亮，“工宣队”师傅和老师就会挨着房间把我们从甜睡中叫醒，然后，像赶鸭子似的把我们往漓江边赶，赶去练早功。每次我们迷迷瞪瞪地往外走的时候，总会看到一个身影在学员队的院子里已经开始扫地了。过了几天，在欢迎新学员的会上，我才知道那个扫院子的身影，就是学员队里最大的官，彤队长。

当时我就想，我们每天练早功是不到六点就被叫醒的，那并不住在学员队宿舍里的彤队长，不得五点多就往学员队里来了啊？而且每天最晚一个离开学员队的老师，几乎都是彤队长。

刚到学员队时，由于知道我在中学担任过学校墙报的主编，便也让我在学员队出了一期墙报。彤队长看见我所编写的内容以及所画的报头、插图等等，特别兴奋，专门把我叫到办公室，对我说，文化很重要，文化比你学的技术更重要。你有这么好的基础，一定要坚持学习。应该说，“演员到了最后拼的就是文化”，就是彤队长那次给我说的。

从此，彤队长对我刮目相看，她发现我不仅喜欢学习文化，而且专业上也很刻苦。当时整个学员队，只有一台钢琴，我特别想学习，裘老师便偷偷地教我，我也偷偷地去练琴，弹“拜厄”，弹“599”。然而，想练琴的人很多，是彤团长网开一面，只同意让我去弹。因为，裘老师对她说，郁钧剑的音乐悟性太好了，现在这个年纪再不学就晚了。彤队长是第一个无条件支持我、帮助我，并在发现了我的优点后，尽量让我人尽其才的领导。

离开学员队，彤队长与我们一起到了歌舞团，当了团长。很快彤团长便把我送到了南宁的广西文工团学习，由于受到了广西文艺界“大单位”的刺激、熏陶、激励，学习结束后回到桂林的我更加努力发奋。

我在琴房里可以一练就是一天，由于在当时很多老歌是不能唱的，所以练唱的曲目范围特别窄，于是就把许多被封杀了的、禁唱了的，属于所谓“封资修”的曲目偷偷地拿出来唱。在当时只要歌词里面出现了“姑娘”“爱”之类词句的爱情歌曲肯定是不能唱的，如《在那遥远的地方》《牧羊姑娘》《可爱的一朵玫瑰花》《花儿为什么这样红》《草原之夜》《九九艳阳天》等不能唱的歌曲多了去了。还有就是在历史上、在现实的运动中有“问题”的，比如做过右派、说过错话、“政治上不可靠”的词曲作者，他们写的歌也是不能唱的。甚至有不少在那个年代以前家喻户晓的好歌，如《草原上升起不落的太阳》《乌苏里船歌》《金瓶似的小山》《牧歌》等等，就因为曲调太抒情了，也会被批判为资产阶级情调而不能唱。

至于外国的歌曲，那就更不能唱了，像男高音经典的西洋歌剧选段《冰凉的小手》《女人善变》《今夜无人入睡》《祝酒歌》和西方名曲《我的太阳》《重归苏莲托》《负心人》《三套车》等等，都会被当作来自西方的靡靡之音，用当时的话来说，就是被打入了地下十八层。

然而，这里面的许多歌，对练声、练歌唱的技巧是很有帮助的，比如说，《牧羊姑娘》《牧歌》《草原上升起不落的太阳》就特别适合男高音找声音位置，找漂亮的音色，而西方的那些经典，更是能够练习歌唱的技巧。

裘老师也偷偷地让我练。

南宁学习回来，南宁的老师也嘱咐我要练。

我因为年轻，更有股初生牛犊不怕虎的劲儿，开始还偷偷练，后来便在琴房里公开唱。

正好在那1974、1975年间，文艺界又搞了一场叫作反对“资产阶级文艺黑线回潮”的运动。在歌舞团当时的领导当中，有一位从部队转业回来的副团长，一直要把我作为这种“回潮”的代表来批判，而且愈演愈烈。彤团长在这个关键时刻保护了我，说我这个年纪，懂得什么是“文艺黑线”？知道什么是“回潮”？

十几岁在桂林歌舞团，不知道哪来的胆子，天不怕地不怕的。只要看到不顺眼的事，就敢去顶，就敢去吵。当时团里有一位搞指挥的副团长叫王洪生，性格特别温和，有点像我父亲那样平时没什么话，一门心思搞他的指挥，于他而言人生等于音乐。但由于他是指挥，排练归他管，因此，他偶尔也得对排练时的不认真，提出一些批评。但是，年轻的、调皮的那些团员，并不买他的温吞水式的账。其实，这些都不是他的错。有一次在全团大会上他的话音刚落，我就大叫道，你这是老生常谈，一点原则性都没有，弄得他狼狈不堪。听说他后来回老家大连了，也不知道现在怎么样，而我一直对他怀着愧意。

那时候敢跟副团长“吵”，也敢跟更高的领导，如文化局的局长“吵”，甚至还跟广西自治区上的文化局局长“吵”过，当然当时的我并不认为那叫吵架，而是“发表不同意见或观点”。这在那个年代是一种理念，一种强词夺理的理念。

我跟自治区上的文化局局长“吵”，是因为有一次他从南宁来桂林审查节目，非要把我独唱时立着的话筒，从我面前的一米左右的位置，挪到舞台口去。这样一来，距离一下子就从一米变成了两三米，不仅距离远了，他还要求把原来对准嘴部的话筒高度，降到离地面只有二三十公分。他的理由是，这样才不会挡住演员的嘴，也才能不破坏舞台的画面。顺便说一句，在那个年代唱独唱，根本没有还音的假唱，也没有伴奏带一说，全凭乐队在台上伴奏。如果是大乐队，那么乐队就坐在乐池里伴奏，独唱演员也不可能手持话筒。

那时候唱歌真的是凭真本事的。当时我跟局长争执，就是“发表不同意见或观点”，我说他的这种要求不符合声响的传播逻辑，你把话筒降到了二三十公分，使话筒与独唱演员的嘴完全不在一条平行线上，它怎么能够发出结实明亮的声音呢？局长说，那是因为你的水平不行，我们采用话筒只是想辅助一些声音的音量，而不是靠它来扩大你的音量，你看人家国外，好多演员演唱都是不用话筒的。

说他的话没有道理吧他确实又有一定的道理，但他跟我肯定不在一个思维角度上，如此这般，我想在这个角度上，绝对说不服他，尽管他也说不服我。但我抓住了他话里的漏洞，他不是说“你看人家国外，好多演员演唱都是不用话筒的”吗，我便说，你刚才崇洋媚外。

他一听吓着了，这在当时可以说是一条能让他下台的罪状。只见他赶紧把彤团长叫来，耳语了一番便匆匆走了。

当然，话筒在那场演出中没有立起来，但是在以后的演出中，彤团长让话筒按照我的要求，置放在了我的面前。

事后好多天了，彤团长才把我叫到办公室去，她说：“本来不想跟你谈的，但局长离开桂林回南宁时，曾专门对我说，郁钧剑这个孩子有非常敏锐的观察力和判断力，将来是个非常有前途的年轻人。但在今天这样的社会里容易吃亏，你要好好保护他。”我一下子被感动了。彤团长接着说，“你也快二十岁了，说不懂事吧你也该懂事了，你要多想想你的家庭，想想自己的前途。今天我考虑再三，还有一句话要对你说，你要吸取你王伯伯的教训。”

王伯伯是谁？王伯伯是她的丈夫。我完全被她对我说的这句话震撼了，因为尽管“王伯伯的事”是件众所周知的事情，但却是一个不可能有人提及的话题，况且是从彤团长的嘴里。

王伯伯是谁？王伯伯是广西解放后的第一任党委常委，组织部部长，因为“说错话”被定为右派，于是成了当年广西最大的右派。

这就是我的贵人彤团长，她敢于指出我的不足，敢于指出我的毛病，让我在前进的道路上，常常警醒自己，尽量少说多做。当然，有些本性的东西是很难改变的。

彤团长就是这样把她宝贵的人生经验，传授给了我。她传授给我的不是技艺，而是智慧，是人格和人品。

平心而论，我在彤团长的手下工作了八年，不是一匹顺毛驴，而是一匹犟毛驴。我一直想离开桂林，向往着投奔北京的大歌舞团，反反复复地闹了很多次。每一次彤团长都体谅我，同情我，支持我，最后帮助我。最终我能很顺利地调到总政歌舞团，就与她在桂林偷偷为我开放绿灯有密切的关系。

1979年，仅是总政歌舞团的一纸商调函，彤团长就让歌舞团政工科的阳秘书把我所需要的材料发到了北京。但由于我是调干入伍的，审批的手续很繁杂，本来一个月就可以解决的事情，结果拖了大半年还没有动静。彤团长看着每天焦虑烦躁、瘦得像猴精似的我，便安排了我去日本访问演出，并唱独唱。阳秘书曾告诉过我，她也曾经犹豫过并问过彤团长，这样做合适吗？彤团长说："这孩子是为了上进，他如果有真本事，我们想拦也拦不住，拦住了那就是罪孽啊。如果他没有本事，他会回心转意的，他还会回来，回到我们这个小地方做个'鸡头'也挺好。"

日本回来后，我义无反顾地决定去北京"死等"，她忍痛让我再次去了北京，并忍痛在团部会议上同意了停发我的工资。

彤团长说的那段话，跟我这一次闯荡北京前母亲说的话一样。

在那次我去北京前，母亲特别依依不舍。我不知道她在1974年总政军乐团来商调我未成时，就已经懂得我调进北京的机会是很渺茫的，只有我自己是局外人。母亲当时给了我一百块钱，这几乎是她两个月的工资啊。母亲说，这些年你一直想去北京，但都没去成。我知道去北京唱歌，是你这一辈子最大的心愿。她含着泪水说："父母不能帮助你，只能资助你一百块钱。这一百块钱不多，给你去买个安心。如果不行，就早点回来，早去早回。"

从此，我在心里一直把彤团长视为母亲。

当我终于调动成功离开桂林时，彤团长的腿似乎还没有好透。年余前她摔过一跤，所以一直有点瘸。她刚摔瘸的那段时间，腿上打着石膏，终日躺在床上。因为她家离我家走路也不过十分钟的路程，所以经常下班后，我就先去看看她。

一天下班有点早，四五点钟的时候我又去了。平时在她家院门口我一叫彤团长，就会听见她的应声，然后会有人来开门。结果那次，叫了好几声也没有动静，一推院门，发现院门是虚掩着的，我连忙往屋里跑，只见彤团长一个人倚靠在床上，正痛哭着。她哽咽着对我说，快快快，你王伯伯送医院了，刚才不行了。家里没有人，你赶快帮通知一下。那时候，没有手机，家里也没有电话，急得我两头跳，急中生智，背起她就往院子外跑 —— 那时候我很瘦，也不知道哪来的力气。到了大街上，硬是拦下了一辆似熟非熟的人骑的自行车，把她驮到了桂林地区人民医院，这时候王伯伯已经去世了。

我到北京后不久，彤团长也就退休了，老房子被原房主以“落实政策”为由要了回去，她便在习永光家附近盖了一栋三室两厅的小楼。从街口进来的甬道，非常狭窄。每次我回桂林，都会去看看她，她会用她最擅长的食物来款待我，那就是饺子。

那时候她的话就很少了，脸上的笑容也不多。

突然有一天，同学加同事的王建华打来电话说，彤团长去世了，问我回不回桂林。当时我正处于从总政歌舞团调动到中国文联的关键时刻，实在回不去，错过了向她表示最后的哀悼的机会。

我跟习永光说过，下次回桂林，请他务必带我到彤团长的坟前去看看。我要去为她烧炷香，烧点纸钱，烧去我的思念、我的挂牵。

我会对她说，我之所以拥有今天，皆因有您。

我会对她说，您是我的贵人，也是我的母亲。

/晚年的母亲（左）和彤团长（右）//

帮我家落实政策的王文生

1978年，全国掀起了轰轰烈烈的处理“文化大革命”遗留问题的高潮。即要把那些年所造成的冤假错案，统统解决并落实；使不利于社会发展的痼疾矛盾，得到纠正。当时最轰动的就是恢复高考，因为自1966年以来，所有的大学都停课了，虽然后来在1973年恢复了招生，但大多是属于单位“保送”的学生。我在1973年就曾被“保送”到广西大学学中文，后来被一个有来头的人顶替掉了。

除此之外，当时给“右派摘帽”，退还“文革”被查封被抄家的物资等，也深得人心，为社会稳定、恢复生产赢得了政治上的得分。

我家面临的是，1967年东镇路住宅被莫名地没收了的申诉。

在《家在桂林》一书中，我比较详细地说明了当年我家在东镇路的历史原因和居住情况，万万没有想到的是，居然在十年后，看到了可以退还的大势。1977年，二十岁刚出头的我，年轻气盛，除了有自身经历过的房产被没收时的过程体验，也通过在那些年的磨难中无意了解到一些事实，即祖父确实担任过抗战期间全国迁桂工厂联合会的主任，确实创办了西南纺织厂这一地标性的工厂。于是，我斗胆给时任中共中央统战部部长的乌兰夫领导写了一封申诉信，不料部长非常重视，亲自批复到了桂林，希望桂林有关方面给予重视与落实。

在那个年代，中央的领导同志专门为我家批复申诉信，这在桂林是很了不得的大事啊。我记得市里面是派韩炳文副书记负责处理这件事情的，同时在很短的时间内，有关方面就通知我们可以去找蜜果厂协商处理，而蜜果厂此时已变成中药厂了，但不管它怎么变，政府还是讲信用的。在政府的出面协调下，东镇路上的那家厂，同意按原面积、原结构补偿给我们。不过，盖房子的地他们没有，也不可能让我们在原址上重建，因为原址早已盖满了建筑物。

怎么办？在那段时间里我与母亲经常骑着自行车满桂林市东南西北地乱转，找地方盖房子。城北，我们去过北门口消防站里面的铁峰山下；城西，我们找过骝马山山背后，军分区打靶场边上；城南，我们跑到了火车南站上海路边上的一口水塘边，那个地方倒不错，但面积不够，还会严重影响到周边的居民；只有城东没去，因为要过漓江，觉得不方便。

这样转来转去，眨眼一个月就过去了，心里着急啊，正一筹莫展的时候，我突然想起了经常早锻炼时，从歌舞团宿舍出发，偶尔会往骝马山前壕塘跑步，好像在那个山边边，有几块菜地挺宽敞的。实地一看，果然不错，平平整整、四四方方的菜地，一亩左右，够了。

地方是找到了，但“地主”却不是那么容易搞定的。那块菜地上种的菜，牵涉到好几户人家的生计，而且这几户人家还都是染织厂的家属，也就是说这块地属于染织厂。怎么办？遇到这个棘手的新问题，必然要去找染织厂协商，结果当然是碰了一鼻子灰。厂领导说，你们要“落实的政策”，跟我们没有任何关系，你们去找当年没收你们的厂家落实啊。一句话，把我们闷在那里了。

又到了一筹莫展的时候。

是在政府部门工作的好朋友黄健提醒了我，他说，不管是蜜果厂、中药厂，还是染织厂，他们不都是归轻工业局管吗？你们手里拿着市里面“落实政策”的文件，应该理直气壮地去找这些厂家的上级机关啊。

哈哈，黄健一席话，让我有了顿悟之感。

可是，怎么去找这个上级机关呢？找谁呢？还是黄健提醒了我，说找王文生去，他是全荃的同学。

哈哈，我太认识他了，也是因为全荃姐的关系，我认识了他。他是老红军的儿子，有场面，因此在轻工业局政工科工作。他也喜欢文艺，身为单身汉的他隔三差五会到歌舞团来找我玩，到琴房里去听我练唱歌。

我赶紧联络了掌有实权的他，请他帮忙协商协调。王文生当然二话没说，始终把主动权交给我们。

然而，政策还没有落实到家呢，我就离开桂林，到了北京。剩下的所有事情，我当然只能拜托于他。他对我说，钧剑，你放心走吧，桂林有我。

一年后回桂林探亲，骝马山下的新居已经建好了，就建在那几块菜地上。听说周围的邻居开始怨气是很大的，好在紧挨着我家的一户是江苏老乡，与我父母谈得来，结果就好比柳暗花明，房子就这么建好了。

我第一次穿着军装从北京回来，从总政歌舞团这样的国家大团回来，大有点光宗耀祖的气象。于是，骝马山下来了很多欢天喜地的同学、欢天喜地的同行、欢天喜地的旧时街坊邻里，唯独没见到王文生。

我托人去找他，找到了，我想请他来家吃饭，他答应了，但一直等到天黑透了的八九点钟他才来，还说已经吃过饭了。

我问他你为什么不来吃饭啊，而且天这么黑了才来？

他说他怕遇见染织厂的人。

我又问他为什么。他吞吞吐吐，欲言又止，没说清楚。

后来还是黄健告诉我的，为了我家盖房子的事，他不仅得罪了染织厂，而且还遭到了局领导的批评。染织厂甚至到局里告他的状，说他一定是拿了我们家的好处，才会如此胳膊肘往外拐，让我们一个外人家，把房子盖在了染织厂的家属区中间。黄健还告诉我，可能这中间还有点误会，就是他事后也觉得，是不是帮我帮得太多了，使他自己受到了些损失。

我说，那我找韩炳文书记去，因为王文生是在为桂林落实中央的批复啊。黄健劝我说算了，事情已经过去快一年了，现在也没有人再提了，算了。

一晃几十年过去了，我在写《家在桂林》的时候，在写桂林市政府为落实中央统战部的批复，为我家建房这段过程时，竟忘了写他。

我想了想，似乎那次黑夜里相见后，几乎就很少见过他了。记得前些年好几次回桂林，是找过他的，应该也是见到过的，但由于前文所说的那段过往，后来再加上我们毕竟年纪都大了，都成家了，已经没有了年轻时那会儿如此这般的热情了。

这次“拾遗”，理所当然地想起了他，因为《家在桂林》写完后，每当读到落实我家房屋政策的这段过往时，王文生的笑脸就会出现在我的面前。他是单眼皮，笑起来双眼一条线，是很亲切、很真诚的一条友情线。

如今黄健已经去世，我不知道在桂林还有谁能帮我联系到他，我想全荃肯定可以，于是，便给全荃姐打了个电话，专门问起王文生现在在哪。

能感觉到电话那头的全荃一愣，几秒钟后，她才用非常低沉和缓慢的声调对我说：“他早去世了。”

什么？他去世了？这时轮到我一愣了。

全荃说：“恐怕已经二十年了。他早上起来刷牙漱口，突然倒下去，就没有再起来。”

都二十年了，才五十岁啊！

我手握手机，愣了半晌，才听见手机里的空音，完全不知道全荃什么时候挂断的电话。我的脑海里不断地翻卷着当年的一切，非常清晰地看见他在歌舞团的琴房里，听见他在对我说，钧剑，你唱个歌吧，唱那个“小小竹排”。他喜欢听我唱这首歌。

他的声音是那么熟悉，就像是在昨天。

谦卑的父亲

如果要问我，父亲有什么爱好或者嗜好，那太容易了，我闭着眼睛就能脱口而出。每天喝点小酒，一到二两；喜欢吃鸡屁股；喜欢看家乡的《新民晚报》；还有就是每天晚上要用滚水烫脚。哦，年轻的时候还喜欢看电影。

我从来没有听父亲唱过歌，哪怕只是一句。他也不进剧院，不看戏，只是有一次他喝醉了 —— 仅此一次见他喝醉过，听他哼过几句京剧和几句越剧。

甚至在我的印象里，他都没进过剧场听我唱歌。

我没见他下过棋，没见过他炒过菜、洗过衣。

也没见他交过一个朋友，无论是同性的还是异性的朋友，没有一个。

印象中，我每天听到他只有三句话。

早上上班时，他会对母亲说："惠如，我去了。"惠如是母亲的名字，"去了"是老家方言里任何外出的习惯说法。黄昏他下班回来了，同样是对母亲说："惠如，我回来咧。"三句话里还有一句，或许是说今天天气的好与坏，或许是说今天的菜烧得好不好吃。至于他与母亲还会说些什么，我就不知道了。

父亲没有朋友，不爱说话，也不与亲人们来往。我在二十岁以前，几乎都不知道我们郁家在江苏海门是个大家族。在我父亲近亲的身辈上，就有众多的将军、书记、校长、大企业家、飞机设计师制造师等等，他们在上海、台湾，在美国。但父亲不仅从来不与他们来往，甚至都不联系，都是他们主动来寻找父亲。比如在美国的、曾做过南京中央航校校长的大叔叔，特别喜欢他，就辗转找到我们，并给我们写来了信，父亲也只是说了一句："惠如，给叔叔回封信吧。"从此就不再提起了。

父亲对所有的人都是笑，不说话，只是笑。

在所有的人际交往上，父亲自取其"卑"。

如果要问我，父亲是做什么的，我只知道，他在结婚前一直生活在老家江苏南通的海门乡下。他的母亲是一个大户人家的千金小姐，所谓门当户对地嫁给了我祖父。祖母没有读过书，从小在家受宠，也就没有文化，被祖父看不起。读过书的祖父很新潮，崇尚实业救国，科学救国，很早就到南通、上海、哈尔滨等地闯荡江湖去了，去做官，去办学，去办工厂。

作为独子的父亲，完全继承了祖母的"衣钵"，从小娇生惯养，也因为家有私塾，祖母便舍不得让他外出求学，这样日复一日，也就没有了学历。

我的父母也是包办婚姻。父母结婚后，当然不能再待在家里，加上我母亲是上过女子中学的，便督促父亲一定要自食其力，自谋职业。尤其是母亲害怕我的兄长再重蹈父亲的覆辙，于是，他们便在我兄长两三岁的时候，来到了桂林。

年近而立之年的父亲，一没学历，二没工作，却拖家带口地站在了祖父的面前，自然不受祖父及祖父的"抗战夫人"，也就是二奶奶的待见。于是，祖父就给了父母三百块大洋，让父亲在桂林的三皇路口开了一家修理自行车的店铺。

顺便说一句，其实父亲是很聪慧的，十来岁时，就会把自行车拆开来重新组装。因此，深得他大叔的喜爱，并被带到南京去，在飞机场学过维修飞机。所以，修自行车对于父亲而言是小菜一碟。

解放以后，祖父离开了桂林。父亲对他而言，再不待见也毕竟是自己的儿子，于是，祖父就给新筹建的桂林电机厂投了些股份，并让我父亲把修自行车的铺子关张了，以他代理人的身份参加了工作。

从此，父亲在工厂里便成了“资方代理人”。平心而论，父亲还真是代理人，因为母亲说，每次股东们分红，父亲所分到的钱是要寄到上海去的。因为此时二奶奶早已病逝，祖父在上海为了有人照顾起居生活，又续弦了，他们的生活也需要钱啊。而父亲本身也有工作，也拿工资，因此，还真没有拿过一分钱股金。

父亲在工厂里，身份是“资方代理人”，“文化大革命”时造反派说，“资方代理人”就是资本家。这可以算是父亲的一种身份。但是“资方代理人”也得工作啊，也得按工种发工资啊，父亲说，给他定的是“钳工”。这是他的第二种身份。父亲是几级钳工我不知道，不过工资好像还是蛮高的，每个月也有七八十块钱呢，这在那个年代绝对是高工资。为什么他能拿这么高的工资？我记得在我童年的时候，父亲是很少回家的，为什么？因为他要在工厂里搞技术革新。那时候，桂林电机厂已经改为桂林机械厂了，父亲要搞关于机床钻头的技术革新，这应该有点是工程师的意思了吧。这是父亲的第三个身份。

在他的这三个身份中，“红”的当然是钳工，体面的当然是工程师，“黑”的当然是“资方代理人”，代理的资本家。

三者取其一，父亲取了“黑”的，他宁愿自取其“辱”。

父亲在机械厂是从建厂开始一直干到退休的。他曾经对我说过，他最幸福的事，是在工厂摔断了腿。

我愕然。

父亲摔断腿，是在1968年的春节刚过之后。原因很简单，那时他所在的工厂，要在车间里悬挂促进两派群众组织大团结的标语，而两派的年轻人都较着劲呢，谁也不服谁，谁都叫不动谁，没有参加任何一派的父亲就说："让我来吧。"

一贯以来，父亲为人老实忠厚，别人不肯做的脏事累事，他都会默默地去做。所以那天这种谁也不肯做的高空挂标语的危险差事，似乎也理所当然地由他来做了。这一做还真出事了，架起的梯子没有人扶，父亲背着大标语往上爬时，梯子打滑了，连人带物狠狠地砸在车间的水泥地上。

由此父亲住进了医院，原因如此，理所当然属于工伤。加上父亲在单位的为人，住进医院后，无论哪个造反派组织都没有来找过父亲的麻烦。而且，伤筋动骨一百天，加上1968年桂林的社会状态很乱，父亲一住就是大半年。彻底避开了当年一个资本家必须要尝的苦果。

他住院的那段时间，是我们父子俩这一生中说话最多的时候，但有一个话题他始终是避开的，即关于他、他的父母、他的家族。

记得我问过他这些问题，他在沉默了半晌以后对我说："一个人要有祸，躲是躲不掉的……人家要打你的左脸，你就把右脸给他……"

记得我当时木讷地望着他，无言。

如今仔细想想，在那个连国家主席刘少奇的性命都不能保全的年代，区区一介庶民，又有家庭成分不好的把柄被人握在手里，不懂点忍辱负重的求生之道，是根本无法生存的。在"文化大革命"中，父亲没有被批斗过，也没被监督管制过，这当然与父亲平日里与人为善有关，但也绝对不能排除他在当时的社会环境里，对"左脸与右脸"的顿悟。

我对父亲那一代人有如此顿悟，感到悲哀和心疼。

那是父亲自取其"哀"啊。

前两天写到好朋友王文生，在写他的过程中，我突然想起了父亲的一个故事，那是在1973或1974年的一天，王文生到歌舞团来找我玩，大老远地就叫我，钧剑钧剑，告诉你一件好笑的事。我说什么事呀？他说，你爸昨天来我们家了。我很惊讶，我爸怎么会去你们家？王文生的父亲是老红军，住在七星岩花桥旁边的干休所里，以父亲的性格他怎么可能去老红军的家？何况从来也没听说过父亲认识他们家的人啊。

王文生面对我的疑惑，笑着对我说，这你就不知道了吧，我妹妹跟你爸在一个工厂一个车间工作。她礼拜六回家告诉我，我们家坏了的那辆自行车，她明天叫了他们厂里的"资本家"来修。王文生问他妹，资本家怎么可能会修自行车？而且明天是礼拜天，你让人家不休息来修自行车多不好啊。他妹说，这个资本家以前开过修自行车的车铺，我叫他来他不敢不来。

王文生还说："第二天你爸还真来了，穿得干干净净，把修理自行车的家什全带来了，我一看，这不是你爸嘛。我就说我妹了，这可是人家郁钧剑的爸，你得对人家礼貌点。修好了车，我留你爸吃饭他不肯，连杯水也没喝就走了。"

王文生说者无意，一派干部子弟那种大大咧咧的味道，但我听者有心，心里感到特别难受。

当晚我回到家里，吃晚饭时我问父亲，你昨天到人家家里去帮人修自行车了？父亲抬头看了看我，没吭声。我一连问了三次他都没说话。母亲看见我有点像要"冒火"的样子，便插话说："他昨天是去了，去的是什么人家他也没说，拎着他修自信车的百宝箱去的，穿得倒蛮干净的。我还对他说，你是去修车又不是去做客，穿那么干净干什么，回来还不是要我洗。你知道你爸跟我怎么说吗？他说人家是体面人家，我不能邋邋遢遢地去，不成体统。"我嚷着嗓子对母亲说，你知道他去的是什么体面人家吗？我不反对他给别人修自行车，咱们邻里哪家自行车不是他修的？但是这样的人家，有权势的人家，他就不应该去，一个上门修自行车的资本家，还有什么体统可言？我们不能低三下四地活着。

父亲抬头看了看我，突然把碗往桌子上一拍，摔门而去。

我当然也赌气地离开了家，回到了歌舞团宿舍。后来听母亲说，那天晚上都过十二点了，父亲才回来，没有烫脚就蒙头大睡了。

母亲说，第二天一早浮肿着脸的父亲，没事一样地叫母亲："惠如，我去了。"然后，蹬着自行车上班去了。不知怎么的，我听母亲说完了这段话，泪水吧嗒吧嗒地就落了下来。

父亲比母亲晚去世一年，享年八十。临去世的前一年，他来过北京，那次，他也说了，他还是想去南京，想去看看长江大桥，看看他曾工作学习过的地方。但我总想等到自己工作不太忙的时候，抽出一段时间带他好好地去玩一下，老觉得他还年轻，还来得及。所以我对他说，等你明年再来时，我专程陪你去一趟。父亲张了张口，什么也没说。

那时候父亲已经衰老了，小便失禁尿在裤子里自己都不知道。更让我没有料到的是，父亲没有了"明年"，那次他从北京回到桂林后不久就去世了。每当我想起他，都会痛心不已。

一眨眼父母去世都二十多年了，我时常能梦见他们在桂林的家里。在梦里，我说要带他们到北京来，带他们去南京，去上海，去南通，去海门的乡下。还要带他们去台湾地区看看他们的堂兄弟姐妹，去美国看看他大叔、二叔、三叔、四叔。

父母都笑着望着我说，没有身份证啦，买不成火车票、飞机票啦。

这些年来，我常常后悔当年没有带他们到北京来，确实怪我过多地依赖在桂林的兄长，认为有他在，又有大房子住，生活应该差不到哪去。但仔细一想，是很自责的，随着自己的年纪越来越大，腿脚也渐渐有衰老的感觉，我一直在反省，七八十岁的父亲，当年是怎么上厕所的？因为尽管家在南方，几十年前南方的厕所一般都是蹲坑，我为什么就没有想到给他安个坐便器？还有每天他是怎么起床的？又是怎么躺下的？听说他晚年曾经在马路上晕倒过一次，谁也不敢动他，是他自己慢慢苏醒，爬起来回家的，真是叫人心疼啊。

如今自己上了年纪了，有了体会了，更感到了深深的自责。像这样的自责，日增月益。

咳，看来只能希望有来世，让我再做一回他的儿子，来弥补这一切。

父亲的一生，真是像酸咪咪草、狗尾巴草一样，默默无闻地打扮自己的那一方景色，自生自灭在原野上。

/父亲青年时//

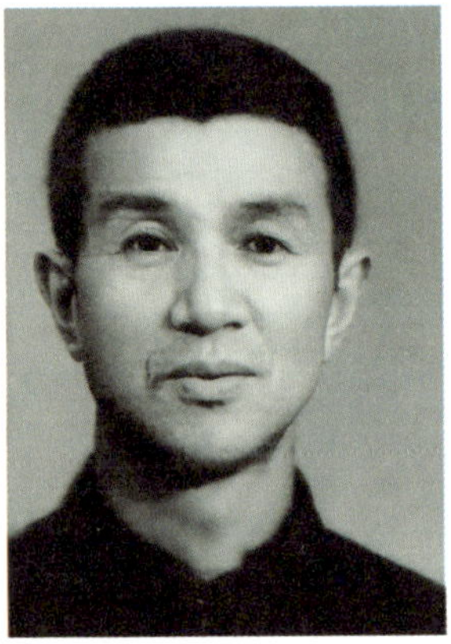

/父亲中年时//

/父亲老年时//

十字街头

桂林的十字街在历史上，一直是桂林人心目中的市中心。桂林的十字街头一直是桂林最繁华、最富贵、最浪漫、最开放的代名词。

小时候，也一直认为全世界唯有桂林有“十字街”。

/民国时的桂林街头//

长大后，才知道全国各地的城镇都有十字街，甚至全世界各地城镇都有十字街。十字街，应该是所有城镇规划中的必然，也应该是每座城镇建设中的必需。尤其是在一些小城市，乃至乡镇，叫十字街的地方一定是当地最繁华、最富贵、最浪漫、最开放的地方。一定是各种店铺林立、各式建筑林立的地方，一定是故事丛生，传说迭起的地方。

桂林的十字街也不例外。

现在桂林的十字街，还叫不叫十字街呢？但起码应该不是最繁华的地段了。

据说桂林十字街至今已有七百余年的历史，自宋代起一直就是桂林最繁华的地界。但最早的时候，只是今天的十字街以北至乐群路口东，这一段称为十字街。不过桂林的老百姓都习惯把乐群路口东至阳桥的这一截地段，通称十字街。

其实这种习惯是不对的，十字街嘛，就应该是个十字架，光有南北方向不行，还得有东西方向。

那么，在我小时候，除了认同十字街北起乐群路口东，南至阳桥北，也还认同它西起太平路口南，东至正阳路口北。而这个“大”十字街简直就是我心目中的“天堂”。什么是“天堂”？什么是神仙？小孩子对这些称呼当然不懂，但常常从故事书里面，从神话童话里听说过，都知道天堂的生活最美好，天上的神仙最快乐。那么，怎样才能过上天堂般的日子，怎样才能得到神仙般的生活？我那时候的参照标准就是去十字街。这是那个年代生活水准的必然。

说出来不好意思，童年时常常最盼望的事情，竟是父母带去十字街玩。如果哪一天，父母说下个礼拜天带你去十字街玩啊，那我一定是盼三天，再回味三天。

桂林人喜欢逛街，逛街的终点往往就是十字街。尤其是当时我家住在东镇路，属于住在北门的人，到十字街逛街更有了一种乡下人进城的感觉。

那时候的逛街，可真正是“逛”街。街上的人，没有几个兜里是有钱的，别看商店里熙熙攘攘的尽是人，但百分之八九十的人只是在逛着看，而没钱买。如果在百货商店看见有人买个闹钟什么的，周围至少要围上十几人；如果是要看见有人买辆自行车什么的，那绝对要围个里三层外三层，而且各路神仙都在发表高见，在旁边议论着是凤凰牌自行车好呢，还是永久牌自行车好。哦，当时还有一种自行车牌子，叫飞鸽。

那时候逛街，年轻人可多了，但很少看见一男一女相伴逛街的。在十字街的街上，都是三五成群的男孩子，三五成群的女孩子，一伙一伙地攀肩搂脖，穿着自认为最华丽的衣服，展示着青春的风采，释放着荷尔蒙的气息。

那时候不是不想一男一女相伴逛街，而是不敢，在大街上男女之间手拉着手，就属于生活作风不正派，再亲昵一点，就会被当作男盗女娼。那时候如果犯了男女关系问题，会被抓起来，甚至被关监狱，被枪毙都是很正常的事。这绝不是危言耸听，而绝对是我们这个年纪的人经历过的事实。

我父亲也是最爱逛街的一族人，他平时不爱说话，不交朋友，不唱歌不跳舞，唯有看电影是他的最爱。而逛十字街成为他的最爱，是因为十字街周围有桂林仅有的三家电影院中的两家。

两家中的一家电影院在十字街的东面，张永发绸布店的旁边。那家电影院叫桂林电影院，父亲最爱去，因为卖票的那位胖伯伯，也是江苏南通海门人，而且跟母亲还一个姓，都姓邓。胖伯伯每逢有了新电影都会给我父亲留两张票，于是父亲便乐不可支地带我去了。

桂林电影院旁边是一家冷饮店，印象中小时候的我，在那里面吃过冰棍，而且是父亲每次从胖伯伯那里拿到票后，必做的一个对胖伯伯的报答。那时候电影票紧张啊，每次胖伯伯给我父亲票，都是到这个冷饮店里来偷偷给的。于是，父亲就“报答”他一根冰棍，一毛钱一根的牛奶冰棍。当时的一毛钱，可以买一张电影票，因此，请吃牛奶冰棍，算是非常奢侈的了。

每次胖伯伯吃冰棍时都特别高兴，与父亲用家乡话聊聊天，等冰棍吃完了，互相拍拍肩膀，算是告别。

而那时的我，当然是喜笑颜开地在冷饮店里乱窜，拿着根牛奶冰棍，在其他小孩面前显摆，因为一般的孩子都只会买三分钱的糖水冰棍，或五分钱的豆沙冰棍。

后来胖伯伯工作调动，调到十字街北面的人民电影院去卖票了。那家电影院的名气更大，解放前就有，叫大光明电影院。父亲也喜欢到这家电影院来，因为上海最有名的电影院也叫大光明电影院，父亲年轻的时候就去过，所以每次来到这里他都要给我讲这段经历。可见爱屋及乌是有道理的。

我家住在北门，到十字街来逛街第一站自然就是先到十字街北的人民电影院。人民电影院对面有一个胡同通往有名的西巷，路口有桂林市最大的一个公共厕所。严格说来，每次到十字街来逛街，第一站是先到这个公共厕所。父亲说，只有上完公共厕所了，才能安安心心地逛街。那时候的公共厕所也真是热闹，都是人工淘粪的，淘出来的粪装在木桶里，由农民一担一担往东江那边挑。因此在大街上经常能看见这样的担粪工。文明一点的会在满桶的粪便上盖张荷叶，或者铺把青草；不文明的，就这么敞着走，满大街的人都掩鼻而过。那时候这种事情很寻常，大家也都见怪不怪，都觉得挺自然、挺正常。

我喜欢跟父亲逛街，除了看电影，更高兴的是每次看完电影父亲还会带我去吃一顿。四五岁的时候，吃东西，常常被我有意说成“吃东”，把“西”字省略掉，估计这是小孩子撒娇的一种天性。每到礼拜天要去逛街看电影了，父亲就会说，今天带谁去“吃东”啊？我就会兴高采烈地拽着他的衣角，“西——”地跟着父亲逛街去了。

十字街有很多卖好吃东西的地方。就贵的大的而言，当数桂林最贵最大的两家酒店，都在十字街。一家叫“老乡亲”，霸守在十字街的东南角。为什么叫这个名字我不知道，查桂林的史料似乎也没有介绍它的出处，但这家饭店是卖饺子的，饺子在桂林的饮食史上，从来就不是特产和主食。由此可见，“老乡亲”完全有可能是来自北方的“舶来店”。

“老乡亲”饭店当年在十字街头还真是蛮威风的，好像有两三层楼高，当年在桂林算是高大的建筑了。记得它的二楼是雅座，所谓的雅座就是像那时候的火车硬座一样，两排靠椅中间放张餐桌，形成一个相对隐秘的空间，所以就“雅”了。至于有没有包间，我就不知道了。因为父亲只带我坐过雅座。是在这里父亲教会我认识了饺子这种美食，认识了炒腰花这道佳肴。

十字街还有一家酒店叫“广州酒家”，这个店名一看就明白，肯定是“舶来店”。广州酒家是个大厅，有两进的大厅，十几张餐桌经营着中国四大名菜中的粤菜。它应该是桂林唯一一家正宗的粤菜馆，所以整天都是乌泱乌泱的吃客。桂林离广州近嘛，广东人来桂林玩自古就多。

广州酒家的大门边，有个大大的橱窗，常常挂着油光铮亮的广东烧腊，什么烧鹅啊，叉烧啊，脆皮鸡啊，再配上灯光，顿时能使路人的味蕾绽放。参加工作后的我，兜里有了点小钱，便每个月似乎都会邀三两好友，到那里去撮一顿。年轻的时候喜欢喝啤酒，一口气喝两三瓶是常态。那时候桂林的漓泉牌啤酒特别有名，甚至有赶上青岛啤酒的意思。

写到这里突然想起了两件在它门口发生的，令我一辈子都难以忘记的事情。

一件是1976年后，城乡的生活面貌有所改善，农民可以挑担进城卖点自留地的东西了。一天傍晚我路过广州酒家，突然看见在那挂满烧腊的橱窗下面有一位十一二岁的小女孩，蹲在下面卖青橘子。两个大于她身体数倍的箩筐里，浅浅地装着不多的青橘子。而她的眼睛却死死地盯着橱窗内的烧腊，一眨都不眨，甚至仿佛能让人看见她那正在吞咽口水的动作。我很伤感。我过去给了她五毛钱，她赶紧给我称橘子，我没有要，无言地迅速转身走了。我只能做这些了。

产生这种对人世间的悲怀，是从十字街开始的。

另一件事是，在我离开桂林到北京后的不久，老团桂林歌舞团的一位舞蹈演员陈应龙在酒店门口与人斗·殴遇难了，估计也就不到二十岁。

/上个世纪七十年代于桂林七星公园广场。当时桂林市在七星公园广场举办“五一”游园活动，桂林歌舞团担任广场演出任务。我与舞蹈队哥们儿在台侧合影留念。前排左起：杨晓红、夏林；后排左起：殷强、金华、郁钧剑、陈应龙//

当年我在团里的时候，与他讲话不会超过一百句，能记住他，是因为他的宿舍就在我们歌队琴房的窗户旁边。每天早上我们歌队是要集体练声的，往往我们都开始“咪咪咪嘛嘛嘛”地练声了，他的同房也都去练早功了，他却还在睡懒觉。然后他会睡眼惺忪地出来，学我们练声一样扯着嗓子嚷嚷，吵死了吵死了，瞌睡都被你们唱跑了。常常引得我们哄堂大笑。

那时候我是负责给大家弹钢琴的，后来，每次练声前我就顺便去敲一下他的房门，叫一声，该起床了，太阳公公晒屁股了。

从此偶尔相遇时，他都会叫我一声“哥子”。

上面的那张照片，就是拍照时他看见了，老远地跑过来，硬要靠在我的旁边。月余后，我就离开了桂林，没想到竟成了永别。

我在拾遗十字街的此时此刻，竟突然想起了仅在我的岁月长河里泛起了一瞬间的这两朵浪花，却一点也不觉得这浪花的轻松，而是那么的沉重。这让我更加感悟到，正是生命中的许多一瞬，构成了我们永恒力量的缘由。也正是因为有了他们的一瞬，让我更加懂得了，锤炼生命的顽强，尽管艰苦；珍惜生命的不易，尽管脆弱；追求生命的光彩，尽管短暂。

十字街除了有贵的大的“吃东”的地方，同样有很多便宜的小的“吃东”的地方。

广州酒家的前后左右就有多家这样的又便宜又好吃的小店。往北走，有一家卖“碗糕”的小店。碗糕是桂林的传统小吃，它的原料是米，做它时要先把米用水浸泡，再用石磨磨成浆，放点发酵粉，拌上甘蔗黄糖，把米浆舀到专制的土赭色的陶碗里，放进蒸笼蒸熟。蒸熟了的碗糕出笼后，拱起的糕心会开花。当热腾腾、香喷喷、黄共共（桂林话，黄得很纯正的意思）的碗糕装在拳头大小的小碗里摆放在面前时，口水早就流出来了。这时老板会手拿竹片刀往碗底一旋，我就会迫不及待地接过糕儿塞进嘴里。当年的碗糕四分钱一个，好吃又好卖，常常供不应求。因此，我也会经常挤在碗糕店门口的人群中间，排队等候着店家的边蒸边卖。

从广州酒家往南走，有一家专门卖酸泡菜的店，店里有很多硕大的玻璃瓶子，里面泡着白萝卜、青豆角、红辣椒、黄瓜、木瓜、刀豆、包包菜、芥菜、花生芽、仔姜、蒜薹等各种时蔬，有五分钱一盘的，也有一毛钱一盘的，如果要全了，一种一件，那就要两毛钱一盘了。再撒上些许芝麻，色香味诱人，还没等摆在面前，口水又早就流出来了。

广州酒家的马路斜对面，还有一家饮食店，专门卖小吃，卖油堆，卖萝卜糕、米豆腐，卖油条、胡辣，卖绿豆沙、芝麻糊，卖大眼发糕，卖甜酒鸡蛋汤圆，应有尽有。油堆就是北方的麻团，但桂林油堆的个儿要比北方的麻团大。

桂林所有这些小吃中最有特点的是胡辣，小时候我很爱吃这一口，因为我母亲会做。做胡辣其实不难，母亲把磨好的米粉加筒子骨汤放在锅里面熬，再将肉丝、木耳丝、腐竹丝、鸡蛋饼丝、墨鱼丝、黄花菜等精细作料放进去搅动均匀，等各种配料煮烂熬成糊时，便可吃了。再撒入芫荽、香葱、胡椒粉、辣椒粉，味道便好得不得了。吃胡辣还可以蘸着油条吃，但我不太喜欢。

从广州酒家往南走到十字街的十字路口，往右转就是当年桂林的标志性建筑桂剧院了。还真别说，当年桂剧院也是蛮气派的，关键是它有四个粗壮的罗马柱，支撑着整个建筑的门面，彰显出了一种气派。

“文化大革命”开始时，这里是最热闹的场地，楼顶上飘扬着无数的红卫兵红旗，十几条大标语从楼顶顺着罗马柱，像瀑布一样一“泻”到地。更有北京来的红卫兵小将，在桂剧院门口的十字广场上搭台，架着高音喇叭，高呼着各种口号，宣讲着各种宣言，漫天还飞舞着各种传单。年幼的我站在这成百成千的人群中，完全被这种轰轰烈烈的架势感染了，亢奋的心情膨胀着全身。

产生这种激越身心的豪情，是从十字街开始的。

桂剧院是桂林桂剧团的老巢。考入学员队后，我很短暂地学过桂剧。当年教我桂剧的形体、唱段的老师，我还记得叫曾海珠。教我毯子功的老师叫李桂杰。当时桂剧的老师对我是很器重的，比如每到练毯子功时，桂杰老师就不让我练，让我保护好嗓子，说将来你主要“攻文戏”“攻老生”，我们要培养你演《沙家浜》里的郭建光，演《智取威虎山》里的少剑波。但终因我的确是没有戏曲方面的天赋，桂杰老师他们便忍痛割爱，“抛弃”了我。

桂杰老师的夫人叫罗桂霞，是当年整个广西最红的桂剧花旦。当年桂林在广西桂剧界独占鳌头的还有筱兰魁。他俩要在十字街头露个面，也会引起围观。

从桂剧院顺拐，就拐到解放西路上去了。解放西路在抗战期间那可不得了，那时候叫桂西路，是非常著名的一条文化街。中国著名的出版社如商务印书馆、中华书局、世界书局、力学书店、华华书店、启明书店等，都云集在这里。而且还有印刷所多家。

在这条路上，位于路尾的艺术馆，是桂林歌舞团的老巢，1944年由戏剧大师欧阳予倩主持筹建。当年曾在这里举办过“西南第一届戏剧展览会”，也就是中国近代文艺史上享有盛誉的“西南剧展”。来自广东、广西、湖南、江西等省的戏剧团体，近千名艺术工作者汇集在这里，演出了六十多个剧目，整个剧展历时三个月，盛况空前。当然这都是历史了。

当年的桂西路，如今的解放西路，已经不热闹了，甚至一点当年文化街的气息氛围都没有了。我曾经无数次地想过，至少应该在街头、在当年的遗址前留下一些纪念牌匾吧……

我在桂林那些年，一直住在艺术馆宿舍里，十字街是出行的必经之路，一到夜晚，十字街街口是灯火辉煌的，而一拐进解放西路，顿时就黑暗下来了。前几年回桂林，看见解放西路的乐群菜市西口，倒是一片辉煌，那是许多小吃摊在那里摆开了夜市。各式的米粉摊，卤菜粉、三鲜粉、炒粉；各式的小吃，卤鸡爪鸡杂、炒田螺、炒干鱼仔、啤酒鱼等，应有尽有。

我很多次在这里吃夜宵，居然有一次还碰见了一个摊主是歌舞团的老同事，而且还是筱兰魁老师的小儿子。哈哈，如此夜市，真可以说是人杰地灵，藏龙卧虎啊。

可惜也可喜的是，在这条当年享誉全国的文化街上，毕竟还遗留着一丝文化的气息，只不过，那只是饮食文化的气息。

十字街头的西南口南面，是一家邮电局，这是参加工作后的我在十字街最喜欢去，也是去得最多的地方。那时候的通讯完全靠写信寄信，而我与北京保持联系，与各地保持交往，就是在这个邮电局里买邮票，根据每天邮筒的收发时间投掷邮件。“文化大革命”后最早恢复的一些文艺刊物，如《人民文学》《大众电影》《诗刊》等，也会在这个邮局首卖，这些都是我光顾这里最多的原因。

从邮局往南这一路都是骑楼。在邮局门口的骑楼里，有一排阅报栏，《人民日报》《文汇报》是它每天必备的。我那时候穷，没钱订报，便每天都骑自行车到这里来看报。阅报栏换报一般都是在上午的十一点左右，于是我经常吃完中午饭便骑上自行车，花个三五分钟就骑到这了，然后从报头读到报屁股，两张报纸读他个半小时。也不知道当时怎么对读报学习有这么大的瘾。

我记得1976年的时候，《人民日报》发表了一篇陈荒煤先生的文章，呼吁要解放电影。这个信号不得了，因为桂林歌舞团参与拍过电影《刘三姐》，而且主演黄婉秋就在咱们团里。当我在这里的阅报栏里看到了这篇文章后，还兴奋地当作重大消息赶回艺术馆报告给大家。

挨着邮电局的是桂林市最大的一家百货日杂品的门市部。它有两个大门，一个大门在邮电局旁边，另一个大门是要拐到十字街街口的南面，中山南路上面去了。小时候对这有两个门的百货店稀罕得不得了，可以这个门进那个门出，这对小孩子而言绝对是件乐不可支的事情。还有一个让我觉得稀罕的是，那时候的收款台与柜台之间是有一根铁丝在上空勾连的，也就是说，你在柜台前购物，不用到收款台去交款，而是服务员把你的物款和发票夹在一块板子上，往铁丝上一挂，嗖的一下，从这头甩到那头去了。而收款员将购物的补找算好了以后，再把补找的零钱和发票夹回那块板子上，同样往铁丝上一挂，嗖的一下，又从收款台那头甩回来了。当时这种收款方式着实时兴了一阵子。像这家门市部柜台多，铁丝就多，店里的上空线路密布。年幼的我特别喜欢站在那里看，看头上的铁丝上嗖嗖地来回穿梭着的板子，高兴得嘴都合不拢。

邮电局门前的这一趟骑楼，一路可走到三多路口。其间的骑楼里，各种商店一家挨着一家，桂林市唯一卖唱片的店铺就在这骑楼里。这个店铺我也是经常光顾的，因为1977年后，我“创办”了桂林市歌舞团的资料室，彤团长经常特批点小钱，让我去买几张薄膜唱片，给大家作为艺术欣赏。

三多路口一直往南，大约半里地后就到阳桥了。阳桥才是十字街概念上的终点。这一节路叫中山南路，街两旁基本上都是商店。邮局那一趟骑楼在中山南路的西面，都是相对大一些的店面，马路对面的中山南路东面，没有骑楼了，都是相对小一些的店面。在东面众多的小店中，给我印象最深的有三家，一家是新华书店，但比阳桥的那家要小，因为我爱读书自然去的次数就多。一家叫“天忠云吞店”，铺面不大，但生意奇好。因为父母都是江苏人嘛，爱吃云吞，所以，我们去那家店的次数就很多。后来估计他们嫌铺面太小了，就搬到解放西路去了。

还有一家是可以吃到小炒的店。

每次都是父亲带我看完电影后逛街逛到这里来的。看完了电影又逛了街，再到这里来炒一两个菜，喝点小酒，是父亲辛苦了一个礼拜后，最高兴的事情。而且每次到这里都会有同样的事情发生，那就是我在《家在桂林》中写过的：

父亲抿酒时，我总会拿起筷子，把它伸到父亲的酒杯里蘸一蘸，然后再放进嘴里吸吮掉。吸吮的次数多了，酒量也就大了，酒量渐渐地大了，酒胆也会见长。记得有一次父亲自己去灶口端云吞，我趁他不在，猛地端起他的酒杯大喝了一口，惊得邻桌的几位食客一阵大叫："这个小把爷怎么这么能喝？长大了不得了！"父亲回来闻言笑了："男子汉不喝酒，将来长大了，怎么能在社会上闯荡呢？"

十字街的东南面也有一段是骑楼，无独有偶，它面朝十字街心的那家食品店，也跟百货门市部一样，横跨两个街口，也可以这边门进那边门出。不知是什么缘故这个店的经营范围变动过好几次，有一阵子就换成了水果店，但是桂林的水果店很奇葩的，柜台里经常空空如也。只卖一些干红枣啊、干核桃啊、干桂圆啊这些干果什么的，而平时也没有什么人买，因此店里也就经常是空空荡荡的。造成这样的现象，原因在于那时候商店销售商品都是计划经济，国家统一调拨，而且基本上都属于靠山吃山，靠海吃海，而桂林当地产的水果品种很少，比如说，芒果和荔枝，往南边几百公里的南宁就有生产，桂林却很难看到。那时候没有高速公路，几百公里外的南宁到桂林，开车得要两天，芒果和荔枝往往都会被捂烂了。而像北方的水果，那就更有季节性了。

到了秋天，北方运来了苹果，父亲就会带我去逛水果店，总是要售货员给我挑选一只最红最大的。每当我吃到只剩核，要扔掉的时候，父亲又总会接过吃剩的说："看你多浪费呀，还剩下这么大的核。"然后他再接着啃，完了还连核一起扔进嘴里，嚼掉。不懂事的我竟把父亲的节约，当作他的习惯，常常在吃水果吃到只剩核时，把它递给父亲。

十字街的东北角，矗立着与马路对面的“老乡亲”饭店一样，颇有气势的一座两层楼楼房，那是桂林市最著名的商店之一，叫张永发绸布店。这家店解放前就有，母亲说过，绸布店一般都是妇女的最爱。小时候也曾跟母亲逛过街，母亲最爱逛的商店确实是“张永发”。她会对着各种各样的绸缎呢子，爱不释手地摸来摸去，但是也没钱买，或者是舍不得买，站在旁边的我烦死了。

历史上的十字街真的是商贾云集，店铺林立，是一条商气重、人气重、财气重的商街，是旧时桂林百姓最向往的一条商街。

据史料记载：

清末民初，洋杂百年老店翰芳斋居街中段（应该就在我说的那家小新华书店的位置上），老板是朱氏两兄弟。老大朱翰品曾任清朝梧州中关关长，完成了经商原始资金的积累；老二朱殿成曾在广西布政使藩台任职，是专为布政使上奏商楷的幕事，颇通经商之理论及办法。有钱又懂商，何愁钱不达三江？两兄弟专门经营洋货，西装、布衣、皮鞋、洋杂。据称，朱老板经商还和蔡锷搭上了钩。民国初年，蔡将军任总办的桂林陆军小学，教职员工数百人，用的日用搪瓷品、衣物、长统皮靴全部由翰芳斋供货。辛亥革命前夕，蔡将军曾亲笔书写一幅横匾送给翰芳斋，上书“履指气扬”。送匾那日，蔡骑着高头白色蒙古马，在欢乐的军乐声中，亲自将匾悬挂于店中堂，引来桂林万人空巷。

民初，桂林最大的食杂店日日安也建在十字街，店主苏少林经营于晚清，靠借梧州亲戚纹银五十两起家，做月饼、糖果及其他饼食，还兼熬三花酒。说来也怪，苏少林开店与十字街有缘，他不在十字街开店，生意就很难做，1914年在十字街创办日日安后不到一年就赚回了一个店。苏少林十字街一店变两店的消息传开后，引起桂林商界轰动，人人争先恐后将店迁十字街，十字街的地皮因此暴涨，居高不下。以百年老布店张水发为例，律商质光买地皮就花黄金300两，张永发的后裔张杳圃办店在十字街居不久就成为桂林布业大亨。

翰芳斋、日日安、张永发等老板在十字街办店的成功吸引不少的商家，“做生意讲码头，码头不好，不如不搞”成为桂林人的口头禅，到十字街耍一耍也成为桂林人的一种享受。

尔后，到十字街办店的有钱庄，黄金首饰店，照相馆，电影院，吴麻子剪刀店，魏万茂烟庄，新三友布店，新三角鞋店，水华、华盛、大众布衣店等。

当然，旧时人们喜欢十字街不仅可以购物还可以看电影，听桂戏，讨老婆照张相，累了饿了还可以光临天忠云吞店，吃十个二十个天忠云吞，喝一碗飞飞粥店的粥，什么及第粥、鱼生粥、田鸡粥，再回家。

有道是，数百年以来，桂林人到十字街逛街，少不了购物、听戏、看电影、吃东西，总是乐而忘归。

人一天天地长大，十字街也在一天天地长大。

据史料记载：

十字街的名称可以追溯到元代至顺三年（1332），刻于月牙山的《隐真岩建阁施舍题名碑》，其碑文云：“肇自唐时，开山不知几百年间。又于嘉熙元年（1237），师长盛圆明住持，后传师弟，及僧道七员，于丙子（1276）劫，建殿堂不多，各行星散，只存秦吉兴、廖善应二人。至丁丑年（1277），开化到功德主梁总钤、十字街李大惠重新鼎建。”据此，我们可以知道十字街之名，至少在南宋末景炎丁丑年（1277）已出现，距今已有710年的历史。

十字街之名，自宋代起，至今未变。清代，今十字街以北一段称为上十字街，以南一段称下十字街。

史料还记载着，清光绪二十六年（1900），桂林首次出现的邮政局设于此。1912年，桂剧的“和园”园址，也曾设于十字街。不知道我在前文所写的邮局和桂剧院是不是就是原址上的原形。

历史上的十字街是小而窄的，自民国以后，尤其是1933年扩修汽车马路后，才逐步扩大。我记得最早的十字街有一座塔，塔基下还有个石碑，上面镌刻着该塔是1950年建于街中心的，叫桂林市解放纪念塔。

应该是1966、1967年的时候，我看见在公共汽车的站牌上，将十字街改成了十字广场，可见十字街又“长大”了。

长大后的十字广场，为交通安全，拆除了纪念塔，曾改建成一座铁架伞形铁皮顶的交通指挥台。那个铁皮指挥台，给我的印象也太深了。当交警坐在塔内，东张西望指挥着南来北往的车辆时，曾有这样的顺口溜：“一个塔上一只猴，叫你快走莫停留。”

据史料记载，再次变化是在1981年，把铁皮指挥台改建成直径四米的圆形二层钢筋混凝土结构交通指挥台。在交通指挥台周围，还修建了环形花坛，一年四季，鲜花盛开。

前文说了，十字街是我每天都要经过的地方，因为自母亲1976年退休后，便在家里每天给我和父亲做一顿可口的晚饭，等候我们回家。那么，如果骑自行车回家的话，每天在十字街头，肯定能碰见好友黄健。那时他的单位在体育场，从他那到十字街，跟艺术馆到十字街距离几乎相等，碰见便是必然的了。如果不骑自行车的话，那么学员队小班的夏林，必拉着我，要我陪他一直走到三皇路口他的家。那时候我也愿意跟他聊天，我给他取了个绰号，叫作“神秘论”。原因是任何八卦小道，但凡有些新闻价值的，到了他的嘴里就会有声有色。从每天与他的聊天里，我真的能获取不少的生活乐趣。

产生这种聊侃的闲情逸趣，是从十字街开始的。

前两年回桂林，有一次后半夜经过十字街，大街上几乎无人了，我让汽车停下来，独自伫立在十字街头。今天笔下的往日的十字街，在那个晚上如流水般从眼前淌过。我想说的是，人是一天天衰老的，十字街却不见得是在一天天地衰老。

站在空寥的街头，突然想起了父亲当年带我逛街时，也曾站在这个地方，他告诉我桂林的地名从一到十，都是有数的。他要我猜，我猜不出来，于是他告诉了我，还让我背诵：

“驿前巷、两江圩、三多路、四子湾、五通镇、芦笛乡、七星村、八角塘、九岗岭、十字街。”

在背诵到最后的“十字街”三个字时，我会和父亲一起开怀大笑起来。

那天晚上，我突然听见了当年的笑声，分明是父亲在我身后的笑声，可一回头，在茫茫的夜色里，什么也没有。

签名售书的那天

《家在桂林》终于印刷完了，出版了，我深深地喘了一口气。

这本书的出版说起来还是挺不容易的，虽然开始的时候，非常地顺利，但在中途却遇到了很多坎坷和波折。因为它经过了很多次反复的修改，而且还删掉了万字左右的内容。这些内容都是根据编辑的要求删除掉的。

编辑说，郁老师，你写那些在那个年代里，发生在桂林的带有血腥暴力的事件、案件，以及一些过火的行为，很多在“百度”上都可以看到、查到，你再写意思就不大了，毕竟社会还是在向前走的。

我想想他说得也对，有些历史问题，还是留给历史学家们去写比较好，他们会比文学家的描述更为准确和现实。

当然，也有些内容我是坚持下来了的。比如说，我在书中写到，1966年的时候，我曾买过一张伟人的画像。编辑说，能不能将“买”改成“请”？就为这一个字双方论战了好几回，僵持了不少时间。我为什么不同意改？我说当时我就是花钱买的，这个行为的实施过程就是在“买”，并没有“请”啊。至少是在半个月后，编辑终于同意不改了。

还有就是在伏波山南，望江楼旁边的峭岩上，也就是当年供奉佛像、神仙的石龛上面，人工凿出了一块近十米高的石壁，将其磨平，篆刻了一句巨大的口号。据说那几个字是用了好几公斤的黄金来填写的。

当这几个大字篆刻好以后，太阳一照，金光闪闪，十里之外都能看见。像这样的描写也是在我的坚持下才保留下来的。因为编辑认为，把标语和供奉神仙的石龛放在一起不太合适。尽管在现实中这是一种偶然。

编辑的说法是有一定道理的。写书真的是蛮辛苦的，尤其是牵涉到一些社会问题，文学家该如何鉴定，如何判断，是件很伤脑筋的事。很多社会现象和问题，从个人的角度和社会的需求上来看，的确两难。但文学是一种情感的流露，它是需要用真情来作为心声的歌唱，它是需要用真诚来作为底色的图画。

然而中西方不同的宗教与哲学思想，决定了中西方不同的意识形态。我说过，同样是祈祷，西方人进教堂是忏悔，东方人进寺庙是祈福，二者是完全不同的意识形态。

这同样决定了我们的文学写作。

如同我们传统道德上所说的“忠孝不能两全”。

《家在桂林》终于印刷完了，出版了，我深深地运了一口气。

我颇为“得意”地回到了桂林。广西师大出版社约我回桂林搞一次签名售书，我欣然前往。

签名售书安排在阳桥桥头的新华书店。这个地方我太熟悉不过了，当年我在桂林歌舞团工作的时候，全市最大的一家新华书店也是在这个地方，而这里我三五天必定要来一次。

当年的新华书店蛮排场的，单独的一栋楼，两开落地玻璃门，门两边还有陈列展示新书的玻璃橱窗，楼檐上挂有大家都认识的标志性标识“新华书店”，据说那是毛泽东主席的手书体。远远望去，清清爽爽、干干净净的一栋楼，有一种文化气场的存在。

隔三差五地去新华书店，是当年我的最爱。书店里的工作人员，上至经理下至仓库保管员，我都能叫得出名字，当然现在已经忘了。记得当时书店里有两位部队家属，其丈夫都是驻李家村部队的干部，对我特别好，每逢有了新书，都会在第一时间里给我打电话，让我去买。尤其是在1973、1974年的时候，书店里有一个内部发行的部门，专门卖一些不公开发行的书籍，书上还标有内部发行的字样，如《第三帝国的兴亡》《华丽的家族》《古诗源》等等。那时候工资少得可怜，每月才十八元，居然也总能省下点钱来买书。不过，那时候的书价也便宜，超过一元钱的，都是大部头了。

记得1974年时，我花了月工资的四分之一，四块五毛钱买了本也是内部发行的《现代汉语词典》。那书当时珍贵呀，整个桂林市就来了十本，可以说是打破了脑袋都抢不到的。(见下图)

为什么说打破脑袋也抢不到这本书，因为你想啊，桂林有多少大中小学校啊，还有多少文化人啊，都渴望着这种快十年都没出版的书

了，大家可以看到附图上的封面，都写着是中国科学院语言研究所编撰的试用本啊。而我能“抢”到一本，全靠那两位部队家属。当年全社会都崇拜解放军，而她们俩正是凭军人妻子的威望，联手硬是给我留下了一本。可以这么说，很多生字、很多知识我都是从这本词典里学到的。常常捧着这本厚厚的书，一看就是两三个小时。当然，为了感谢这两位部队家属大姐，每当我们排练出一台新晚会，我必定会把那几张紧俏的团里为照顾演员家属而准备的彩排票送给她俩，全然不顾家人。

后来，她俩应该都随丈夫的转业离开了桂林，不声不响地离开了桂林。

那天在去新华书店的路上，经过阳桥，可以说它与回忆中当年的模样，早已面目全非。我们小时候的阳桥，同样是干干净净、清清爽爽。不像现在这么臃肿，闹闹哄哄。那时候的阳桥四周也都有高楼，而且还是桂林的代表性建筑呢。

在阳桥的西北面，有一栋四五层的钢筋混凝土的建筑，据说是日本鬼子轰炸桂林的时候唯一没有被炸毁的楼房。这栋建筑就是当时桂林最著名的宾馆，叫榕城饭店。我有幸进去过一次，进门后有一个不大的门厅，也就是服务台吧。服务台旁边有一个旋转式的楼梯，楼上是客房，整个装饰绝对是西洋味的。它的旁边是桂林市委招待所，一个庭院式的宾馆。遗憾的是榕城饭店在1968年的时候被不幸炸毁了。在它的废墟上，于上个世纪的七十年代初，盖起了一座百货大楼。

在阳桥的东北面，与西北面那座百货大楼同时盖起了一个建筑群。所谓的群，就是在这相连的楼里面既有旅馆，又有饭馆，还有桂林最大的一家甜品店。当时这东西两边的建筑同时落成，在桂林可是一件了不起的大事，后来什么时候又都拆掉了，变成了现在的模样，我就不知道了。

桥的西南面有一条环湖南路，往西去就是人民礼堂，人民礼堂旁边是人民武装部院了，再往西去就是市委大院了。在它的路口，也就是阳桥桥头，有一栋簇拥着绿植的，非常气派的别墅，大门终日是紧闭的，据说里面住着一户军人。

桥的东南面就是新华书店，在新华书店与桥头之间，还有一个庭院，其园林非常美，春天有凤尾竹、芭蕉、棕榈在摇曳，秋天有金桂、银桂、丹桂在飘香。还有四面都是落地窗的茶榭，廊下就是杉湖。这个庭院是不是叫“八桂斋”我忘了，但我记得是可以举办文化人的聚会的。因为我记得我在那里面看过小型的画展，说“看过”有点俗，应该说欣赏过。

当年的南北两个桥头，像电影一样浮现在我的眼前。

我走过阳桥，意料得到的是记忆中的新华书店也已经面目全非了，那种清清爽爽、干干净净的文化气场，也早已荡然无存。如今的新华书店，挤在花花绿绿的氛围中间，门面更像是个杂货铺。

签名售书在上午九点开始，我提前一刻钟到达，还没有开门的店门前已经有不少市民乡亲等候在那里了。大家见到我的到来，很是热情，此时此刻我感受到了“老乡见老乡，心里喜洋洋”的情感。

进了书店的门后，感觉好了很多，尤其是没有了杂货铺的感觉。更让我感叹的是，这比当年的新华书店不知大了多少倍啊。

签名售书是在三楼吧，在这个楼层里主办方几乎把它全部布置成了我的签书现场，一摞摞、一叠叠的《家在桂林》，摆放得井井有条，特别有阵势、气势，也让我特别高兴和满意。

九点一过店门开了，可以用“蜂拥”两个字来形容当时购书者排成队列迅速进入的样子。出版社的小邹高兴地对我们说，队伍一直从楼上排到书店的大门口外了，这样说来几百人是有的。

人太多了，忙得我头都没办法抬起来，经常会被来宾揪起衣领，迫使我抬起头来看他，然后他大声地嚷嚷着：“钧剑，你还认得我不？我是你的小学同学。”“钧剑，你还认得我不？我是你的中学同学，”“钧剑，你还认得我不？我是你的小学同学的同学。”“钧剑，你还认得我不？我是你妈妈同事的孩子。”“钧剑，你还认得我不？我是你八角塘的邻居。”

/左上为时任桂林市委宣传部部长的陈丽华（现桂林市政协主席），主旨讲话//

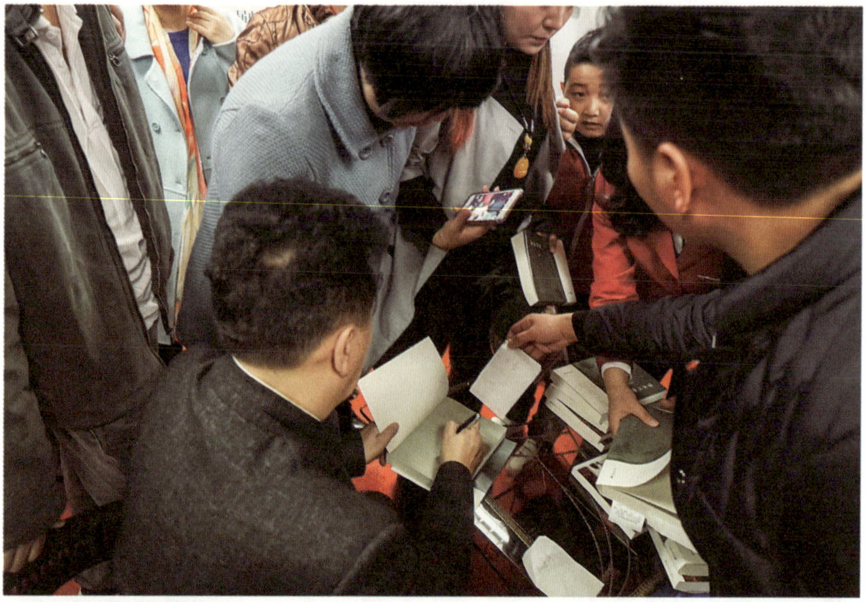

虽然这些同学、朋友、邻居的动作有些粗鲁，而且很多人我的确不认识，但他们丝毫不做作，一点一滴都流露着真实和深情。

还真有八角塘的邻居来了，他在让我签名前，翻开了《家在桂林》中的一张照片对我说："钧剑你还记得吗？你种这棵树的时候我就在你旁边。那是你临去北京之前种下的，当时树后面的那间房子，还是八角塘的塘水，当年，你是把这棵树种在塘边的。”他还说：“当时这蔸树还只有一人高，我是这种树的见证人呢。”（见下图）

我特别感谢这位邻居，他叫高道昆。拍这张照片的那天，我是去八角塘旧地重游，正是他拉着我到树跟前去的，也是他使我想起了这段往事，一晃这棵树已经四十二岁了。

是这棵树，使我更深刻地感悟着一句话：“树高千尺也忘不了根。”

我依然埋头签名，突然听见一位先生对我说，谢谢你还记得我的妹妹，并在书中写了她，妹妹的命很苦，很短暂，也非常平凡，但你却没有忘记她，我代表我们全家感谢你。

我抬头看见这位先生眼里含着热泪，他告诉我，他的妹妹叫邓小玲。

我在书中是这样留下他妹妹的身影的：

住在商业局里的邓小玲姐姐，她算是我的朋友吧，但比我要大五六岁，是我在东镇路度过的童年时光中给予我最多友爱的人。

认识她的机会很偶然，那时也是因为父母工作忙，单位离家都远，中午无法照顾我吃饭。先前在小学的教师食堂搭伙，因教师食堂倒闭而无法继续。为了解决这一难题，母亲就去找了曾一起在财会学校学习过的同学——邓小玲的妈妈（时任地区商业局会计），请她帮我在商业局的食堂里买点饭票。去她家时正好邓小玲在场，于是她母亲就让她带我去买了饭票，认了食堂的门。从此以后好长的一段时间里，我都有一副碗勺放在邓家。每当我中午或是下午放学了，总是先去她家拿了碗勺去食堂吃完了饭才回到自己的家里。他们一家待我都很好。要是遇上她家做了点好菜，邓姐姐会悄悄地告诉我，让我去食堂打了饭假装什么都不知道地去她家蹭菜。我人小嘴馋，也就不懂事地去了，而她家父母兄妹也不嫌弃。有一回下大雨，我没带伞，从学校跑到她家拿碗时已被淋得像只落汤鸡。邓姐姐一见，马上要我脱下湿衣服并拿去煤炉上烤干，为此还耽误了他们全家的晚饭。还有一次我与同学打架，衣服撕破了，书包的背带也被扯断了，我十分沮丧不敢回家，也是邓姐姐拿来了针线一点点地帮我缝好。那时候，邓姐姐才十二三岁。

邓姐姐是在十五六岁时告别人世的。她是在1968年时响应毛主席“知识青年到农村去，广阔的天地大有作为”的号召，下放到农村后染病不治而终的。事隔好几年我才听到她的噩耗，这让我难过了很久，因为自我家搬出了东镇路后就没有再见过她，可是她的音容笑貌至今都还留在我的脑海里。

至今我仍然想对邓家大哥说，我特别感谢邓小玲姐姐，是她在我幼小的心灵里，种下了一颗慈悲的种子，让我懂得了体恤人，体贴人，这是做人的道理。

道理虽简单，但如果开花结果了，就会受益一辈子。

人世间多少人都是平平凡凡地度过一生啊，比如说我们的父母，不也是平平凡凡地走完了一生吗？其实，功名利禄，最终都会像一粒尘埃，归于尘埃。

我几乎四个小时不停地在签名，从早上九点一直签到中午十二点五十，这时候迎来了最后一位来宾，居然是我在《家在桂林》书中写到的，我少年在桂林歌舞团时，曾经的三个崇拜者之一的覃国康。算算我们有二三十年没见了，但她的脸上似乎并没有留下太多的岁月“伤痕”，反而挺滋润的。

不知道为什么，这次签名售书回桂林，遇到了很多几十年都没见过的老友，本应该都处在一种激动不已的状态中，然而真遇到了，却又非常冷静，很多很多的话，很多很多的回忆，仿佛都凝结在一刹那的相望中。

真的是年纪大了吗？真的是我们都老了吗？

与覃国康的相见也是这样的，在相互的凝望中，覃国康说：“我早来了，一直站在后面看你在忙，在签书，所以没有来打搅你。”片刻，她又说：“谢谢你在书中写了我，回忆了我们少年时代的友谊。我和你一样，心里珍藏着这段记忆呢。”

话很平淡地说了，但眼光却是浓烈的。

她走了，望着她的背影，我在想，写书真的是蛮辛苦的，尤其是写回忆的书，甚至是蛮痛苦的。就像含着一枚又涩又青的橄榄，让我们回味着苦辛的煎熬；又像打翻了一个五味瓶，让我们沉浸着无奈的滋味。

我想起了早已过世的钟哥哥、黄健兄、武桂元、邓小玲、王文生；

我想起了东镇路，想起了八角塘；

想起了三皇幼儿园，中山北路第一小学，广西师院附中；

想起了裘蕴清老师，想起了彤雪新团长；

想起了我的父母。

其实我在签名的时候，在非常机械地、一本一本签名的时候，我一直在想着他们，想着书中过往的那些事，那些人。

这也是我写《家在桂林》的初衷。

第三部分

《家在桂林》之外的拾遗

酸咪咪

酸咪咪是一种野草。

酸咪咪是我懂事以来最早认识的一种草。小时候没有零食吃，曾经经常吃它，因为，在桂林任何的犄角旮旯都生长着它。

上个世纪五六十年代，也就是我的童年时代，桂林的城市化程度很低，特别像乡镇，到处都裸露着土地。加上山多水多，也就到处杂草丛生。不过，洋溢出来的那种村野气息，在我的童年记忆中如同万花筒般流曳着五光十色。现在的孩子估计都不知道什么是万花筒了吧。

酸咪咪的学名叫酢浆草，酢的读音与醋相同，也是酸的意思。这种草生命力特别强，几乎全国各地都有，匍匐在地面上，一长就是一簇簇、一片片，碧绿绿的蓬勃茂盛得很。在它的每根茎上长着三瓣叶片，也开花，开着与它的叶片一般大小的花，有紫色的、粉红的，也有黄色的。

酸咪咪有清热利湿的功能，能凉血散瘀，这是我长大后知道的。小时候只知道它能吃，味道有点酸，酸后还有一点土腥味的甜。

读小学的时候，从东镇路的家到中山北路第一小学的校园，在城公寺塘不涨水的时候，可以不走巷子，而是沿着塘边的土路“穿”塘而过，土路的周围都是菜地，有蝴蝶穿花，蜻蜓占枝，有蜜蜂起舞，蝉虫歌唱。红的辣椒、橙的毛秀才、紫的荷包豆、青的苦瓜，一嘟噜一嘟噜，一串串一串串地挂在枝头，爬在篱笆上。更有菜地边上的酸咪咪，一直疯长到校门旁，疯长到教室边。而教室旁边的叠彩山坡上，同样是杂树杂草，青翠缤纷。当然，是遍地的酸咪咪，涂抹着风景中最底层的绿色。

/酸咪咪//

有一阵子同学们之间特别爱“斗”酸咪咪，每逢课间时，大家都会跑到教室外面拿来酸咪咪，用它来玩打仗的游戏。这种游戏是一个人与另一个人都连根拔起一根酸咪咪，把茎外面的皮剥掉，只剩下草冠上的三片叶子，然后相互将剥掉皮的茎一甩，让它们缠绕在叶冠下面，拉平了，绷紧了，当然也有一上来就使劲一拉的，谁的茎先断了，谁就输了。

所以，常常是一听到下课铃响了，同学们就都纷纷跑到教室后面的山坡上去，寻找那种根茎粗壮的酸咪咪。想想那时候挺可笑，谁的酸咪咪要是赢了，其“主人”一定是趾高气扬神气得不得了。

我常常是胜利者。

因为我知道在山坡上，哪里的酸咪咪长得又粗又壮。我知道紧靠山边的一块需要攀爬才能登上去的巨石平台旁边，那里阳光充沛，酸咪咪长得格外茁壮。我常常攀登上去，口嚼着酸咪咪，望着湛蓝深邃的天空、绚丽斑斓的云彩、山顶盘旋的岩鹰、展翅远飞的大雁，对前程浮想联翩。

记得在小学三年级的时候，我在作文里写过这样一句话：“我是一棵无人知道的酸咪咪草。”教语文的吴老师，拿着我的作文本，念着这句话，瞪大着眼睛望着我，半晌静默在那里……

狗尾巴草

1996年我四十岁的时候，在歌坛上已经所谓的很红了，在社会上、在单位里也都很受宠。但不知为什么，从那时候起我就有了一种意识，不知道算不算是一种忧患意识，如多了对“人无千日好，花无百日红”的思考。我想也许是因为有了少年的磨难，也许是因为有过家庭的教育，还有就是，也许是因为那些年里所经历过的“文人相轻”的尔虞我诈。

/狗尾巴草//

在这种似是而非的状态下，鬼使神差，我写过一首自由诗《狗尾巴草》，而且是在香港写的。

驮着少年的幻想
走回茅舍竹篱

当年的八角塘很浅
强壮不了跃龙门的希冀

焦虑时常常采许多的你
编织成挤进天宇的长梯

高处不胜寒
星光闪烁孤寂

唱一支动人的歌谣安慰自己
也感动了泥墙土坡脚边的听众
垂首的你

你使我恢复了记忆
从此不再奢望未来
也不埋怨过去

诗中的“你”指的就是狗尾巴草。

狗尾巴草广布于全世界的温带、亚热带地区，无论是肥沃的原野，还是贫瘠的沟坎，都能看见它顽强的生命。无论是刀砍火烧，还是把它从地里连根拔起，只要还有一点儿根茎，它就会践行着“野火烧不尽，春风吹又生”。

狗尾巴草长得粗俗平凡，但却别有一番风姿。民间常把它作为矢志不渝的体现，也把它作为坚忍的象征。

更值得一提的是，在远古时候，我国的五谷杂粮中有一种粮食叫作“粟”，狗尾巴草就是它的祖先，是它孕育着“春种一粒粟，秋收万颗子”。

我是有狗尾巴草情结的。

狗尾巴草与酸咪咪草一样，也是我最早认识的野草中的一种。

酸咪咪草给了我“滋味”的回味，让童年的我就品尝到了生活中有酸，也有甜，还有苦和涩。而狗尾巴草更多的是给了我一种自省的态度，一种无畏的风骨，一种绝不屈服的形象，让我从少年起，就懂得了端正态度，锤炼风骨，塑造形象。

怎么也想不到我在童年的时候，就有一种与狗尾巴草“同命相怜”的感觉。那是在1966年的“文化大革命”初期，在祖父过去的塘边书房里，住进了一个上级派到蜜果厂的“文化革命”工作组。工作组旁边的那块菜地，母亲哪还有心思打理，早已荒芜了，长满了半人高的野草。有一天我突然在那里面发现了一窝鸭蛋，有十来只，便连忙拾起来送到了工作组，我希望能得到他们的表扬，甚至又天真地幻想他们会因为我的拾金不昧，给处境不好的我家多一点怜悯。不料工作组的一位叔叔收下鸭蛋后连眼皮都没抬一下，还说：“行了，狗崽子还蛮会装。”

我把这一窝鸭蛋送到工作组那里去时，是拿一个破篮子装着的，下面还垫着顺手从那荒芜的菜地里拔出来的狗尾巴草。当骂我的那位叔叔把鸭蛋收走后，一扬手，便把那破篮子和篮子里的狗尾巴草扔在了我的怀里。出门后我哭了，突然间觉得我竟如此像那几根枯黄了的狗尾巴草。

那年我十岁，应该是第一次懂得怜悯自己。

那时候真是“屋漏偏逢连夜雨，船迟又遇打头风”。哥哥让我转交给母亲买米的五块钱，又被厂里的一个家属小孩来我家玩时偷去了。我去找他妈妈要，他妈妈不但不承认，反而让我站在大庭广众之下辱骂我，说我诬蔑工人阶级的后代，工人阶级的后代绝不会偷你们这些狗崽子的钱。当时我只有默默地流着泪，离开了人群。

回家的路上，我突然间想起了狗尾巴草，想起了那天送鸭蛋的破篮子里的那些枯黄了的狗尾巴草，我觉得那就是我。

从此我的胆子就更小了。我坚决不肯一个人待在家里，常常是下午放了学，不惜走上一个小时到母亲的单位吃顿晚饭，到了晚上，再坐在她自行车后面的车架上回家。靠在母亲的背上，是我一天里最温暖的时刻。

搬到八角塘巷子后，我甚至不敢出家门，因为街道里的孩子们，会对作为狗崽子的我，不是辱骂，便是扔石块，或是吐口水。如果出了家门，就不敢回来，一定要等到父母下班归来时，在八角塘巷子口见着了，才尾随他们回家。

在等待父母的时候，我会依偎在街道的墙角边、大树下，默默地数着狗尾巴草，一棵两棵三棵四棵，四棵三棵两棵一棵，看着夕阳在草上落下，看着月色在草上升起。

我是有狗尾巴草情结的。

读中学的时候，家里的状况依然不好，从小就是少先队大队长的我，自然一直都积极要求上进。然而，无论是早先申请加入红卫兵，还是后来申请加入共青团，都历经坎坷。再有就是想报名参军，想继续升学等等，也都不能称心如愿。那时候的我，每天傍晚吃过晚饭后，都要登上家门前的伏波山，坐在山腰间默默地望着长流的漓江江水，望着江水一直流向远方。

这时的我，嘴里肯定是咬着上山时在山坡上采撷的狗尾巴草。我一节节地咬，一寸寸地咬，一厘厘地咬，咬尽了根茎里的苦涩，将它咬成了残渣碎末，然后吞下。

由于有了这个情结，我经常自问，你有什么了不起？无论自己是官员还是明星，有荣誉还是有功名，我都会想到狗尾巴草。

因此，我在四十四岁时，就做出了急流勇退的决定，我践行了从小就在琢磨的“人无千日好，花无百日红”的观念，把忧患意识体现在了“放下”。

我一直把狗尾巴草作为一面镜子，对照着自己。
用它警示我，做人要谦卑，要像狗尾巴草一样谦卑。
我还一直把狗尾巴草作为一根鞭子，鞭策着自己。
不要有媚骨，不要像在墙头那样随风倒。
我也一直把狗尾巴草作为一把尺子，丈量着自己。
用它告诉自己，你的根永远在土地里。

我是有狗尾巴草情结的。
越老，觉得这个情结越深。
感谢桂林那片土地，滋生了我的狗尾巴草情结。

人生百年，最后还是归于一抔土，一抔狗尾巴草下的土。

毛秀才

桂林人把西红柿叫作毛秀才。

根据“百度”上的说法，这是南方地区的方言，包括部分地区的官话和客家话对西红柿的一种别称。

桂林话又称西南官话。老一辈的两广人，广东广西人都称桂林话是官话。

不过在我的印象中，好像只有桂林人才把西红柿叫毛秀才，出了桂林城，柳州那边就不叫了。

叫它毛秀才是因为有个传说，说以前在桂林的南溪山边上有一个村庄，住着一户毛姓人家，从明朝始就以种西红柿、卖西红柿为生。世代务农、几辈都是单传的毛家，一直到了清末才出了个秀才。虽说后来也没中状元什么的，但十里八乡的乡亲都为他家高兴啊，多不容易啊！农村的孩子中个秀才也蛮好。于是乡亲们就把这个孩子叫“毛秀才”，算是昵称。

毛秀才后来继承父业，回家种田了。但毕竟读过书，经过精心栽培，他种出的西红柿个大饱满，吃起来口感好，渐渐地就在附近的村镇小有名气。每到赶集时，乡亲们都愿意买他种的西红柿。“我要毛秀才的西红柿!”“来两斤毛秀才!”“给我来点毛秀才!”久而久之，桂林人便把西红柿直接叫成毛秀才了，毛秀才也便成了桂林的特色方言。

这个传说讲桂林是在明朝开始种植西红柿的。这是对的，因为据史载，大约正是在明朝时西红柿传入了中国。

西红柿最早生长在秘鲁的森林。因色彩娇艳，有大红、粉红、青、黄、紫、白、黑等各色，人们对它十分警惕，也不敢吃。在很早的一段岁月里，被老外视为“狐狸的果实”，又称狼桃。只供观赏。同样据史载，大概是在16世纪时，开始从南美洲传到欧洲，并开始在西班牙、葡萄牙、英国等老牌殖民国家大面积种植。然后17世纪传到欧洲的殖民地菲律宾，再传到其他亚洲国家。

西红柿这个名字应该源于中国，顾名思义，西方来的红彤彤的柿子。它也叫番茄。大家知道，番，一般称之为西番，而西番对中国而言，是指西域地区或者洋人的地区。那边来的瓜果，就叫番茄、番薯（红薯）、番椒、番石榴、番木瓜等等。

同样也有把这种来自外域的瓜果称为“胡”的，如胡瓜、胡桃、胡豆、胡椒、胡萝卜。

当然还有“洋”系列，如洋葱、洋姜、洋芋（土豆）、洋白菜。

不过搞农业的史学家却对“番”和“胡”另有解释。他们认为，“胡”字其实代表着我国古代北方和西方的民族，大多为两汉两晋时期由西北陆路引入内地的。而“番”，则大多是南宋至元明时期由“番舶”（外国船只）由南洋带入中国的。

这就比较吻合桂林西红柿的历史了。桂林离南洋近。

我自小就不怎么喜欢吃西红柿，觉得它有一种怪怪的土腥味。但母亲却一直要我多吃，甚至还有点强逼的意思。那时候就听母亲叨叨它的维生素含量高，对身体有好处。母亲还把它当成水果，因为我们小时候能吃到个苹果梨，就很奢侈了。

母亲为了让我增强营养，“喜欢”吃西红柿，常常挑熟透的那只，用开水一烫，剥去外皮，装在一只青花瓷的小碗里，再撒些白砂糖一拌，嗨，味道立马会好不少。

女儿毛毛三岁的时候，姥姥在青岛因病去世了，夫人先回去奔丧，我在京独自带过毛毛两天。我会给她做西红柿炒鸡蛋。先把鸡蛋打散，放精盐、白糖调好，爆炒成花生大小，然后将切成小丁的西红柿加入翻炒，放小香葱末，起锅时再滴点生抽。此时的毛毛便会忘掉妈妈，还是牙牙学语的她一个劲说：“真好吃，真好吃，爸爸炒的西红柿鸡蛋真好吃。”

今天早上在后院菜地里看见了西红柿，想起了它叫毛秀才；
想起了毛毛的小时候；
想起了我的小时候；
想起了母亲。

看 雨

湛蓝的天宇飘来了一大块乌云，夕阳将它勾勒出一道金边，显得怪。四下没有一丝风，但乌云却走得很快。

突然间，听到了“啪啪啪”的声响，零乱的，此起彼伏的。往被太阳晒得发白了的地上一看，只见出现了一个个黑圈，一个个铜钱般大的圈，湿的圈，雨的圈。哦，下雨了。

又发现这黑圈四周由雨珠溅出了些四射的线，像一朵朵花，铜钱般大的花，湿的花，雨的花。

此刻的雨不密，但雨珠却很大。

过了不一会儿，地上的圈越来越多，重叠了起来。地上的花也越开越茂，如花团锦簇。又过了不一会儿，圈儿成了一片，黑色的一片，湿漉漉的一片，此时的花都不见了，见的是雨的花之海洋。

“啪啪啪”的落雨声也有点变了，变成了“滴答滴答”的声响，比原先的声响明显地脆生生了些。那些晶莹剔透的雨珠儿落在了竹叶上，花叶上，发出了如此这般脆生生的感叹，再滚动两下，便落到地里去了。经过竹叶花叶阻碍的落地雨珠显得有点懒散，有点不情愿立刻融入土地的样子。看到它们留恋在花叶上面的这少许时光，我忽然觉得，这雨珠儿也是生灵呢，也有情感。

由“滴滴答答”的声响，又变成了“窸窸窣窣”的声响，此时的雨就更大了。它像从天上挂下来的珠帘，完全遮住了远山近水。再过了不一会儿，这珠帘竟在不经意间又变成了密密麻麻的线，翻腾在一片水雾当中的线，连接着天与地的线。

地下的积水迎接着天上的瓢泼大雨，水面上泛起了一排排苍白的雨泡泡，只见它们瞬间爆炸，又泛起一排，再爆炸一排。无声地泛起，无声地爆炸。这有点自生自灭的味道吧，如山间的草，穷苦的人。

雨儿刚落地时，还能看见从地里冒出来的一股股热气。比不下雨时还要热些。从朴素的道理上讲，雨是冷的，冷从上而下，应当把热压到地底下去啊，可结果呢，却很矛盾。如此看来，解释世界，各人各说；认识世界，见仁见智。客观的东西，也能各取所需。

遐想中，吹来了一阵凉风。热风过去是凉风，这是雨的功劳。

风过了，雨也小了。雨线变回了雨珠帘。乌云外面的阳光将珠帘折射出了七种颜色，让人品味出这道东边日出西边雨的魅力风景。美好的心灵会有美好的眼睛，美好的眼睛里尽是美好的景色。

雨儿渐渐地再小些了。由“窸窸窣窣”的声响到“滴滴答答”的声响，再到“啪啪啪”的声响，时间很短，大概也就是几口茶的工夫。

南方的雨，孩儿脸，说哭就哭，说笑就笑，来去匆匆，稍纵即逝。

雨过了，湛蓝的天宇飘走了那一大块乌云。夕阳也收净了自己的那道金边。留下的却有一行思考，为什么晶莹剔透的雨，竟躲在这乌黑乌黑的云朵里？

夕阳一直在看着雨，我也一直在看着雨。此时此刻，还有另外的人在看雨吗？也在写下几许看雨的句子吗？

1996年8月于桂林家中

荔枝红了

荔枝红了的时候，父亲节就到了。问问周围的人，知道荔枝的多，知道父亲节的少。

父亲节是美国人发明的。时兴到中国也是近十年的事。而我注意到它，则是因为我的爱女毛毛。在前些年她读小学时，有一天放学回家，兴高采烈地跑到我的面前，突然将藏在身后的一束玫瑰塞在我的手里，并大声叫道："祝爸爸节日快乐。"我先是一愣，后才恍然大悟，哦，父亲节到了。记得那天正好有友人从南方捎来了些荔枝，望着放在桌上的果子和插在花瓶里的玫瑰，我蓦然想起了两位父亲和他们与荔枝的故事。

四十年前，我的童年是在广西桂林度过的。广西盛产荔枝，而桂林却不生长。原因是和地理与气候有关，桂林四季分明，冬天还下雪；与之相距四五百公里的产地则是全年无霜。再加上我的童年是个搞"文化大革命"的年代，没人敢去种荔枝。因此，虽说我是生长在荔枝的故乡，却只能在图画上见到它。

我第一次吃到荔枝已经十几岁了。那时候为了"逃避"上山下乡，我考进了桂林歌舞团学员队学习舞蹈。记得在一个黄昏，母亲突然打电话要我请假回趟家。我知道母亲从不违反不准无故回家的队规，想必家中定有急事。我赶紧往家跑，推开门，却见父母正笑盈盈地望着我，并指了指桌上。我一看，桌上有好几颗铜钱大的乌黑乌黑、麻麻点点的果子。母亲说:“这是别人送给你爸的荔枝，他舍不得吃，拿回来让咱们尝尝。”哇！这就是荔枝?!

我高兴得一蹦三丈，不管三七二十一，风卷残云般地将那些果子一扫而光。父亲看着我狼吞虎咽的样子问道:“怎么样？好吃吗?”我歪头想了想:“不怎么样，酸酸的，还有点馊。”母亲听后有点歉疚地看了父亲一眼，低声说:“不新鲜了。”

母亲比父亲去世得早。母亲不在了，父亲一下子老了许多，以至于在七十八岁那年连尿尿在裤子上都不知道了。

他去世前我回过一趟桂林，正逢荔枝红了的季节，大街小巷全是卖荔枝的。我买了很多给父亲，但衰老的他只是默默地看着。我问他为什么不吃呢？他答非所问地说:“你还记得第一次吃荔枝吗？那天我拿回家，本想让你与你妈分享的，但你却一口气全吃了，要知道，你妈最爱吃荔枝啦。”

第二天早上，我看见桌上的荔枝仍没动过，问了小侄女，她说:“爷爷看见荔枝就想奶奶了……”站在荔枝面前，我突然悟到了做父亲的分量。

另一个故事发生在一九九三年的初夏。那时候海南的经济发展很快，每天都有成百上千的各省份的人到那里去闯世界打天下。那阵子海南的文艺演出也多，我几乎每个月都有机会到那里“走穴”。一天晚上演出完后回宾馆，看见大门口有卖荔枝的，我高兴极了，马上掏钱就买了许多。我正要离开时，突然觉得有人拽了拽我的衣角，回头一看，是个与我同龄的男子，他十分羞涩十分为难地望着我，半晌才说，能不能给他几颗荔枝。他告诉我，他是从东北来的，但没有找到工作。离异的他还带来了孩子。孩子小，没有吃过荔枝，可他又没钱买。我低头一看，在他宽厚的背影下，一个四五岁的小女孩正紧紧依偎着他，一双稚气而又惊恐的眼睛正紧紧地盯着我。在那一刹那，我特别伤感，因为我想起了我的童年，想起了与她年龄相仿的我的女儿。我把荔枝全部塞到了那男人手中，我听见他在我的身后哽咽道："谢谢，谢谢。"而令我哽咽一夜的是，一个正值壮年的男人，要多大的勇气，才能低下他那个高贵的头颅向人乞求？可怜天下父亲心啊！

如今荔枝又红了。我的父亲已经去世多年，只有在梦里与他相见和相送荔枝了。而那位东北兄弟呢？是否还在海南？生活是否顺利？他的女儿算算也该上初中了吧？她是否记得父亲与荔枝的故事？是否知道每年的这个时候，都有一个与他们毫不相干的人在祝福着他们。

谨以此文纪念父亲，纪念父亲节。并感恩每一位父亲给予我们丰富的人生，教会我们人生的哲理。

2003年7月4日

父亲爱吃荞麦

父亲爱吃荞麦，后面没有“面”字。

似乎说爱吃荞麦后面没有“面”字，这个话说不通，因为一般都是说荞麦面荞麦面。但确实在我小的时候，但凡听到的都是父亲说吃荞麦。

知道父亲爱吃荞麦是我五六岁有记忆的年纪。现在想想，那时候确实没有用荞麦做的面条卖，当年父亲吃的荞麦，就是用从粮店里买来的荞麦自己去磨成粉，然后做成糍粑吃。

安徽的黄梅戏里有一段名曲叫《对花》，这段名曲是由男女声一问一答对唱的，里面“问”的歌者唱道：“丢下一粒籽，发了一颗芽，么秆子么叶，开的什么花？结的什么籽？磨的什么粉？做的什么粑？”然后“答”的歌者唱道：“丢下一粒籽，发了一颗芽，红秆子绿叶，开的是白花，结的是黑籽，磨的是白粉，做的是黑粑。”这曲子唱的就是荞麦。于是这个荞麦粉看着是白色的，做出来的糍粑却是发黑的。当然也不完全是黑，在小时候的记忆里，荞麦糍粑蒸熟后是一坨一坨的，颜色黑里发红，极不雅观。

父亲对荞麦还有一种吃法，就是做成我们常见的那种面疙瘩。首先将荞麦粉调成糊状，再把水烧开，然后用勺，一勺一勺地将糊状的荞麦疙瘩放到开水里，等疙瘩沸滚后浮上来捞到碗里，再配上葱末姜末蒜末，放点盐、酱油、醋，再舀一小块熬好的猪大油。只见父亲呼啦呼啦地可以吃上两大碗。

父亲的老家在江苏南通的乡下，因此我知道江苏也生产荞麦。

一眨眼这是五六十年前的事了。那时候每个人每个月吃多少粮食国家是有定量的。比如说干部是多少斤，工人是多少斤，学生是多少斤。当工人的定量最多，一般都在二十八斤左右，一天还不到一斤粮食。而在这每个月的定量粮食里还分粗粮和细粮，细粮指的是米和白面，粗粮则是荞麦、红薯、玉米及豆类等。

当时我家住在桂林，不产荞麦，因此桂林人对荞麦似乎有点深恶痛绝。正好父亲爱吃荞麦，我记得父亲还让母亲用细粮去与邻居换荞麦吃，一边是气得直嚷嚷的母亲，一边是兴高采烈的邻居。

我是不喜欢吃荞麦的，虽然没有达到深恶痛绝的程度，但每当家里蒸荞麦糍粑的时候，闻到那股特殊气味的时候，我都会跑得远远的。父亲会笑着对幼小的我说："你呀，忘本了。"

当然那时候的我并不理解不喜欢吃荞麦与"忘本"有什么关系。

对荞麦开始有了清醒的认识和良好的印象，是因为后面有了个"面"字。也是因为认识了荞麦面，才知道其实它很好吃。

比如西北的羊肉荞麦面，我在西安城边的一家"农家乐"里吃过。它的做法基本上与兰州拉面差不多。灶台上有两只大锅，一只大锅里是热气腾腾的带骨羊肉熬的汤，另一只大锅里是滚沸的开水。将荞麦面在开水里煮熟后捞出来，浇上羊肉汤，还要放入白菜、豆芽、辣椒、葱、姜以及香菜，餐桌上还有刚剥出来的生大蒜粒。当我嚼着生蒜粒，刺溜刺溜地吸食着荞麦面条时，一种西北汉子的感觉油然而生。

还有日本的荞麦面也是不错的。日本的荞麦面条比我们的要细，颜色也比我们的要淡，淡淡的浅赭色，因而显得相对美观。日本的荞麦面条有热吃的，但更多的是凉吃。不少地方是用很小的细瓷碗装着，一口一碗，这也许是对食客食欲的一种诱惑。还有一种对食客的诱惑是，它的拌料很特别，有日本的酱汤、一两片紫菜、碧绿的香葱末、米粒般的小虾米等，还可以加一点点芥末，因此味道也很特别。

一眨眼，父亲去世已经快二十年了。自他去世后，我就再也没有吃过和见过属于他的那种一坨一坨的、颜色黑里发红的、极不雅观的荞麦糍粑。我突然觉得，像这个模样的食物估计将来也不大可能太多了，因为它毕竟来自父亲那个年代的农村。

哦，我突然又想起了，父亲说我“忘本”，应该说就是他不希望我忘了我们都是从农村走向城镇的这个根本，不希望我忘了具有乡土气息的“妈妈的味道”的这个根本。

2019年9月15日

/ 年逾古稀的父母与孙女郁晒之合影于桂林骝马山家中 //

窗台上的老树盆景

窗台上放着一盆造型优雅的老树蔸。那还是去年夏天从桂林带来的，刚带来时，生机盎然，毛茸茸的青苔簇拥着一树紫色的小花朵。友人送给我时告诉我说，这树也叫紫藤。

在我们南方，这东西不稀奇。可到了北国，它瞬间变成了罕见之物。好多人闻风而来，赞叹不已。更有甚者愿出重金买，愿用贵物换。面对热情，我只能用不是办法的办法，微笑不语而谢绝之。我倒不是非要有这玩物不可，而是因为它是少年友人所赠。它从桂林来，见到它，总能引起心底深处的感情之潮。

不久，不妙的局势出现了，先是花谢，然后连未开的花骨朵也瘪了下去，再接着，叶子憔悴了，开始一片一片地往下掉。好多人又闻风而来，这回可不再赞叹了，而是感叹了，曰重金买者，曰贵物换者，纷纷发出了一种带“笑”的感叹。当然，不能武断地去推测别人就是在幸灾乐祸，但起码这笑里有他们的一点私念，那就是因为没有得到它的欲望，在它的死亡中得到了补偿。

人的心绪说不清楚。

我有点难过。毕竟它陪伴我度过了好几个月，给我带来过欢乐，带来过那么多的思绪。甚至还得到了在别人称赞它时，作为它主人的虚荣心的满足。然而，它死了。

看着已经落光叶子的光杆树蔸，我没有舍得把它扔掉。我希望它没有死，并寻思着，它可能是水土不服吧。我真希望它是水土不服。于是，我坚持给它施肥，给它浇水，仿佛在往乡思上施肥浇水，是那么情真意切。

二月的一天，我突然发现干枯的树蔸上冒出了点点绿芽，比小米还小，再仔细瞧瞧，好多啊，像一片星星。我抑制不住地喊了起来……

“星星”越来越明，那是因为寒冬离我们越来越远。又过了不几天，那如星星的点点绿芽，渐渐地又弥漫成了一抹绿色。啊！春天又要过去了。我长久地望着它，心里涌出了许多说不出来的感慨。是甜蜜？是苦涩？是幸福？是感伤？好像都是，好像又都不是。在人生的过程中，说不清道不明的感慨，是一种绝妙的境界。

我真诚地希望我未来的事业，能像这枯树蔸一样，再发点新绿。

哦，一定是因为我在一抹绿色中，看到了桂林，看到了故乡。

1984年5月

书摊随想

昨晚为河南省“残疾人日”连演两场，今晚还有一场，白天安排休息。本想多睡一会儿，无奈习惯早起。推开窗，是艳阳高照、万里无云的晴空。

难得可以悠闲地走在街头。说是悠闲，其实并不轻松。很想去宾馆商品部花几十块钱买副变色眼镜，一半是为了“走街”时的遮阳，一半是怕被路人认出来。但在犹豫了片刻后，还是决定不买了，因为我一直在告诫自己，有没有明星的心态，全凭自己把握。其实戴着个墨镜在大街上晃荡，不仅达不到遮阳和怕人认出的目的，反而有一种摆谱、嘚瑟的感觉。若是始终认为自己并没有什么了不起，就这么大大方方地、平平常常地走在人群里，有什么不可以？

心里这么想着，反而踏实了。一边走着，一边数着一圈圈透过树叶在人行道上舞蹈的烁烁阳光，心里惬意得很。

有一个去处，我是更加敢于肆无忌惮地去光顾的，那便是街头的书摊。

逛书店是我自幼的嗜好，记得十几岁在桂林学艺，那在新华书店里工作的男女老少，上至经理下至仓库保管员，我都叫得出名字。每到我们排练出一台新晚会了，我必定把那几张紧俏的彩排票往书店里送，全然不顾家人。并且心里还得有本账，比如这次送给张某了，下次就得送给李某。如此这般，仅仅是为了与他们搞好“关系”，希望他们能照顾我买几本标有“内部发行”字样的书。那时候工资少得可怜，每月才有十八块钱人民币，居然也总能省下点钱来买书。不过，那时候的书价也便宜，超过一块钱的，都是大部头了。

如今终日忙碌，四处奔波，很难再有空闲去逛趟书店。于是这马路边随时可遇的小书摊，便成了我向往的地方。无论走到哪里，我都会忙里偷闲地找书摊转转。即便什么书也不买，靠近看看也觉得舒坦。实在心里痒痒了，就买两本不值得保存的杂志，读完扔掉拉倒。偶尔也会买上一两册自己已有了的好书，回去送给友人。尽管现在送书有点傻。

不过，在书摊上也常常能寻觅到好书，像今天就突然发现了这套一直想买却没能买到的《梁实秋散文》。我迫不及待地掏出了钱，可眼前这位更像是大厨师的胖摊主，说什么也要搭配卖给我另外两本书。面对这无可奈何的结果，也只好违心地接受。拿起这两本书一看，发现它们还是值得一读的。一本是马基雅维利的传记，他是欧洲近代一位有影响的军事家。虽然过去对他毫不知晓，但相信读完这本书后，便会有所了解。人的知识就是这样，要不断地读书积累。另一本被搭配的书是三毛的《背影》。看到三毛的作品也有如此戏剧性的遭遇，心头便涌出了一股难言的滋味。

其实在当今社会，书籍作为一种文化商品，或因积压，或因过时被处理也是正常的经济规律。心里明明知道这个理，可在感情上又觉得难以接受。仔细想想，这种心态实际上就是文化人的通病：唯恐被轻视。

平心而论，三毛的文笔是出类拔萃的。她空灵，洒脱，信手拈来，无拘无束。她始终把自己笼罩在一种淡淡的忧伤中，更增添了不少动人心弦的力量。读她的《背影》，能读到自己的童年。

从小学三年级起，我就赶上了“文化大革命”。那时候课堂上学的全是毛主席的语录和不尽的审判“封、资、修”的文章。到了中学，求知的欲望时刻在燃烧，我便经常将各种各样的名著偷偷地带进学校。上课时，用毛主席的书盖在上面读；下课时，躲在厕所、树林里读。其实第一种方法很蠢，老师站在讲台上是居高临下，全班的一举一动他都一目了然，我的雕虫小技，何以能遮住他的视线？不过那时的老师大多也是被斥为“封、资、修”的黑线人物，因此人人都明哲保身，他在讲台上照本宣科，听不听由你。

不幸的是有一回，正当我埋头于课桌里津津有味地读着傅雷先生翻译的《约翰·克利斯朵夫》时，全然不知一位进驻学校的“工人阶级毛泽东思想宣传队”的工人师傅走到了身后，他不仅一把将书夺去，而且还当着全班同学的面，要我站起来，自报是什么家庭成分。其受羞辱之景至今历历在目。不过，这在当年实属非常正常。但凡在一些特殊的场合，都有让人先报出自己出生于什么家庭、是什么家庭成分的程序。

我爱读书，亦“偷”过书。一九七一年桂林市掀起了“一打三反”的运动。至于打什么反什么现在一点也想不起来了，只记得在那时，我们这些只有十几岁的半大孩子，也常常会感到紧张得不得了。那次运动的结果是，学生们纷纷从家里找出了不少旧时的报纸杂志、书籍字画，甚至料子稍好些的衣物，作为资产阶级腐朽思想的铁证上缴到了学校，乱七八糟地堆满了“红卫兵团”办公室。我当时在学校“毛泽东思想文艺宣传队”负责创作，得以自由出入这间屋子，也就利用了这个机会，“偷”了不少别人上缴来的，诸如《青春之歌》《敌后武工队》之类“毒草”书籍。现在想起，在当时的政治运动中，我居然还敢“偷”禁书，真有点“冒死吃河豚”的气魄。

听说摆书摊卖书是个很赚钱的买卖。我有个喜欢唱歌的小友，待业在家，父母怕他学坏，便出资让他在家门口摆了个小书摊。他说只要勤奋，早出晚归，每月赚个千儿八百的不成问题。我想这是因为在每个书摊前，都有一批嗜书如命，总想把钱往那里扔的痴子呆子的缘故吧。三毛在书里自称就是这样的痴子呆子，还说她正是由这样的痴呆变成了写书、出书的作家。而我呢，也有幸在对书的痴呆中，悟出了一点点写作的道理，废稿三千，竟也出版了几本诗集。于是，每当我流连在书摊边，我都会感慨，我的这点所谓的成就，一半应当归功于这些曾使我消磨过多少时光，至今仍让我在这里消灭掉许多时光的大大小小的书店、书摊。

1990年2月

中学班主任

趁在福建拍电视晚会后有几天闲暇，专门绕道回了趟桂林，看望在那养老的七旬的双亲。恰好儿时的好友及校友全荃、黄健也都聚于斯，往事翩跹，竟一同萌发了去看看宝积山下的母校——广西师大附中的愿望。

去母校那天，久雨初晴。明亮的天际如同我仍在此读书时那样纯真。我是在风雨飘摇的1968年跨入校门的，此后的三年，是我年少的心灵经历极大摧残、人格遭受极大践踏的三年。由于我书香人家的出身，极自然地受到了当时社会的歧视。记得进校初期，我无数次地被唾沫、石块袭击过，也不止一次地被同学们勒令写出所谓的“黑色”家史。张贴到教室后面的黑板报上。

然而随着时间的推移，同学们互相了解后建立起来的友情，终于溶解了我们那个年纪根本不懂的“阶级斗争”的坚冰。大家推选我做班级领导小组成员，推选我加入共青团，可这一切每每都在班主任那里通不过。初中毕业时，曾有老师考虑到我是学校宣传队队长而希望我能读高中，也是班主任强调我家无人下放农村，按规定我必须去中越边境的深山里种橡胶。当我跟着含泪的母亲，将那张支持我去种橡胶的“决心书”交给班主任时，心中油然生起一种被他宰割的悲哀感。那年我刚满十四岁。

阴错阳差的是，在我临去中越边境的前一个月，突然被桂林歌舞团选中，从而改变了种橡胶的命运。记得那天我去学校转关系，迎面碰见了他，他还一脸严肃地说："你考歌舞团怎么没经过我，按规定你是要去生产师种橡胶的……"

从此天各一方。以后每次同学聚会，他们都很少在我面前提起班主任，因为同学们知道那些刻骨铭心的少年伤痕会破坏我的心绪。因此，二十多年来我没有看见过他。

奇怪的是，如今我踏入校门的一刹那，第一个想到的竟是他！而偏偏碰到的第一个人也是他。二十多年的风风雨雨，使我在艰难的生活里成熟起来。我突然觉得，当年他对我的许多偏见，不也是一种生活的逼迫、生活的艰难吗？

更令我意想不到的是，居然大老远地传来一阵依然像是在昨天的他叫我的声音："郁钧剑呢？郁钧剑在哪？"我赶紧迎上前去，握住了他那还沾着粉笔灰的双手。望着他那一头斑白的头发，那一身依然紧扣着风纪扣的旧中山装，我仿佛看见他默默耕耘在校园里的漫长足迹。他没容我多说什么，便迫不及待地领我到当年的教室，并毫不迟疑地指着那墙角："你是坐在这里的啊！"我哑然了。往日里对他的那么多怨，竟因为这一句话，顿时化为乌有，而产生出来一种从没有过的柔情，在心灵里修补着即便是苦涩也珍贵的师生关系。

回北京写这篇文章时，往事又历历在目。说来奇怪，事还是那些事，但却不是苦涩，而变成甜的了。

只要我们在人与人之间拥有真诚，生活总是先苦后甜的。

1992年3月26日

年糕与糯米糍粑

年糕是年糕，糯米糍粑是糯米糍粑，它们并不相同。

相同的是原材料，都是糯米。

不相同的有做法，年糕是用石磨将浸泡过的糯米磨成米浆，蒸出来的；糍粑是把糯米煮成饭，用石臼捣出来的。

还有就是吃法也是不同的。

每逢过年，桂林人每家每户总要自制这两样糯米的食品，作为年货，或自用，或礼尚往来。

我亲眼看过母亲与嫂嫂做年糕。先将糯米浸泡数日，用石磨磨成米浆，调成米糊，再用鲜嫩的竹叶围成圆形垫在蒸笼里，将米糊倒入。如想吃甜的，就用甘蔗榨成的黄片糖拌在其间；如想吃咸的，则可将肉丁、香菇丁、荔浦芋丁等拌入，然后用猛火蒸熟。而火候的掌握，甚为重要，稍不留神，会做成夹生年糕。年糕蒸熟后，还不能马上就吃，得等它放凉了，到了初一，才切成片块，或煎或炸或煮，还可以在火上烤着吃。

桂林人做的年糕，一般都是黄颜色，黄色深浅不同，或许就是甜度的不同，那种颜色深得像黄泥巴的一定是特别甜的。据说，有的还加了蜂蜜。那种颜色淡得像橘子皮的，则相对没有那么甜。我也见过一种雪白的年糕，那是因为没有放黄片糖，是咸口的。上面还点缀着白花花的肥猪肉，对于像我这种不吃猪肉的人而言，看见这种年糕，吓都吓死了。

城里人做的糕，一般都精小。不像乡下人做的，往往都磨盘般大，每每一块就可以从初一吃到十五。

/桂林年糕//

桂林人过年还有一种很时髦的年货就是糯米糍粑，乡下人经常把碗口大的糍粑用禾草十个绑成一串，拿到城里来送人。看见那样的糍粑装束，就看到了一种风情，质朴的风情。

糯米糍粑“全国通用”，到处都有。东北叫打糕，广东叫糯米小团子。四川人最喜欢吃红糖糍粑，湖南人最喜欢吃葱香糍粑。

做糍粑，先将糯米入锅蒸熟，然后放在石臼里，用杵将其捣碎捣融，再放在一个碗大的圆形模具里压成一个个糍粑，然后要放在竹簸上拿去太阳底下晒。别小看这个“晒”，晒得不好，糍粑会裂。晒好了的糍粑，硬邦邦的，又要拿到清水里去泡，每天都要换清水。过年的时候，常常是每家都有一木桶，或者一铁桶泡在清水里的糍粑，随吃随拿。

捣糍粑是件热闹的事，往往一条小巷只用一个石臼，张家捣完李家捣，然后王家再续上。最高兴的是小孩子，用高粱秆蘸上红颜料在做成的糍粑中间点出一朵朵梅花。洁白的糍粑配上殷红的梅花，顿添十二分喜庆。于是这满街满巷便沸腾了，欢声笑语不绝。

我还捣过糍粑。有一年八角塘的邻居借来了一个石臼，要捣糍粑，隔壁的张家李家王二麻子家，都说要捣。母亲心血来潮，说咱们家也捣吧。于是我把歌舞团同宿舍的史克林、杨俊新、金华等，邀到了我家。母亲先把糯米饭都蒸好了，我们几个年轻人火力壮，三下五除二，就捣好了糍粑。是幼小的侄女梅梅和萍萍，负责用高粱秆蘸上红颜料在做成的糍粑中间点出一朵朵梅花。正好侄女的名字也叫梅梅，这让她更高兴得不得了。

/桂林糍粑//

如果要问年糕和糍粑我喜欢吃哪种，当然两种都不错，要说更喜欢呢，当然还是糍粑好吃。有一种吃法是将其放在炭火上烤，随着炭火的升温，它会膨胀成一只圆球。焦黄焦黄的皮，喷香喷香的瓤，再蘸上白砂糖，嘿，实属天下美味！

在桂林用米做的年货中，还有一种是桂林独有的，那就是粉利。

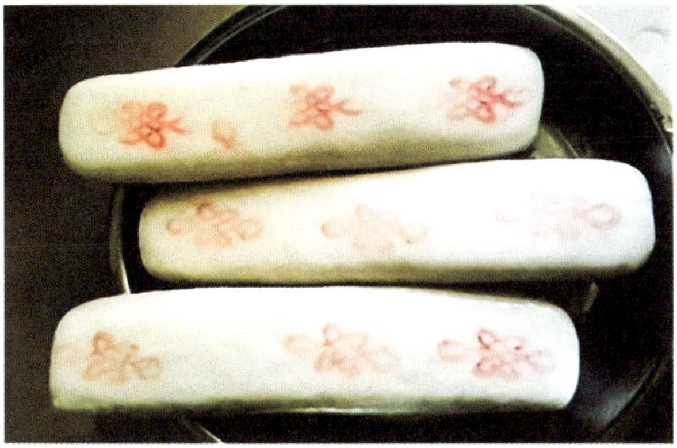

/桂林粉利//

桂林粉利也可以说是广西传统小吃之一，除了以桂林为主外，广西的其他地区也有。粉利有希望来年有个好兆头之寓意，其做法也非常简易，就是用上好大米细磨成浆，搓成小圆柱状，蒸至八成熟，取出晾干即成。

桂林粉利的形状与我们江苏老家的年糕特别像，但桂林粉利是用糙米做的，而江浙一带的年糕是用糯米做的，但吃法基本一样，虽然也可以用糖水煮，但主要还是配菜炒着吃。如在桂林常常用芹菜、酸菜加点肉丝、香菇、冬笋来炒。

年糕、糍粑和粉利，构成了儿时桂林过年的深刻记忆。

1995年1月

居家话收藏

小时候家在桂林，墙壁上总是挂着祖父留下来的一些名人字画。每过一年半载，父母就会把这些字画取上取下，轮换着挂。比如春天挂的是碧桃双燕，到了夏天就会换上一幅金鱼戏水，秋天挂的是芦荻野鸭，到了冬天就会换上一幅老虎长啸。父母从来就没有告诉过我为什么要这么做，但我却在这样的氛围里，潜移默化地接受了一种文化品位的教育。

也许是受了家庭的影响吧，我很小的时候，就搞过收藏，但那些大都是与我幼小的年纪相仿的“小儿科”般的玩意儿，如大人用过的香烟盒子，盖过邮戳的旧邮票。记得六十年代出过一套菊花的邮票，我废寝忘食地收集齐了，却又被随后而来的“文化大革命”的浩劫付之一炬了。后来我又收藏过毛泽东主席的纪念章和各种版本的毛主席语录的小册子，但最终因难以求全而半途而废。不过，这倒也让我明白了一个道理，其实收藏是件十分不易的事。大千世界，任何一种物品想收集齐了，其概率几乎等于零。或许又正是这个不易的缘故吧，收藏才有了这一代接一代的诱惑力。

长大后我把收藏定位在休闲的情趣上。如今我藏有好几千册各种门类的书，这些书都是偶尔在书店里、书摊上看见了，又喜欢上了，便买下了。其中有一多半买回来后就束之高阁，并没有读过。我也收藏了不少名人字画，也喜欢满屋子都挂着。记得读书读到过一句话：“居家无字画，必是俗人家；居家字画多，也是俗人家。”我自嘲，我也是俗人家吧。我还收藏了些不同朝代的瓦罐瓷瓶，放在家里企图显示出一种历史的厚重感。其实我对这些书籍字画古玩都说不出太多太深的道理，但却懂得，一个人只有热爱自己民族的文化，让自己时常徜徉在民族文化的积淀当中，他才会热爱自己的祖国，珍惜自己的根。

我家的客厅里放着一个硕大的鱼缸。里面没有养鱼，却放满了各式各样的火柴盒子。收集火柴盒完全是一种平和的心态，最早引起我这个兴趣的是近三十年前的日本之行，那里的每一家旅馆，每一家酒店，都有各式各样的火柴盒子，形状或长或短，封面上或印有仕女字画或印有风景名胜。我完全把它当作小小的艺术品了，每当看到了就会爱不释手地拿走一盒。久而久之，只要外出，无论国内国外，我都会留意寻找火柴盒。日积月累，如今已琳琅满目。

我还收藏过酒。我能喝酒是父亲的遗传。从小他就让我用筷子伸到他的酒杯里，蘸上几滴吸吮掉。我开始大碗地喝酒始于七十年代。十几岁时有位同学的盲眼父亲去世了，他家里穷，请不起殡葬队，就让我们十几位小伙伴去为他父亲挖坟坑（那时候还不兴火葬）。冬天的桂林也下雪，好冷啊。等埋下了同学的父亲回到城里，他家准备了一种价廉的，但酒精度却是很高的，用木薯、地瓜和高粱等混合酿造出来的杂粮酒。又冷又饿的我一仰脖子喝掉了大半海碗。结果是一觉睡到次日下午四时。说来也怪，从此我就能喝点酒了。爱喝酒后就想藏酒，加上我唱歌的职业特点是四海为家，各地的佳酿都有机会品尝。碰上好的酒就忍不住要捎上一瓶回家。

有一次与朋友聚会，我拿出了好几瓶名酒与大家共饮。外交官出身的熊大哥对我说：“钧剑，听说你藏酒？”我答“是”。熊大哥说：“你们唱的歌里不是有一句这样的歌词吗，朋友来了有好酒，对吧？所以说这酒啊，应该是用来交朋友的，不是珍藏的。试想一下，如果你藏了十瓶酒，则标志着你错过了十次交朋友的机会。如果实在要藏，就藏那些值得纪念的朋友聚会时喝的剩了点余酒的酒瓶子，里面或剩三分之一或剩五分之一。如果你藏了十瓶这样的酒，就意味着你收藏了十个值得纪念的交友的故事……”

从此，我不再藏酒。

1998年10月

梦回桂林

中午趴在教室的课桌上做了个梦，一个驴唇不对马嘴的梦。梦见我回到桂林了，回到桂林的八角塘了。

我回到的那个家，是在1967年的初冬时，从东镇路搬到八角塘的。由三间九平方米的木屋组成。所谓木屋，就是整座房子没有一块砖。当然它绝不是咱们东北地区或者北欧北美那些外国用杉木、红松木建筑的冬暖夏凉的“豪宅”。我们这个木屋，是用旧房子拆迁下来的旧木板，用铁钉钉在几根木柱上的。

在梦里，我梦见我推开门，家里空无一人。叫了几声妈，也没有回音。搭在别人家后墙边的灶披间里，封好火的蜂窝煤炉上的锅中，还温有一碗米饭和一小盘我爱吃的韭菜炒豆腐干。母亲、父亲都到哪去了呢？我使劲地叫，没有人应，一直把我自己给叫醒了。

我能够重进教室，得益于总政歌舞团1983年保送我到中国音乐学院学习，圆了我上大学的梦。这要感谢合唱队的好朋友姚家杰，是他先报考了作曲系的作曲与指挥的专业，突然发现系里面还有一个音乐文学的专业，便告诉了我，并帮我也报了个名，我赶紧向团里申请，没想到当时的团政委洛辛，合唱队的政委乔佩娟，以及副团长胡德风，都支持我去上学。

上学了，上得蛮辛苦的。每天一大清早从紫竹院万寿寺骑自行车要花一个多小时，才能来到后海恭王府的学校。中午肯定是回不去的，只能在学校的食堂凑合着随便吃点，然后就趴在教室的桌子上打个盹。还别说，每回都睡得很沉、很香，每次也都会做一个短暂的梦。更奇妙的是每次做的都是关于桂林的梦，比如说，在这段时间里就梦见过自己与一帮街坊邻里的同龄孩子爬我家门前的那棵柚子树玩。而实际上这些柚子树因为生虫，在更早的岁月里就被锯掉了。那树上有一枝张开的树杈，小时候我常爬到那地方睡觉，在梦里我梦见自己又在那里睡着了，结果一翻身，掉了下来，摔醒了。

还做过了一个梦，一个偷花生的梦。梦见我跟八角塘的邻居弟仔、黑皮、长狗、小妹等，在木龙洞坐渡船过江，到猫儿山下的农村去偷花生。刚拔了一把，就被农民发现了，农民放出了两条大狼狗，吓得我们撒腿就跑，眼看狗就要追到我了，吓醒了。

还做了一个梦，梦见我在桂林歌舞团唱独唱时，有一次演出地点在榕湖边上的人民礼堂，还差两三个节目就该我上场了，而此时的我还在至少两里地外的艺术馆宿舍里找服装。找啊找啊，服装找不着了，急啊急啊，急醒了。

梦就是这样怪，它能把早已逝去的人与景，和今天的我，错乱地重叠在一起，叠成一段久违的、似真的历史。

一个中午，近一个小时，能把人带回久远的日子，足以证明梦的魔力。常言道，人生如梦。照此注释，人生当有魔力。梦又是短暂的，人生亦短暂。但短暂的这点哲理，却不是我们在梦醒后能够领悟的。

过去的日子，现在的梦。

今天是国庆节。对我而言，因为是单身汉的缘故吧，所以对大多数的节日，基本熟视无睹。然而昨天早上到了教室，怎么也抵挡不住周围气氛的感染，抵挡不住班上几位已经成家的同学什么“老婆、孩子、热炕头”地嚷嚷。说什么明天要过节了，今天下午放学，一定要去买点酒菜热闹一下；还说什么，看到报上有广告，西四有大虾卖……

被感染的结果是，那天中午，在学校食堂里买了只烧鸡，一只鸽子般大的鸡。买之前食堂师傅还“威胁”我：“快买快买，这鸡没腿了，你要不要，不要让开！”望了望身后排队的众人，赶紧掏出菜票将这没腿的鸡装进饭碗里回到教室，还去小卖部里买了几瓶啤酒，与同学们凑在一起喝了起来。晕晕乎乎中，趴在桌上的午觉睡得更好。

/回到桂林（1983年）//

我突然梦见了，1971年9月30日那天，也是国庆节的前一天，在那天晚上我才学会了骑自行车。记得与我一道学车的有王智、民岗，是克林扶着我的车架在后面跟着跑，围着学员队后面的体育场的跑道跑。跑着跑着，他松开了扶着的车架，我便学会了。

人的一生，有多少人给予过扶持啊。

屈指一算，离开桂林也有四五年了，时光的流逝，使我的乡愁日积月累，开始发酵，浓烈出了更强烈的滋味，化成了这一天天的梦境。

望着窗外被午后阳光染透的杨树林子，叶儿在风中摇摇晃晃，仿佛还在打盹。然而楼房的阴影很快就会笼罩它们，留给它们的，大概也将是金子般的梦了。

当然明天它们还会在太阳里摇晃，我明天依然会趴在这课桌上做梦，在梦与梦的交替中，度过梦一般的人生。

1983年10月

桂林的家

/二十世纪八十年代中，在桂林骝马山家中//

我的父母先后于去年与今年在桂林去世了。悲怆之余，突然间感到，桂林的这个“家”从此就没有了。

小时候，家的概念就是父母温暖的肩膀。从我懂事起，印象中我的父母就在他们的工作单位里忙碌着。我上幼儿园时，母亲参加“干部下放农村”的运动，一周半月的才回来一次。父亲也忙，无暇照顾我，于是，我被寄托在别人家里。那时候我多想妈妈，多想回家啊！就是在那时，我幼小的心灵里种下了无比依恋之情。在那些日子里，我每天都会偷偷地站在寄宿人家屋旁的池塘畔去数指头，计算着离母亲来接我还有多少天。每次过完礼拜天，从家里回到寄宿的人家时，我又会不停地回味与父母在一起时的情形。

“文革大革命”时期，父母每晚在单位里政治学习、搞运动，深更半夜才回来。我们在桂林住的是深宅大院。每当黄昏来临，我都独自买回两分钱韭菜、三分钱萝卜干炒好，再煮好饭把饭吃了，之后便把房门锁紧，还在房门后顶上椅子，然后坐在床上两眼盯着门口，等待父母归来。这时，我又觉得家是抵御一切黑暗的庇护所。

后来，家门口被贴满了大标语、大字报，我们被“扫地出门”，搬到了一座用破烂的木板钉成的房子里。新家周围的邻居有拉木板车的，有理发的，有做泥瓦工的，有收废旧物品的，还有卖酸泡菜的、做雨伞的。虽然他们的工作在世俗眼里十分低贱，但他们家家却又都非常温馨。晚饭时候，劳作一天的人们便都把饭桌摆到屋外的场地上，无论谁，只要端着一碗饭，便可以从东头走到西头，吃遍每家的菜。在这样的氛围里，我生活了近十年，使我逐渐地懂得了“儿不嫌母丑，狗不嫌家贫”的做人的道理。

我是十三四岁时离开家参加工作的。离开家时，母亲送给我一只她早年用过的旧木箱，她用枣红色的油漆油了一遍又一遍。父亲用自行车驮着它送到了我的单位，嘱咐我要好好学习，珍惜生活，有空就回家看看。带着父母殷切的希望，我开始在人生旅途上闯荡。每当遇到困难和挫折时，最大的慰藉就是想念父母，想念家。我喜欢写诗，现已出版的四本诗集中几乎有三分之一的篇幅都是抒发对家的感念。

我深深地爱家，爱家能使人善良。

1985年，在北京西郊万寿寺的一座筒子楼五楼的一间单人房里，我成了“家”。筒子楼的环境虽说较差，只有公用水房、公用厕所，只能在楼道里做饭，但夫妻的和睦却能使清贫化为富有。这期间使我高兴的是，我一下子拥有了三个家：自己的小家，我父母在桂林的家，岳父母在青岛的家。每到节日前夕，我都与妻子、孩子一起商量计算着，能在这个或那个家各待几天，生活在此时格外丰润。

但丰润不是永远的。今年二月，我家四位老人中的最后一位老人——我的父亲也去世了。葬礼之后，我突然感到孤独了，我从此再没有了父母那温暖的臂膀，再没有了遇到挫折和困难时，唯有父母才能给予的那种任何其他感情都不能代替的慰藉。

一个人没有了父母，他才是真正地长大了。

在收拾没有了父母的家时，发现了那只枣红色的旧木箱子。这是我十七年前到北京时嫌它又土又旧而不肯带走的。小侄女说，爷爷奶奶一直把它珍藏着，不时还拿出来晒晒，但不知内里究竟有何物。我从父亲井井有条的抽屉里找到了钥匙，打开一看，里面整整齐齐地放满了我孩提到少年时代存留下来的物品，有红领巾、奖状以及我儿时玩过的香烟盒子……我的泪水一下子涌了出来，半晌无语。

小侄女问我：“叔叔，这些东西你带走吗？”我说不带了，就放在桂林吧，放在父母厮守一生的屋子里。这样，无论我走到天涯海角，我总会多一份牵挂，因为这里有我的“家”。

家是人生中最浓烈的一笔，我们应当珍惜它。

1997年3月

/与母亲在八角塘旧居前的合影（1972年）//

/与父母在骝马山旧居前的合影（1982年）//

第四部分

拾遗桂林

桂林的骄傲

我出生在桂林，一座风光旖旎的城市，一座小富即安的城市。

千百年来都有人在吟诵它："桂林山水甲天下。"

一座城市，能有如此这般的流芳人间的诗句，还拥有家喻户晓的这种赞美，这难道不值得作为桂林人的骄傲?

想想全国还有多少座城市能够享有这样的荣光，这样的赞美难道不是桂林的骄傲?

桂林城之所以名为桂林，国人尽知的是桂树成林，桂花成林。很多的城市也有名树名花在帮衬着，如牡丹、芙蓉、梅兰竹菊，但不是互不相让，就是默默无闻。敢用和能用"桂花成林"，称桂花为城花、城号的，唯有桂林。此亦是桂林之骄傲。

想想全国还有多少座城市能够享有这样的艳丽，这难道不正是桂林的骄傲吗?

桂林的江，漓江，世界公认的天底下最美的一条江。但凡出现在任何传媒上，尽管只是一瞬间，大家都会倍感惊艳，过目不忘。

桂林的山，桂林所有的山，都能成为这种喀斯特地貌的山的符号。但凡出现在任何地方，只要类似，都会被认为这是桂林的山。就连远在国外的越南风景名胜"下龙湾"，因为有此类似的山峰座座，竟被称之为“小桂林”。

想想全国还有多少座城市能够享有这样的既有名山，又有名水的风景，这难道不也是桂林的骄傲吗？

桂林有全国无人不晓的美食，桂林米粉。只属于桂林的米粉。

天下美食千千万，但属于单一城市的美食不多，属于单一城市的美食虽然也有，但类似桂林米粉这么全国闻名的不多。

桂林有全国米香酒类的代表，桂林三花酒。只产于桂林的米酒。

天下的美酒千千万，但属于某一酒类的代表不多，就国内而言，能举出的也就是酱香的代表是茅台，曲香的代表是五粮液，烧酒的代表是二锅头，仅此而已。

想想全国还有多少座城市能够享有这样的仅此一家的美食、美酒，这难道不恰是桂林的骄傲吗？

桂林有一种源于本地的剧种，叫桂剧。并由桂林发展、影响到了整个广西区域。如同越剧发源于嵊州，发展、影响到江浙地区；豫剧发源于开封，发展、影响到中原地区；黄梅戏发源于安庆，发展、影响到皖鄂地区；评戏发源于唐山，发展、影响到东北地区；粤剧发源于佛山，发展、影响到岭南地区。

桂林有一部电影，集最优秀的、有强烈地域风格的民间文学与音乐、舞蹈以及表演为一体的电影《刘三姐》。

想想全国还有多少座城市能够享有这样的文化，这难道不还是桂林的骄傲吗？

“愿做桂林人，不愿做神仙。”

这也是历经几代人口耳相传的一句外乡人赞美桂林的诗句。

它写出了作为一个桂林人的骄傲。我每当读到它，都会从心头涌出一股如此骄傲的热流。

这也可以叫作自强、自爱与自信吧。

一个骄傲着的桂林人的自强、自爱与自信。

问题是，我们应该为这份骄傲做些什么？做点什么？

/在北京吃“不正宗”的桂林米粉//

桂林的米粉

每次回桂林，下飞机，出机场，几十年了，几乎每次迎面见到的都是发小刁永光来接我。我们平时都叫他小光。

每次见到后的第一句话就是:“有没得米粉吃?”小光一笑，憨憨地回答:“不用你讲，早就准备好了。”

然后直扑路口村米粉店。

路口村是一个地名，在机场路的路边边上有一家村民开的米粉店。那家米粉店十米开外就是通往机场的柏油马路，中间隔了一条水沟，水沟上有一条石板桥。当汽车拐下柏油马路，过了水沟小桥，就变成泥巴路了，还是有点坑坑洼洼的泥巴路。晴天还可以，雨天就有点“那个”了。我在雨天也去过，感受过那种拖泥带水的“那个”。

说起来蛮奇怪的，只要一走到泥巴路上，那米粉的乡土味道顿时就出来了。

那家米粉店应该是因门前有机场路经过而声名鹊起的，听好多南来北往的客人都提到过它。我在小光的引带下，也不止一次光顾过那里。

米粉店十分陈旧的铺面，挨挤在一排同样陈旧的民房间，并不起眼，透露着一股本真的气味。被油渍浸透的台桌告诉吃客，这家店的卤水一定是老牌的。

小光与这里的老板很熟，有时候下飞机已经是店里歇业的时间了，老板也能重新起锅点火给我“搞”一碗米粉。只见他一手抓起米粉冒热，另一只手则拿起刀来在砧板上切锅烧和卤味，他也不管它邋不邋遢。还要问一句，加不加蒜。如果说“加”，他就用油腻的手抓来两三粒白生生的老蒜，往砧板上用刀背“啪”地一拍，再扔进我的碗里。

老板不讲究卫生，我也不计较干净，不干不净，吃了没病。

取餐口外的案板上摆放了好几个大瓷碗，有放绿葱花末的碗，有放红辣椒碎的碗，有放油炸黄豆花生的碗，还有放酸豆角的碗，等等。应该是前面的吃客太随便，舀得那些碗的四周尽是散落的这些配料，显得非常杂乱。杂乱是杂乱，但却体现出了一种“民主精神”，自己想加多少配料就加多少配料，自己把控着自己的欲望。还真别说，这种自己动手加配料拌出来的米粉，比统一由老板加配料拌出来的米粉感觉吃起来更香。

这些年回桂林，除了吃路口村米粉，小光还总带我去光顾北门机床厂后面的一家米粉店，那家米粉店确实不错，非常好吃。小光说，是因为他们家的卤水好。有两次回北京，小光还专门去那家店买了些卤水和锅烧，让我带回去给我太太，因为她前两年来桂林时，在那里吃过，也是意犹未尽。

众所周知，桂林米粉是用大米经浸泡、碾碎、蒸榨而成。形圆而细如绒线，极富弹性，因而口感滑爽。做桂林米粉的米和水都有讲究，米要用桂林附近特产的糙米，据说以桂北两江的米为最。而水却要用桂林的漓江水。如用北方的大米或水，做出的米粉就易碎易断，口感不好。

桂林米粉一般分汤粉和卤粉两大类，在这两大类中还细分若干种，但喜欢卤粉的多。

前文说过，卤粉的好坏在于卤水，桂林的米粉店估计有几百家，味道的好坏差别就在于掌握煮卤水的技巧。听说基本一致的都是先用猪骨头加豆豉熬汤，为什么要加豆豉呢？因为卤水里面的酱色，就是靠豆豉出来的，而不是靠酱油出来的。听说，好的卤水是不放酱油的。然后将骨头豆豉汤过滤，再放进香料熬成卤汁，所有的技巧就在这里了。

一般的香料都得放，什么砂姜、八角、草果、罗汉果、桂皮、茴香、陈皮都会放，听说也有放少量罂粟的，但政府是禁止的。

卤水的味道或甜或咸，或淡或浓，全凭这些香料的调配。当年桂林有一家非常有名的米粉店叫“红鼻子米粉”，据说它的卤水里是放了蛇肉进去熬制成的，所以特别鲜美。

吃桂林卤粉自然要讲究卤菜配料，猪肉、牛肉、锅烧和下水都各有一点最好，好的卤水味道再加上好的卤菜配料，是一碗好米粉所必需的。

听说，卤菜的制作，也很有讲究，当天新卤的肉是不能用的，必须要重复卤过两三天之后才能用，因为肉类经过多次卤后，肉质会变坚实，略带硬度，吃起来更有嚼头且入味。还有就是最有特点的锅烧，一种带皮的油炸猪肉，必须酥化，油炸的黄豆花生必须松脆。更讲究的是，要按春夏秋冬时令配用香菜、香椿、香葱，加上雪白的蒜蓉，鲜红的辣椒点缀其间，真是色、香、味俱佳，令人叫绝。

我问过卖米粉的老板：“米粉实为经济小吃，为何如此繁杂?”老板答非所问：“这叫‘色香味’呀!”

桂林米粉中最有名的是马肉米粉。据说马肉的味道，异香独特，是猪肉和牛肉所不及的，甚至更为鲜美。马肉一般都以在冬天吃为佳，天气越冷，味道越好。但吃马肉有个特点，不能放酱油，否则，肉会有酸味。吃马肉米粉是有讲究的，每碗米粉里规定只放八片马肉，一片是腊挂过的，七片是新鲜的，甚至连其长、宽、厚、重量都有讲究。可能是由于解放后，马不能轻易宰杀了吧，在印象中至今我也没有吃过马肉米粉。听说现在有了，可马肉从哪儿来，不得而知。

以前卖马肉米粉的店名叫“又益轩”，我还记得当年最有名的米粉店叫“味香馆”。前两年小光还带我去过“米粉中心”，在东江那边，现场现榨现吃，据说也很有名。

在桂林的那些年里，去得最多的还是一些无名的小店。比如说，艺术馆对面的那家歪歪斜斜的木墙瓦顶的米粉店，我在桂林歌舞团时，每天“过早”，基本上都是在那里吃的，甚至往往中午也去吃，晚上也去吃，奇怪的是总也吃不烦。

还有一家店是童年的记忆，在城公寺塘的边上。那时候读小学，每天早上母亲给四分钱，去那家店里买一碗素米粉“过早”。何为素米粉？那就是一点卤味都没有的，就是所谓的汤粉。而这个汤也绝不是现在的鸡汤、骨头汤、三鲜汤。也就是一碗“清汤寡水”，加几粒黄豆，几点葱花。不过那种素米粉的味道至今还记得很清楚，虽然没有油水，但有一种米香，稍微有点酸甜的米香。

我读小学的时候是上个世纪的六十年代初，国家正遭受着很大的经济困难，没有粮食，能吃到素米粉已经很好了。

桂林的花

一、茉莉花

如果你要问我，我最早认识的桂林的花是什么花，你一定会以为我会说是桂花。错！我第一个认识的花是茉莉花。

/图中两侧皆为茉莉花树//

“好一朵美丽的茉莉花，芬芳美丽满枝桠，又香又白人人夸，让我来将你摘下，送给别人家，茉莉花呀茉莉花。”

母亲是江苏人，会唱这首江苏小调。

她二十五岁时唱着这首歌来到了桂林，如今埋葬在了桂林，她早把他乡当故乡了。

母亲爱唱茉莉花，也爱种茉莉花。

上面那张全家福照片拍摄于我家在东镇路的旧居，我们身后的两棵绿植就是茉莉花。这是我活到六十五岁的今天，迄今为止见到过的最大的茉莉花株，需要两人才能合抱的茉莉花株。我不知道读者中有没有见到过如此大株的茉莉花的，但想得到绝大多数人应该是没有见过的，尤其是生长在露天的、庭院中的茉莉花。

母亲种的这两株茉莉，照片上左边的一株是白色的复瓣，学名叫虎头茉莉花（图1）。照片上右边的一株是多瓣，但不是白色的，而是紫色的（图2）。其中有些花瓣还是白中带紫的，我想这样的花株，也可能是稀世的。

/图1//

/图2//

从小我就知道母亲对这两株茉莉可谓是精心伺候。多少日子里，母亲都将淘米水浇到树下。偶尔家里有点开荤的鸡鱼内脏的下脚料和洗肉的血水，母亲也必定将其埋在或浇在花下。母亲说：“养花如养人，它也需要营养呢。”

母亲爱花，花也知报答，印象中我家的茉莉一年四季都绽开着香气沁人心脾的花朵。每当到了花儿开得最烂漫的盛夏时，母亲就会用白线将花朵串成一个个花环，送给左邻右舍和前面厂区爱美的年轻姑娘们。住在隔壁院子的陌生人，时常也会来向母亲讨摘一两束茉莉，而母亲又总是大方地让他们尽情采撷……

1967年的初夏，我们搬离东镇路的那天，我看见母亲围着那茉莉花转了好几个圈子，站在它们的面前哭了，幽幽地自说自话：“今天不能将你们带走了……”

茉莉花是我母亲的花。

二、夹竹桃

夹竹桃也是母亲的最爱。

母亲说过，在她的故乡，在她与父亲结婚的那间新房的窗户下，就有一株夹竹桃。

母亲还说过，在她父母床前的窗户下，也有一株夹竹桃。

夹竹桃在我们江苏老家，遍地都是。

哦，难怪母亲在桂林的家里也种下了夹竹桃。

上面那张在东镇路旧居里的全家福照片上，茉莉花的左侧那伸出来的枝叶，就是夹竹桃。在照片的右侧是祖父的书房，书房边上还有一株夹竹桃，可惜的是没拍着。两株夹竹桃，右侧的那株长得茂盛，长得好。开花的时候一嘟噜一嘟噜的，开得热烈，开得奔放。夹竹桃开花不是一朵朵开的，而是一嘟噜一嘟噜开的，长大后，当我读到“花团锦簇”这个词的时候，第一个想到的就是夹竹桃。

夹竹桃的花期很长，似乎一年四季都开着花。夹竹桃是有香气的花，是一种幽香，流淌在空气中，是一种清清冽冽的味道。说不出来它是属于哪种，或者像哪种香，或者能不能就叫夹竹桃型？

/夹竹桃//

母亲说，夹竹桃花是香的，但不能摘，因为摘断花茎以后，会流出乳白色的汁，那是有毒的，甚至能毒死人的。母亲还告诉我，夹竹桃又是有益的，它散发出来的气息能够排毒，能够抗烟雾，抗灰尘，它可以以毒攻毒。那时候对夹竹桃，母亲最多的叮咛就是不许摘，甚至都不让碰。因为小时候的我，喜欢摘下两片夹竹桃的叶子，然后折叠在一起，一伸一缩，就能发出啪啪的响声，如被母亲看见了，必定要被呵斥。

在我们家东镇路的那两株夹竹桃是粉红色的，粉红色是夹竹桃的自然色。懂事后多次回过江苏老家，才知道夹竹桃竟然还有白色的，远远的一片，简直就是不似梨花胜似梨花的香雪海。

这些年，又看见有黄的、大红的夹竹桃了。但多是盆栽，花朵也不是一嘟噜一嘟噜的了，一看就知道是人工培植的。那么弱不禁风，除了博来稀罕的眼球，我认为没有任何的欣赏价值。

也许是我有这个夹竹桃的情结吧，我在北京的家里也种有夹竹桃。北京的秋天很短，冬天长，南方的花果在这里的室外都养不住，我便在后院搭了点玻璃，搭成了所谓的“阳光棚”，那夹竹桃便种在了“阳光棚”里。因为不是太冷了，它也就勉勉强强地生存了下来，每年也不间断地、稀稀拉拉地开几嘟噜花。如今算算也有四五年了，长得也有三四米高了。

看见“阳光棚”里的夹竹桃，自然就会想起东镇路上的夹竹桃，尽管只是一瞬间、一刹那，也会蓦然间体会到母亲当年的心境，体会到她种夹竹桃的乡愁心境。

知母莫如儿啊，由此，每当看到夹竹桃，一股清清冽冽的、悠悠长长的思乡滋味便会在心头缠绕。

三、雏菊

我在桂林的时候，有两三年吧，常常跑到伏波山下的花圃里，去偷摘四五枝雏菊，然后拿到艺术馆的宿舍里，插在罐头瓶里，摆在书桌上。（如下图）

/书桌上的雏菊//

那时候的我十七八岁，很苦闷的年纪。因为在桂林歌舞团已经待了三四年了，知道了它的前景不过如此，却不知道自己的前景在何方。

那时候的我喜欢读书，喜欢写东西，每到晚上宿舍还经常停电。虽然更多的时间是放在了琴房，但嗓子总有累的时候，每当又累又渴又迷茫地回到了宿舍，坐到了床前，心里总是觉得空荡荡的。

那时候的我每天晚上是要回家吃晚饭的，因为母亲已经退休了，她老人家说，她这一辈子就剩下每天为我和父亲做顿好吃的晚饭，这就是她最好的“工作”，也是最后的“工作”了。如果哪一天我没回家吃饭，母亲就会说，她感到了一天的失落。

每当我吃完晚饭后，总会到家门口的伏波山去转一圈，我会转到半山腰的亭子上眺望远山，眺望远去的漓江，眺望远去的漓江上的远帆。

每次都望到夜幕降临，才依依不舍地回到艺术馆的琴房、宿舍去。

有一天，天还没黑透，临离开伏波山时，突然看见花圃里盛开着的雏菊，红的黄的紫的粉的，生机勃勃，心情一下子好了很多。我下意识地摘了几朵，回到宿舍后，随便找了一个遗弃的罐头瓶子，把它插上置放在书桌前。当生机勃勃的花朵绽放在眼前，心情不仅一下子好了很多，而且一下子同样得到了绽放。仿佛在迷茫中，看到了希望。

从此，我经常去伏波山的花圃偷摘四五枝雏菊，然后拿到艺术馆的宿舍里，插在罐头瓶里，摆在书桌上。

雏菊原来是一种杂草，是欧洲原野上的一种杂草。因此它的生命力非常顽强，在寒冷的早春，就可以开放，一直可以开放到同样又是寒冷的晚秋。它那始终如一的生机盎然的风度，谦谦君子的风格，浪漫天真的风采，深深地感染着我。

当年书桌前的我，就如同我书桌上的雏菊。

/雏菊//

四、桂花

桂花是真正的桂林之花。

桂林桂林，桂树成林的地方。从懂事起我就为生长在这地方而感到自豪，为是桂林人而品味出香甜。

当然，说到老家南通，同样也会泛起这种情感，但个中的味道是不一样的。

听母亲说过，在东镇路的家，原23号的门口也曾经种过两棵桂树，那是祖父在抗日战争胜利后，1946年重回桂林时移种的成年金桂。母亲说，她和父亲带着我三岁的大哥郁钧陶来桂林时，那树就已经开花了。

桂树主要有银桂、金桂、丹桂三种。

金桂的花最香最浓，银桂次之，丹桂则相对清淡。这是味道的区别。

银桂是淡黄色的，甚至还真有银白色的，如银；金桂是深黄色的，似金；丹桂在黄中还带有点红，像太阳刚升起来的那种颜色，也有说丹色就是朱砂色。这是色彩上的区别。

银桂的花瓣相对比较小而薄，丹桂甚之。在我印象中金桂的“肉头”最厚，一般食用，多用金桂。这是形态上的区别。

同样在这三种桂花中，光说银桂就有五十多个品种，而金桂有四十多个品种，丹桂则有三十多个品种。这是种类上的区分。

还有一种桂花叫四季桂，顾名思义，它不像金桂银桂丹桂仅在秋天开花，而且金桂银桂丹桂的花朵都是一簇一簇地长在枝头，长在叶腋的，也有香味。而四季桂虽说一年四季都开花，但它的花朵很是稀拉，而且没有味道，颜色也只有淡淡的白色，我不喜欢这种桂花。

小时候我在上海，去过上海的桂林公园，上海的桂林公园在上海的桂林路上，满园的老桂花树，每到农历八月桂花开放的时候，喜欢“白相”的上海人，都会相约去桂林公园赏桂，热闹非凡。那时候，我以为除了桂林，就是上海桂花最多了。

后来走的地方多了，才知道杭州桂花也是多得不得了的，湖北的桂花同样是多得不得了的，有一首著名的老歌，叫作《八月桂花遍地开》，这是红军时期湖北传唱的一首歌谣。桂林也有一首歌写桂林的桂花、唱桂林的桂花，叫作《桂林桂花香》。歌词是这样的：

桂林八月桂花香，香了青山香漓江，
打鱼的郎儿撒下网，渔歌一曲悠悠唱。
姑娘摘花到江边，听见渔歌心发慌，
树枝划破呀啊姑娘手，痛就痛在郎心上。
太阳下山晚风凉，姑娘把花扔下江，
花儿飘到渔网上，花香满江情满江。
桂林八月桂花香，桂林桂花香。

哈哈，这首歌的词曲却是我写的。

我记得桂林桂花最多的街道有两条，一条是皇城，一条是榕湖路。除此之外，还有千株万株散落在桂林城中千家万户的庭院里，密布在桂林城外青山绿水的环境里。每当桂花开放的时候，那香味真是香满街道香满城，香了青山香漓江。

如此说来，要说桂林是桂花之城，名副其实。

小时候，每逢中秋节，街上是有人卖盛开的桂花的，一毛钱一扎，五毛钱一扎，也有一块钱一扎的。也见过有人在中秋节的时候，给友人、恋人送桂花。

在桂林与我家往来的江苏老乡中，有一位顾伯伯，当时是桂林机床厂的工程师，也是在新中国成立前来到桂林求职谋生的，但老婆和子女却不肯来南方，远在无锡老家。父母看他孤身一人在桂，又念江苏同乡之情，所以逢年过节，肯定要请他到我家来吃顿便饭。顾伯伯每次来我家都很有江浙人的情调，虽然他从宿舍到我家只需要十来分钟，而且又是常来常往的熟人，但他的衣衫必定是新浆洗的，皮鞋必定擦得锃光，头发梳得瓦亮，手里不是拎着一小包糖果点心，就是提着一篮时令水果。尤其是每逢中秋节，他都会捧来一扎盛开的桂花，一扎好大好大的桂花。他的那种情调、那种儒雅，实际上也是对我的一种文明的启蒙，在我幼小的心灵里，留下了很深的印记。

/银桂//

/金桂//

/丹桂//

/四季桂//

桂林的湖

两江四湖现在是桂林的一张名片。

两江大家都能脱口而出，即漓江与桃花江。而四湖就不一定能脱口而出了，据官宣，四湖分别是榕湖、杉湖、木龙湖、桂湖。

说是湖，其实都不是湖，因为湖的基本概念必须是水域比较宽广，因此，我们桂林这四个窄小的湖，充其量只能算是塘，水塘。

比如说，木龙湖，原来就叫过城公寺塘。

从历史上来看，这四个湖也就是四口塘，是宋城的护城河，护城河就是壕塘。

我从老书上读到过，桂湖实际上就是宋代的护城河，河边有古城门西清门、宝贤门、丽泽门，所以桂湖又被分段称之为西清湖、宝贤湖、丽泽湖。骝马山前我家现在门前的这段湖，严格来说应当叫宝贤湖。记得刚搬到这里时，附近的人家还有管这湾流水叫壕塘的。

古时候的桂林，是个泽国，水塘特别多，也可以说是湿地特别多。水塘多的状况一直延续到我的少年时，比如说我家东镇路边上的那口城公寺塘，当时基本上是可以从漓江一直沟通到桂湖的，只不过中山北路机床厂附近的那个豁口处，当年被筑路断掉了，如今建了条桥，将城公寺塘，也就是现在的木龙湖与桂湖沟通了。

我家搬到八角塘去的时候，八角塘的水面还是很宽阔的，甚至比当时榕湖和杉湖的水面都要大，都要宽，那可真是可以称之为湖的，然而它反而不叫湖，却叫塘。而且八角塘的名称有一说，说从前的八角塘不是圆的，而是有八个角的；另有一说是，从前的八角塘四周还有八个小塘。桂林人说八角的“角”，其读音就是“国”，八个塘的“个”，桂林人读起来也是“国”，年久日深，把音读白了，“八个塘”就读成“八角塘”了。

说它的四周还有八个小塘是有道理的，因为我家搬去的时候，尚存四个，一个在我家门前，一个在地委宿舍后面，一个在工人医院宿舍旁边，一个在军分区里面。据说现在这四个小塘均不复存在了。

在我上中学的附中旁边的四会路上，也曾有一口挺大的塘，现在也不在了。想想这些都是三四十年前的事。三四十年说短也短，说长也长。

说到桂林的湖，其实古时候就有一口名湖，那就是桂林西湖。

据史料记载，桂林西湖始于宋代，一直到明朝以前，隐山一带尽是水，而这一带水面就是西湖。隐山隐山就是隐在西湖之中的山。

苏东坡曾写过：“天下西湖三十六，就中最好是杭州。”他所说中国叫西湖的湖有三十六个，首推杭州西湖。但在这三十六个西湖中，我们应当知道，桂林隐山西湖也算其中一个。

当年的隐山西湖方圆七八百亩，每当莲花盛开时，美不胜收。也是据史料记载，到了明朝嘉靖年之后，桂林的西湖污泥淤积，无人清理，遂成田地。但是应该说这个西湖的影子，数百年前的模样，一直到上个世纪的八十年代还是存在的。

为什么这么说呢，因为我家从八角塘搬到骝马山是在上个世纪的八十年代初，那时候每年我都有机会从北京回桂林探亲，但凡遇到去南方出差演出，我也会取道回桂林看看父母，我记得很多年荷花盛开的时候，我都去过染织厂后面、骝马山南麓的一个开满了荷花的水塘边，摘过荷花和荷叶。

那时候，染织厂后面、骝马山南麓沿着这片水塘或者是藕塘有一条可通汽车的土路，这条土路往西去，顶到铁路后，往右拐，有个三岔口，往西拐，可到军分区打靶场和西山北麓，再穿过去，就是桃花江了。从三岔口往东拐，可到桂林机床厂，再穿过去，可到东镇路。当年我的祖母在桂林去世后，就是从这条路上出殡，埋到西山底下的。

而染织厂后面、骝马山麓前面的这条土路，在顶到铁路前时，一面是骝马山南麓，另一面就是那口水塘或者是藕塘。站在塘边是可以望见隐山的。由此可见，这一片水塘或者藕塘，就是当年的西湖遗迹。

现存隐山四周的那片小水面，目前仍叫西湖。现存隐山马路的对面，是一个部队的干休所，直到前几年，这里也还是一片藕塘。

由此可见，这些都是当年西湖的影子，都是数百年前西湖残留的模样。

应该是在三十多年前，我跟相关领导谈过恢复当年西湖的想法和建议，领导虽然是很认真地听了，但提出了两个问题，一是那条横穿在西湖遗址上的京广铁路怎么办？二是钱从哪来？

我哑然。

不久，当我再回到桂林时，染织厂后面、骝马山南麓的那片水塘或是藕塘，却突然消失了，是被填掉了，上面竟盖起了很多楼房，成了包括文化系统在内的单位的宿舍。

试想一下，如果桂林再有一个西湖，那风景，那风光，又将是个什么样的风景和风光？

不由地对古人、对桂林的先贤，肃然起敬。

桂林真的需要有一个湖，一个不是塘的湖，一个真正的湖。听说有计划在隐山更西的西面规划一片湿地，不知道是真是假。如果是真的那倒还真是不错，因为它不仅可以增添桂林的景色，还可以改变桂林的风水。

我曾经做过一个梦，一个很荒诞的梦。梦见有一年漓江发大水，洪水顺着小东江，往东流，一直流到了尧山下面，将那片低洼地，积水成湖。那一片湖面好大啊，如同杭州的西湖。一样的柳浪闻莺，一样的花港观鱼，甚至比杭州的西湖还大还美，还胜过了杭州的柳浪闻莺，胜过了杭州的花港观鱼。

望着美丽的桂林西湖，我开心地笑了，把自己笑醒了。

桂林的桥

小时候桂林市的“名片”，除了象鼻山，就是花桥。

长大后，走过了一百个国家，走过了几百座城市，没有发现能与花桥媲美的桥，至少没有与它雷同的桥。

/桂林花桥//

据史料记载：

灵巧秀丽，造型优美，横跨小东江上的天柱桥，旧称嘉熙桥，俗名花桥，是桂林古代桥梁史上不可多见的建筑。天柱桥始建于南宋，名嘉熙桥，为四孔石桥。后被洪水冲垮，明代景泰七年（1456）重修，为木结构。嘉靖十九年（1540），明靖江安肃王妃徐氏，出内帑易木为石，在小东江与灵剑溪汇合之处，架设石桥四孔。为减少洪水冲击的阻力，在桥的西端增筑旱桥七孔，从此更名花桥。此桥在设计上构思精巧，用不同的料石砌成半圆弧形。风平浪静时其倒影恰如四轮明月，从水面浮出。行人到此，感叹万千，无不称赞前人技艺之精湛。

据史料记载：

在市区内历史悠久的桥梁，要数阳桥了。此桥始建于宋，原名青带桥。元朝至元五年（1339）毁于火，明朝洪武年间，以石代木，改为石桥。

桥在城门之南，今日仍安在。

去年回桂林，曾散步于桥下，感慨其只不过普普通通的一座“洋”桥而已，一点自己的风格也没有。

据史料记载：

值得一书的是飞架南溪河上的将军桥。这座桥就其本身来说，在艺术造型及技巧上没有什么独特之处，可它是桂林城南郊之咽喉，在历史上曾显赫一时。

是谁说的，这座将军桥“在艺术造型及技巧上没有什么独特之处”？我倒觉得这座桥很具艺术造型和技巧。尤其是其桥体与南溪山水的交相辉映，即便放在今天，同样能绽放出其独特而夺目的光彩。

/桂林将军桥//

据史料记载：

漓江在宋代以前是没有桥的，两岸的往来只有舟渡。

到了宋代，漓江上开始架桥，桥就建在城东门（今解放桥址附近），是一座由船体相连上铺木板而成的船板桥，称东江桥或浮桥。

到了明正德四年（1509），都御史陈金重修东江桥，并更名为永济桥。永济，为千载利民之意。永济桥的规模可从明代学者包裕所作的《永济桥记》中得知："造舟五十，铸铁柱四，各丈八尺，埋峙岸浒，半入地中。铸铁缆二，各长百余丈，横亘舟上，索缆于柱，镇铁锚入水，以固舟……"浮桥若长虹卧波，远山近水，城垣阙，构成桂林旧八景中的"东渡春澜"一景。永济桥的架设为两岸往来交通带来方便。然而每至汛期，江水暴涨，浮桥断开，人们只能望江兴叹。

1939年，白崇禧在任中央军事委员会桂林行营主任时，提议在漓江上架设桥梁，并由当时的省建设厅厅长陈雄主持修桥事宜，并于是年11月破土动工，到1941年“双十节”建成，取名为“中正桥”。中正桥的建成，使两岸的人行车辆往来不

/连接漓江两岸、用木船拼起的浮桥，约摄于1937年//

/民国时期的解放桥//

再受江水阻隔，对当时人们的生活和经济发展起了一定的作用。

1944年，日军侵犯桂林，中正桥被炸毁，光复后，又在漓江上重新架设了浮桥。

1951年，人民政府即着手修复断桥，历时半年竣工。为了纪念解放桂林城，遂定名为解放桥。解放桥多次修缮，一再更新，一座比一座雄伟、壮观。

我不太同意“解放桥多次修缮，一再更新，一座比一座雄伟、壮观”的说法。一再更新是对的，一座比一座雄伟、壮观不见得，在我看来一座与一座都是在炒冷饭，只不过是添加了华丽的灯光装饰。

/如今的解放桥//

在桂林，我所知道的老桥还有文昌桥、南门桥，桃花江上还有一条宁远桥。

近年来，漓江上架起了几座新桥，自修建了两江四湖后，在此江与湖上也增添了好几座风景桥。

新建的桥中有文昌桥，我看见有介绍说："文昌桥，位于象鼻山公园1号门，建成于1999年9月。因建在桂林古城文昌门前而得名。大桥结构为镰刀形上承式拱桥，桥型轻巧、通透，其造型的设计构思似乎参考了瑞士萨尔基那山谷桥。桥头四个供行人小憩观景的平台，有法国巴黎塞纳河上纳夫桥的造型特色的痕迹。桥拱穹顶制作了浮雕组图，重现与周围环境密切相关的鉴真说法的史实和神象传说、桃花江传说等民间故事，为游人荡舟进行水上游览提供了新的人文景观。"我不知道设计者是怎么把法国巴黎塞纳河上纳夫桥的造型特色与桃花江传说结合在一起的。找机会我一定要去看看它。

尤其是两江四湖上的桥。

在通往骝马山我家的路上，横亘在桂湖上有一座桥，这座桥叫什么名字，我至今没有在意。不过以前是一座石拱桥，现在是一座特别像美国旧金山金门大桥的钢丝斜拉桥，也是橙红色的，但气势却比人家小了许多。因为美国旧金山金门大桥下的那湾流水是海水，其桥与水的般配是我们不可比拟的，而且从照片上来看，这怎么也不像是建在桂林味道中的一座桥。

按道理来说，桥一般都是跟水联系在一起的，小桥流水便是一道风景线。世界上有很多名水上架有名桥，桥因水而有名，水因桥而添彩。

也因此一个城市的美桥，能代表这个城市的文化含量和风景魅力。

也因此一个城市的美桥，能彰显这个城市的独特风格和风情韵味。

/桂湖上的桥//

如果当初在两江四湖修建的时候，我们在桥的设计和建造上更讲究一些，如果也修建成像阳朔遇龙河上的遇龙桥、扬州瘦西湖上的五亭桥、广西三江的风雨桥、北京颐和园的玉带桥、北京宛平的卢沟桥，这样的一批桥，我想两江四湖的文化含量、风景魅力、独特风格、风情韵味，一定会给世人留下更美好的印象。

桂林今天的桥，也许是个硬伤。

我不是说它不好，而是说它可以更好，而且应该更好。

/阳朔遇龙桥//

/扬州五亭桥//

/三江风雨桥//

/北京玉带桥//

/宛平卢沟桥//

/河北赵州桥//

桂林的酒

好水出好酒，这是酿酒的基本定律之一。

正因为桂林水好，所以桂林也出好酒。

传说中，茅台酒好，得益于茅台酒厂旁边的那条赤水河。传说中传得更玄乎的是，赤水河两边的酒厂成百上千个，其中不乏名牌，为什么都超不过茅台酒？那是因为赤水河在茅台酒厂的这段河床，矿物质含量最高。加上它的窖藏、粮食的筛选、所产生出来的“菌”等综合因素，造成了唯有茅台酒厂的酒最好，而不是茅台镇或者赤水河两岸的酒都好。

水是酒之血。

桂林三花酒，用的是漓江水，用的就是漓江边象鼻山的水。传说象鼻山下的漓江里有个深潭，也有说是象鼻山下的漓江里有个泉眼，不管是深潭也好，泉眼也罢，说的都是水好。说的是桂林三花酒，就是用漓江中的深潭清泉水酿出来的酒。

料是酒之本。

桂林三花酒，是以大米为原料的，而且是以纯的糙大米为主要原料的。它不像茅台、五粮液，是以多种粮食为原料的。因此，它在酒类中也有着独特的香型，区别于茅台的酱香型、五粮液的曲香型等，它是米酒香型。而且它还是中国米香型白酒的代表，被誉为米酒之王。

曲是酒之魂。

据记载，桂林三花酒的酒曲是采用纯大米和桂林特有的草药制成的。

还听说过，取名“三花”是因为三花酒色清透明，没有任何沉淀杂质。将酒倒入坛中，酒会泛起泡花；将酒倒入瓶中，酒也会泛起泡花；将酒倒入杯中，酒还会泛起泡花。我觉得这样说“三花酒”名字的来源，有点牵强，因为我试过，但凡是酒，只要你摇晃它都会泛起泡花。

姑且容我斗胆来解释一下“三花”：

就米酒香型而言，它是代表，应当可以称之为酒中“国花”。

就酒坛百家而言，它独树一帜，无愧杯中“名花”。

就开怀畅饮而言，对于饮者而言，可以绽放“心花”。

小时候我父亲常喝的就是三花酒，那时候三花酒便宜，一块一毛八一斤，好的三花酒可以卖到两块二一斤。最重要的是它可以零买，父亲常常给我几毛钱，让我去家门口的杂货铺里给他买酒，买二两酒还可以剩下几分钱，我就可以“贪污”下来买“公仔”，那是一种印着三国、水浒人物的硬纸画片。

那时候每个杂货铺里都有个专卖酱油、盐、醋和酒的木柜台，那时候的酱油、酒、醋很少有成瓶的，都是用一个个大瓦缸装着，放在木柜台的后面，售货员用竹筒子锯下一截做成的捞舀从缸子里往外“打”出来散卖。比如说酱油，五分钱一大舀，三分钱一小舀。

长大后的我很能喝酒，这跟父亲能喝酒是有关系的，也是跟三花酒有关系的。是三花酒孕育了我的酒胆，使我有了一如既往的勇敢闯荡到了今天。

桂林的土菜

桂林的土菜很有特色，我觉得它是湘菜与黔菜的“边缘”菜系，因为它很像湖南菜，也很像贵州菜，但与湖南菜的味道更靠近些。

这应该与桂林和湖南交界有关，与桂林人中十有五六其祖籍是湘人有关。而桂林与贵州虽然不接壤，但挨得很近很近，尤其是语言，桂林话跟贵州话几乎完全一样。

因而湘人黔人嗜辣，桂人也嗜辣；湘人黔人嗜酸，桂人也嗜酸。

在桂林，许多蔬菜都是可以用来泡酸的，如豆角、萝卜、黄瓜、辣椒、莴笋、竹笋、蒜头等。酸的制作颇为简单，用一陶制瓦坛，置凉水，加粗盐、白酒即可。稍复杂些可再加少许花椒和炒成焦黄状的生大米，据说加这两样可使酸坛子不发霉，泡出的酸菜更香。在桂林，酸坛子几乎成了居家必备。炎炎夏日，一碗白粥佐以少许酸菜，开胃消暑，悠哉乐哉。

与酸菜合炒肉类，则是桂林土菜的特色之一。一般的桂林菜馆，都有放辣椒的酸笋炒仔肠、酸豆角炒牛肉、酸萝卜炒腰花、毛秀才啤酒鱼之类的招牌菜，这些也都是桂林土菜的主菜。

我在桂林生活了二十来年，尽管家里的口味是以淮扬菜和上海菜为主的，但我也非常习惯于，甚至嗜好于桂林的土菜。

前文所说的那几道菜，当然是桂林土菜的招牌，不过在我的记忆里，更深刻的还有这么几道菜。

第一道菜是萝卜干炒韭菜。

那是1966年的秋冬之时，父母每天早出晚归地参加运动，独自一人在家的我要自己做饭自己吃。每天清早母亲临走时都会给我留下五分钱，那是我一天的菜金。我要是哪天偷懒了，就去“原来强”杂货铺买两分钱一块的豆腐乳下饭。要是哪天勤快些了，就会拿这五分钱到北门口的菜市场去买菜回来自己炒。那时候菜很便宜，一分钱两分钱的都可以买。卖主也不用秤，一分钱葱一分钱姜地随手抓给你。我基本上每次都是买两分钱韭菜，三分钱萝卜干。卖主看我人小，却不欺负我，随手抓一把韭菜往往比给大人的还多。

回到家里，我把韭菜洗干净，切成段。而萝卜干为了保留上面的辣椒味，随便冲冲就行，再切成丁。然后点火、倒油，先炒韭菜白色的梗和萝卜丁，加盐，加糖，加点料酒，临起锅前加入韭菜叶翻炒几下即可食了。半个月后，我自告奋勇地为父母炒了这道菜，令父母大为惊叹。

第二道菜是凉拌马齿苋。

马齿苋在桂林随处可见。它贴在地面长，红紫色的梗水灵灵的，梗上稀疏长着片片小叶。其实马齿苋是一种很好的治跌打的药，记得小时候我的脚扭了，老中医就是将马齿苋捣成泥状敷在患处，具有化瘀消肿的作用。

我第一次吃马齿苋是在四五岁时，是儿时的朋友乐乐的奶奶做的。她领着我和乐乐去铁封山边的坡地上挖了不少马齿苋，回家洗净晾过，用开水一焯即捞出来，加醋加糖加盐，加姜末、蒜末、麻油一拌，味道好极了。

第三道菜是清炒红薯苗。

初吃这道菜是在大埠乡下。那时候我正在读附中，学校派我们到大埠乡下去宣传党的“九大”精神，住在当地农民家。农民收工时顺手捎回一捆用来做猪饲料的红薯藤，但先将藤上的嫩尖嫩苗摘下自己吃，放红辣椒干炒，其味清爽无比。

第四道菜是酸豆角炒干鱼仔。

做干鱼仔的鱼，是桂林江河湖塘中特有的一种小鱼，仅三四寸长，一般叫它“苦伶子”或者“川条子”。这种鱼因为太小没法钓，即便钓也很麻烦，很难上钩，最好的办法是“智取”，当年住在八角塘时，用这个办法我尝试过。

“智取”的办法就是用一个畚箕，在其中搭几块瓦片，撒上饭粒，浸到塘边的浅水里，骗些贪食的小鱼小虾入内。这样每隔十几二十分钟起畚箕一次，总会有几条小鱼儿被捕获。如果是在黄昏时将畚箕放在塘边，第二天一早再去起获，畚箕里的川条子会更多，不少瓦片上还有它们打的“籽”。

把这些小鱼拿回家的时候，母亲会非常高兴，因为这些小鱼都是野生的，就不算是偷公家鱼塘里专门饲养的鱼了。母亲会把这些小鱼洗干净，在鱼尾前的排泄口处一挤，就可将小鱼的内脏全部挤出来，然后用文火焙干。小鱼太多的时候，母亲连内脏都不挤了，直接放到锅里焙干了。其实小鱼的内脏是可以吃的，何况焙干了以后，几乎就没有了。

然后将酸豆角切成段，放辣椒，放葱姜蒜，最好还放些毛秀才，倒些料酒与干鱼仔再小焖一会儿，起锅，头、刺均可食，其味醇香。

第五道菜是柚皮酿。

柚皮就是柚子皮。拿柚子皮入菜，首先要挑选上好的柚子皮。先将其洗干净了，去掉表面上那一层黄皮，剩下的是那一层厚厚的白色肉瓤，将其切成三角形，用开水焯一下，放凉后，将水榨干。

与此同时做肉馅，肉馅做好后，将其嵌入三角形柚皮中，坐锅点火，把肉馅那一面向下，煎至焦黄，加作料翻炒。作料五花八门的都行，但必须要有豆豉。

这道菜是真正的桂林土菜，但由于其味特殊，不少人不一定喜欢，一般吃它都是图个稀罕。不过真正的桂林人倒是有喜欢的，比如说，当年晚年的李宗仁从美国回到桂林，就想吃这道菜。

第六道菜是田螺酿。

田螺酿跟柚皮酿，还有苦瓜酿、辣椒酿、豆腐酿、马蹄酿等等，都是桂林人餐桌上的土菜。

田螺酿的关键是田螺，最重要的是要让它把泥沙吐干净，然后挑出螺肉，去掉肠子，用清水反复洗净，再将螺肉剁成末。

肉馅的做法与其他所有的肉馅做法是一样的，只不过这道菜要把剁碎的螺肉末搅拌到猪肉馅里去，再加入料酒、生抽、蚝油、蒜末，搅拌均匀，将其嵌入田螺壳中，红烧即可。

第七道菜是茄子榨炒仔鸡。

这道菜绝就绝在茄子榨身上。茄子榨是一种干菜，也可以说就是茄子干，不过是经过腌制的茄子干。广西、湖南、贵州、云南都时兴吃它。

茄子榨做起来不难，先将茄子洗净，切成条状，放在阳光下晒得蔫蔫的取回，放入蒸锅中隔水蒸熟，等放冷后放入南方特有的草果、八角、桂皮炒熟，再用一些米粉拌匀腌制。食用时将腌制过的茄子榨与半斤左右的、切成块的小公鸡肉爆炒。临起锅时，放些红辣椒碎与青葱碎，配上紫色的茄子榨，黄色的子鸡肉，绝对是一道色香味俱全的好菜。

第八道菜是荔浦芋扣肉。

众所周知，荔浦芋产于桂林的荔浦。电视连续剧《宰相刘罗锅》里说，乾隆皇帝爱吃荔浦芋，便使荔浦芋在当年身价百倍，驰名神州。

电视剧说，乾隆皇帝爱把荔浦芋蒸熟了以后蘸白糖吃，这也是当今桂林吃荔浦芋的一种最佳吃法。而更普遍的吃法是荔浦芋扣肉。

荔浦芋的口感的确与其他的芋头不同，它香糯松粉，蒸熟后雪白如霜，散发着特有的甜气，这时候蘸糖吃是最佳的。

蒸扣肉的芋头却要用生的。将其去皮切成方片，用油煎黄，再把带皮的五花猪肉，一块肉一块芋头夹好，倒入各种桂林的调料，如桂林豆腐乳、桂林三花酒，加上其他作料如酱油啊、蒜蓉啊，放入锅中蒸熟。

这道菜吃的时候必须是芋头和肉一块吃，方能吃出滋味。

第九道菜是青辣椒炒黄牛肉。

这实际是一道湘菜，湘菜里叫小炒黄牛肉。

但在我的记忆里，我在桂林吃的这道菜，要比如今的小炒黄牛肉不知好多少倍。

那是在我十来岁的时候，我母亲单位有一位她的好朋友，他是最早教我写毛笔字，临习柳公权、颜真卿，告诉我书法中有“柳骨颜筋”的阳建业叔叔，他带我到他的农村朋友家去玩。

他的朋友住在木龙洞漓江对岸的村子里，他去的时候，要在木龙洞摆渡过江，八角塘是他的必经之路，因此他捎上我跟他一块去了。

他去农民朋友家最重要的一件事就是聊天喝酒，早上去，中午喝，下午归。喝酒当然要有下酒的好菜，于是朋友上了一道青辣椒炒黄牛肉。那牛是当天清早宰杀的，肉质极其鲜嫩。尖椒是从屋后的菜园子里现采摘的，我们去时还能看见尖椒上的露水。在乡下，用来爆炒的牛肉还必须是黄牛肉。切牛肉也特别有讲究，纹理切对了，肉炒出来就能成片；纹理切错了，肉炒出来就会成坨。

当那天农民主人端出来满满一大盘爆炒的青辣椒炒黄牛肉时，那绿椒与黄肉的相配，生姜与大蒜的异香，让我情不自禁地连连咂嘴。

我至今再也没有吃过如此美味的青辣椒炒黄牛肉了，记忆中阳叔叔带我去他那农民朋友家吃的那次，是第一次，似乎也是最后一次。

第十道菜是魔芋豆腐红烧泥鳅。

这是我创研的一道菜，仅实践过一回，但却获得过好评。

魔芋豆腐大家都知道，是桂林人特别爱吃的食物，一般都拿来爆炒和红烧。泥鳅大家也都知道，也是桂林人特别爱吃的食物，一般也拿来爆炒和红烧。这两种食物都是我在桂林时爱吃的。

说是创研，实际上就是把这两道菜分别炒好后，再合起来。不合时，是两道菜，没有什么特别。合起来了是一道菜，还真是别有一番滋味。

没吃过的，自己可以试着做。做出来后，大家品尝了都觉得好吃，你可以说是郁钧剑创研的；如果做出来，大家品尝后都说真难吃，你可千万别说是我创研的。

哈哈哈哈……

桂林人还喜食一些“边缘”蔬菜，如南瓜的苗和花、花生的芽、岩石上的“雷公屎”、昙花的花，这些当年我在桂林都吃过，至今还念念不忘其味。

桂林多水，除漓江外，还有许多江河湖塘，因而水产很丰富。各种鱼或煎或炸或蒸，组成了桂林土菜的又一特色。

其中清蒸鱼的做法近似于粤菜，漓江中有一种叫剑骨鱼的鱼，据说长在江边的岩石深处，其肉细嫩无比，其味鲜美亦无比，因而如今已物稀为贵了。

桂林多山，因此山珍也是桂林菜肴的特色。过去野鸡、野鸭、野猪、穿山甲、果子狸、蛇、蛤蚧、獐子等都能在酒家食肆里吃到，如今动物保护了，就再也吃不到了。不过灵川的狗肉，也是桂林的土菜，在两广很有名，至今还是可以吃到的。但据说现在也不提倡吃了。

类似这样的桂林土菜，我还能写出许多。

吃在桂林，吃的都是些家常的东西。用桂林人的话说，都是些上不了台面的东西。桂林是座小城，是座沐浴着两千多年风雨的边陲小城。它的安详宁静和百姓善良的淳朴的风情构成了它“吃”的风格。或许你去桂林，想吃的就是这一份质朴的清纯吧?

桂林菜在北京

前二十几年，北京开了不少家桂林餐馆，但现在感觉少多了，至于还有多少家我不知道，没统计过。

说实话，桂林风味的酒店饭馆在北京经营能吸引人的地方，主要是“桂林”这个地域品牌的名声。要说菜系论味道，当然还是上不了档次的，无法与同是城市级别的店铺和风味匹敌，诸如无法与广东粤菜中的潮州菜、顺德菜，四川川菜中的成都小吃、重庆火锅等相提并论；更不能与上海本帮菜、山东鲁菜、江苏淮扬菜、湖南湘菜抗衡。在经营规模、店堂装修等方面，更是相形见绌。

但不可思议的是，一般只要吃过桂林菜的人都会觉得蛮不错，因而也常常回头再来。

吃桂林菜的还有一类常客，是在京的广西籍老乡或是曾在广西工作生活过的人士。比如说我吧，只要听说哪里有个桂林餐馆，就必定要找机会去品尝一下，以解乡思。

我记得在北京最早颇有影响的桂林餐馆，是上世纪九十年代初开在王府井附近首都剧场旁边的“清龙酒家”。老板姓文，叫玉祥。该酒家属于家族企业，当时可是父母、兄弟姐妹齐上阵的。“清龙”原来很小，只有几张台，在没有搬到首都剧场旁时，是在王府井的和平宾馆旁边的一个小院子里。记得当年桂林市委阳德华副书记和文化局的冼培芳局长来找到我，想要去拜访中国书法家协会主席沈鹏先生，我介绍去了。阳书记很高兴，要请沈老吃饭，正巧沈老的寓所就在邻近的东单演乐胡同，便就近来到了“清龙”。那晚沈老夫妇吃得满面红光，酒过三巡菜过五味后还欣然为“清龙”题匾。

到了上个世纪的九十年代中，似乎来北京开桂林餐馆的人就多了起来，但都是小本经营，一间房子，前店后厨，几张方桌，不大的买卖。那时候光鼓楼附近就有两家桂林餐馆，在新街口附近还有一家只摆有三四张桌子的桂林米粉店，我都去过，但如今早就不见了。

在那段时间里，离我们总政歌舞团很近的魏公村边上也开张了一家桂林风味小店，老板是我在桂林的旧友之妻，我也去光顾过，厨师、服务员告诉我他们都来自灵川，味道因此还算正宗。

也是在1998年时，我从正在就读研究生的北京大学放学回家，骑自行车路过四道口，冷不丁地又看见街边高悬着“桂林米粉”的招牌，便赶紧下车入座，要了碗米粉解馋。记得那家老板也是正宗的桂林人。

万万没有想到的是，就在那几年里，桂林米粉店在北京铺天盖地如春笋一样冒了出来，但老板都不是桂林人，而都是广西的天等县人。用夸张一点的话来说，整个北京城不出一里地就一定会有一家桂林米粉店，其味道绝对不敢恭维，它还不是卤粉，而是汤粉。那个汤除了咸还是咸，上面飘着两片生菜叶，两块筋筋欠欠的牛肉，再有几粒花生，还有一小袋天等特产黄辣椒酱。

我去吃过几次，亲耳听到有顾客问店老板，你们这个桂林米粉怎么味道跟我吃过的不一样啊？老板一点也不介意，竟大言不惭地用夹生的普通话说：“我们这就是最正宗的桂林米粉啦。”我在一旁听得直生气，说他，你连桂林话都说不准，还好意思说你是正宗的桂林米粉？可老板也不生气，笑笑对我说，这是我们天等县号召的创业啦，我们也要挣钱吃口饭啦。

这下把我气得更惨，但却毫无办法。

当时桂林人也有进行反抗的，因为天等人的“桂林米粉”的招牌，是红底黄字，于是反抗中的桂林人，就用了黄底红字的牌子，以说明自己才是正宗的。但北京的人哪管这些啊，吃一次骂一次，而每骂一次，就等于砸一次牌子。不到两年，桂林米粉在北京就被冷落了。如今几乎已经销声匿迹了，这是桂林米粉的悲哀。

1999年的9月9日，我与文玉祥合作，在王府井的金鱼胡同，也就是王府饭店的西面，和平宾馆的正对面，开了一家叫“全嘉福”的桂林餐馆，经营桂林菜。那个餐馆在北京可谓风光一时，可以说文艺界的同仁没有没去过的，很多人都是慕名去吃桂林米粉和桂林的酸笋。米粉倒是人人都赞不绝口，但酸笋有的人很喜欢，有的人很厌恶。记得有一位后来退休了的国家领导人，来店里吃了酸笋后，半开玩笑半认真地对我说：“小郁，你们桂林菜就是这样的，臭烘烘的？”我说：“那是闻起来臭，吃起来香啊。”而他夫人却特爱吃，在一旁说：“就是就是。”

我在全嘉福酒店还发明过几道菜，魔芋豆腐烧泥鳅，酸豆角肉丝青蒜炒五香豆腐干，这些带有桂林味道的菜，都很受欢迎。我还发明了一道油条鱼翅汤，这道菜的式样是这样的，一碗高汤鱼翅配一根油条，说油条“土”，土得掉渣；说鱼翅“贵”，贵得最酷。因此在食客中还颇有影响，有美食家问过我此菜的出处，哈哈，这是我“瞎弄”的，哪来出处啊。于是就同样瞎编地对他们说，这是桂林菜呢。

全嘉福的桂林菜大概经营了有六七年，似乎是随着“天等桂林米粉”的销声匿迹而出现颓势的，整个桂林菜在北京都走了下坡路，酒店也就转给朋友经营了，时至今日叫“止观小馆”。

后来这几年，尽管桂林菜在北京遭到了冷落，但也还是有地方可以去解“乡馋”的。全嘉福酒店的大厨阳师傅，就自己在全嘉福酒店后面的校尉胡同里开了一家桂林风味的小店。在全嘉福的斜对面，也就是当年“清龙”的那个小院子里，同样是之前全嘉福的一个厨师和他在全嘉福当过服务员的老婆，一起也开了一个经营桂林菜的“秀兰小馆”。

在南礼士路上的桂林办事处的斜对面，也有一家桂林餐馆，规模较大。非常遗憾的是，我所知道的是这三家桂林餐馆如今都没有了。

真的不知道，今天的北京哪里还有正宗的桂林菜吃。

/ 与姜昆（左一）、关牧村（左二）、殷秀梅（左四）、李扬（左五）欢聚在全嘉福酒楼 //

桂林的方言

桂林话属于汉藏语系官话中西南官话的一支，它的语音跟云、贵、川的话很像，跟武汉话以及湖南的湘西、湘南的话也很接近。

桂林话在广东被称为官话，在广西被统一叫为桂柳话，即桂林和柳州一带都用这样的语音说话。但桂林话比柳州话的棱角更少一些，语调更平和一些。

桂林话发音的位置比较“侉”，比较低，缺乏亮音，因此音量不大，这也就造成了桂林人说话有时候比较喜欢“喊”。

桂林话说起来没有“喷口”，也就是说没有“字头”，因此，不仅显得软弱，而且还有点嗲，跟成都话一样，女孩子说出来比男孩子说要好听。

小时候在家里我跟父母是说老家江苏海门话的，到了学校才说桂林话，因此，桂林人说我的桂林话“讲不栾”，“讲不栾”即讲不准的意思。也经常因为在交往中听不懂一些特别桂林的话，而闹过笑话。

记得上中学时有一位同学跑步摔跤了，膝盖擦破了皮，大家让他去医务室，他不肯去，拽来拽去他说“红拱我不去”。我不知道桂林话中“红拱”就是普通话的“反正”，结果我很好心，他不去吧，我就帮他去医务室拿来了红药水“红汞”。还有桂林话把“去”读成“克”，这应该是个古语音。好比桂林说“吃饭”，有说成“逮饭”的，这个“逮”也是个古语音。同样把“吃”说成“逮”的，有湖南湘西的土家族，有山东的烟台威海，还有东北的大连丹东。我听倪萍就用胶东话说过“逮饭”。

真正了解和学会了很多桂林的方言，是在我家搬到了八角塘以后。比如说桂林话里，特别喜欢用“水”来组词，而且词义完全是需要猜的。比如说“寡水”，就是“小气”。“你这个人很寡水”，就是“你这个人很小气”。再比如说“裸水”，就是“很脏很邋遢”。喜欢你时可以说“甜水”你，不喜欢你时可以说，原来对你很“甜水”的，现在“淡水”了。“淡水”则是指不喜欢。还有“醒水”，是表示蒙在鼓里后的“醒悟”。还有“点水”，张三给李四“点水”了，就是“告密”了。还有“反水”，是指“叛变”。还有“起水”，是指“发病”。还有“眼水”，说这个人好有“眼水”，就是说这个人好有“眼光”。说这个人好有“脑水”，就是说这个人好“聪明”哦。

桂林人除了喜欢用“水”组词，还喜欢用“火”组词。很难办得成的事叫“死火”了。心灰意冷的事，叫“冷火”了。长不大的事，叫“老火”了。让人生气的事，叫“卵火”了。

桂林人还喜欢用“卵”字组词。按道理“卵”是雌性生殖细胞的专用词，但在使用上却常常专用于男性生殖器的睾丸。桂林人的粗口痞话就多用“卵”字。刚才所说的生气的时候，要爆粗口“卵火烫”。骂人牛逼哄哄，粗口是“老卵屎”。骂人胡说八道，粗口是“瞎卵掰”。在桂林这绝不是偶尔说说的粗口，而是常用语。

喜欢把“卵”当成口头语的，还有上海话。上海人把办傻事的人，叫作“阿乌卵”。

桂林话中有许多词语跟云、贵、川的词语不仅语音相同，而且意义也相同。比如说，都把“肉”叫“嘎嘎”，都把“玩”叫“耍”，都把“鞋子”说成“孩子”，都把“河”说成“活”。

在我们歌唱中，我一直强调一个理念，就是“语言决定唱法”。什么样的语言就能形成什么样的独特唱法，这也是找到个人风格的出路。我还说过“方言是决定民族韵味的魂”，尤其是唱中国民歌，用普通话唱和用方言唱效果是不一样的。比如说，民歌中的“下河”“河边”，用普通话唱“河”，与用桂林话唱“活”，效果肯定是不一样的。当歌唱演员把“下河”唱成“下活”时，其情感一定是和我们民族的习俗相通的。

方言还是我们连接乡情的纽带。上个世纪八十年代初，在我刚到北京不久的那段时间，特别思念桂林思念父母，以至于有一次我在北京西单的大街上走着，突然听到身边侧身而过的几个人在说桂林话，我竟默默地跟在他们后面走了两三站的公共汽车的路程，为的就是听听乡音。

看着他们的背影，听着他们的乡音，我一直在想着不久前我离开桂林的那天晚上，父母把我送到了八角塘的巷子口。

我一再劝他们留步，母亲泪眼婆娑，紧拉着我的手依依不舍。

父亲没有直视我，却望着漆黑的前方，仿佛是自言自语地说：“小时候就说过，要到好远好远的地方去，如今真的走了……”

桂林的雕塑

前些日子《北京青年报》用了整整一个版面发表了一篇纪实文章，题目叫《黄熙，我为烈士塑像》。文章说黄熙是桂林的一位雕塑家，自费为我国在驻南联盟大使馆里牺牲的记者烈士塑像。文章旁边还配发了一张七八寸大的黄熙的工作照，可见媒体不仅对其政治内容重视，对雕塑这门艺术也很尊重。

照片上的黄熙挺英俊的，不愧是咱们桂林山水养育的儿女。在这篇文章发表的前前后后，北京的许多媒体也报道了黄熙的事迹，影响还挺大。其实真正影响我的，是因为他是桂林人。我离开桂林快二十年了，只要在电视上、报刊上见到有桂林的消息，我都要翻来覆去地看上好几遍。因此，关注黄熙，实际上就是关注桂林。因为多少年来，我觉得桂林作为一座历史文化名城，缺少的就是雕塑，缺少的就是雕塑家。

我记得过去桂林曾有一位很知名的老雕塑家，也姓黄，好像名叫黄君度。黄君度先生应该是他们那个年代非常著名的雕塑家。

我知道他时还很小，大约是在1972年或者1973年之间。那时候我还在桂林市文工团学员队做学员，学员队里有个从上海音乐学院分配到桂林的老师叫裘蕴清，她是我唱歌的启蒙老师。裘老师除了教唱歌外，还弹钢琴伴奏。因此，私下也偷偷地教我弹钢琴。在我学琴半年左右后的一天，裘老师带我去了黄君度先生家，因为黄家有一架当时在桂林私人家里屈指可数的立式小钢琴，裘老师要我在黄家的钢琴上“展示展示”

她的教学成果。记得那是一个初夏的黄昏，我与裘老师在学员队里吃过晚饭就去黄家了。当时的学员队在如今市体育馆附近的群众艺术馆里，出门向右穿过正阳路有一条青石板铺就的小巷，黄家就住在小巷深处的一座两层楼上，门前有竹篱笆，竹篱笆后有盛开的夹竹桃花。

黄家用现在的话来说是很有艺术氛围的。屋里零散地放着些雕塑成品或半成品，还有少许字画。这一切已经足以让我感受到在那个年代很难感受到的艺术熏陶了。因此在那个晚上，我弹没弹琴、弹了些什么已经记不住了，但黄先生的家，却深深地记在脑海里了。

黄先生那天不在家，修长而文静的黄夫人说他不太爱见人，听说你们要来便“躲”出去了。裘老师说，他太胆小了，并告诉我，黄先生在“文化大革命”前就是广西数一数二的雕塑家，像柳州鱼峰山上的“刘三姐”，就是他的作品。

写到这里，我突然觉得这黄熙是不是应该跟他有点什么关系呢？

城市雕塑，是一座城市文化文明的最典型的象征。而这种象征，在欧美被体现得淋漓尽致。尤其是在欧洲，但凡世界上闻名的音乐家，如贝多芬、李斯特、莫扎特、柴可夫斯基、舒曼、肖邦，无一不有雕塑耸立在街头，受人敬仰。近代的日本、新加坡也不甘落后，城市塑像随处可见。连中国的鲁迅，在日本的仙台市也有一席之地。

桂林没有雕塑，一直是我耿耿于怀的事情。到了近些年，桂林总算有了颇有代表性的、在南门桥头屹立着的四尊民族歌舞塑像。据说很多人批评它不好，但我觉得总比没有好。因为每当人们经过那里时，视觉的感受就会让人们牢牢记住雕塑这种艺术形式的存在，从而潜移默化地扩展受众的审美载体，提高受众审美的情趣与能力。

桂林能做城市塑像的题材包罗万象，神话的、现实的、古代的、当今的。就拿人物来说也是数不胜数。因为来过桂林的文人墨客实在是太多了。如唐宋时期在桂林留下足迹或诗篇的大文豪大诗人杜甫、韩愈、白居易、李商隐、柳宗元、黄庭坚、范成大等等。要说近代，到过桂林的文化名人、政治名人那就更多了，文化名人如欧阳予倩、郭沫若、夏衍、田汉、何香凝、徐悲鸿、巴金等等，政治名人如孙中山、康有为、周恩来、邓小平、陈毅、李宗仁、白崇禧等等。

假设我们在古南门榕树下的黄庭坚系舟处塑上黄庭坚的像，在宝积山下的八路军办事处前塑上周恩来的像，在解放西路的艺术馆前塑上欧阳予倩的像，在独秀峰前塑上孙中山的像，在叠彩山上塑上康有为的像，凡此种种人物塑像有朝一日或站或坐或青铜或白玉地在桂林的各个文化风景名胜古迹处塑起，那么来桂林观光的中外游客在领略了举世闻名的桂林山水后，便会领略到比山水风光更为厚重的另一道景观，即文化名人在桂林无处不在。或许，这也就能让世人更加强烈地领略到桂林文化名城的名副其实，增强桂林文化旅游名城的“含金量”。对于桂林百姓来说，也能增强一分自豪感和凝聚力。

因此，我想《桂林日报》是不是也应该登一张黄熙的七八寸的大照片，也来个大篇幅宣传宣传桂林市的雕塑家。因为桂林有雕塑家不容易，桂林市的雕塑事业不容易。

这是一篇写于二十年前的文章，今天收入本书，别有一番滋味和意义。二十年的呼喊依旧停留在一张纸上，便使这番滋味与意义更多了一层滋味与意义，让我们去咀嚼。

桂林的格局

这个题目有点吓人，也有点大，它真不应该由我来写。但这确实又是我对桂林的一种感觉，是生活在桂林二十多年来的一种切肤感觉的铭刻，是我离开桂林这四十多年来的一种深切情感的流露。

因为在我的身上，对工作生活的态度，人际交往的品行，艺术作品的风格，行为举止的做派，无不留下了桂林山水的痕迹。

山水的存在，应当可以说是格局的存在。

一条漓江由北向南，造成了整个桂林市的城镇走向，标志着它的南北方向“强”，东西方向“弱”。

沿经市区的漓江两岸，应当说都是些小山小水，山不峻峭，水不湍急。人们依水而居，沿山而作。如此平平坦坦、悠悠缓缓的山水自然正与桂林人的性格相呼应：清秀有余，雄浑不足；散淡有余，进取不足；精明有余，成事不足。

而桂林城的东西方向却是有大山大水的，如东面有“大不过尧山”的尧山；西面有“高不过侯山”的侯山，而且在明朝以前隐山一带有方圆七八百亩的西湖。这些本来可以平衡阴阳、平衡刚柔的东西方向的大山大水，却在历史上都被桂林人忽略了。

好在近二三十年来这种忽略得到了一些补救。临桂新区的建成，使桂林城市的版图向西扩张了许多，市区的格局就不再是一条狭长的江滩了。城市方正了，更加丰满了。

尽管临桂的并入方正了桂林的格局，但依我所见，桂林还应该往更宏大的方向发展。古人之所以要在城西的西山、隐山修筑西湖，在西湖边上还修建有西庆林寺（据载，此为唐代的佛门圣地，亦为当时南方的五大禅林之一，在今天的隐山上，尚存佛龛90余座，造像242余尊）；之所以在城东的尧山建设皇陵，在尧山上修建有天赐田寺，与西山的西庆林寺遥遥相望，似乎就是为了桂林的格局，为了人民百姓的幸福安康。

在本书的《桂林的湖》这一章节中我提到了桂林的西湖，我从老书上读到过，当年桂林的西湖，背靠西山，方圆就有七八百亩水面，隐山之所以有其名，就是因为其隐在西湖之间。每当莲花盛开的季节，花香鸟语，湖光山色，美不胜收。记得20世纪80年代初，我们刚搬到骝马山的时候，我在山前山后“走马观花”，旧时西湖的残痕还依然可见。现在想想多可惜呀，这也就是二三十年前的事，如今那些西湖的残痕已经荡然无存了。

听说，现存西湖的西面，有一大片湿地，市上有意保留与开放，我以为这是功在当代利在千秋的事。

我以为，尧山上曾经有过的天赐田旁边的那座天赐庙，以及据说从秦朝的时候就有的尧祠，几千年来山前坡后还曾建有的尧庙、寿佛寺、白云观、祝圣庵，以及明朝靖江王墓群、清末岑毓英墓等胜迹都应该得到市上有意的恢复与修缮。其实重建这些名胜古迹并不复杂，全国各地许多当年曾毁于战火的古寺名刹都是今人重建的。只需在重建处立一块碑，上面镌刻“此寺始建于某某年，毁于某某年，重建于某某年”即可。试想一下，我们把尧山上的尧祠尧庙重建后，也在旁立一块刻有始建于公元前200年的秦朝、重建于今天字样的碑刻，它不仅印证着桂林历史的悠久、文明的古老，而且能激励桂林人胸怀开阔、文化崇高。

前文说了，在旧时桂林的西山麓前，西湖边上、隐山怀中，还有一座在盛唐时期就与重庆大足圣寿寺、云南鸡足山佛寺、贵州扶风寺和广东南华寺齐名的西庆林寺，当时就被列为南方的五大禅林之一。据考证，现在的西山苏军烈士墓就在西庆林寺的旧址上，那高高大大的基座，我觉得很有可能就是当年“大雄宝殿”的基座。西庆林寺香火最盛的时候百僧齐聚，寺院坐北向南，依山麓之势，前低后高，系三进布局。可见其巍峨气派。如果有幸西庆林寺也能重建，同样也在重建后的庙宇旁立一块刻有重建字样的碑刻，与东面的尧山形成香火上的呼应，共祝愿苍天保佑桂林苍生的平安福祉，岂不同样是美哉善哉?

我认为格局是客观存在的，也是可以人为地去改变的。

桂林在中国，曾经有过国内为数不多的文化名城的盛事。1938年到1944年抗战期间，有数以千计的文化人云集桂林。闻名全国的名流大腕都不下二百人，给桂林写下了在中国当代文化史上浓墨重彩的一笔。然而令人痛心的是，除了解放西路的当年由戏剧大师欧阳予倩主持筹建的“广西省立艺术馆”至今仍然保留存在外，其余所有文化城的痕迹都销声匿迹了。像郭沫若的、徐悲鸿的、田汉的、夏衍的、郁风的、黄苗子的故居等早已灰飞烟灭。

我们不应当小看这些遗迹的存亡，因为它们的存亡，同样是一种气场，一种格局的改变。而且它们的存亡与改变，还会直接影响桂林历史文化名城的含金量。

我曾经在“广西省立艺术馆”这个院子里工作生活过近八年的时光。新中国成立后组建的桂林歌舞团就在这个院子里。院子并不大，二分之一的面积是艺术馆建筑群的范围，余下的二分之一是歌舞团的工作生活区。我常练声的地方是新中国成立后艺术馆的贵宾接待室，当年周恩来、陈毅等先贤就在这里喝过茶，聊过戏。1975年，中央民族歌舞团到广西来招生的李培良老师，就是偷偷地站在这接待室的窗外，听了我的练唱，才决定引领我去北京深造。1978年，著名作曲家施光南也是站在这个窗外，听了我的练唱，而与我合作创作了多首歌曲，引领我从此走上了自己写词谱曲的道路……因此我常常觉得，这一切的发生是艺术馆气场好、格局大的缘故。我因此从这里走向全国。从这里走向全国的还有电影《刘三姐》的扮演者黄婉秋。

还有一种解释，格局也就是风水。

所谓“风”，就是元气与场能；所谓“水”，就是流动与变化。风水的核心思想是人与大自然的和谐，达到“天人合一”。

“天人合一”是一种理想境界，是我们可以去努力创造的生活生态环境。

因此，城市是客观存在的，城市的风貌是可以人为地去改变的。

“回乡演唱会”的始末

2021年5月15日在桂林举办的“回乡演唱会”已经圆满地结束了，这等于是给我从业五十周年的纪念活动画上了一个圆满的句号。

本来是不想举办这次活动的，因为在我从业四十周年的时候，就曾经说过不再准备举办什么五十周年、六十周年的活动了。因为当时想，退休了嘛，就应该消停了，不折腾了，也没有理由折腾了。但是没有想到的是，在我2016年退休的时候，阴错阳差地被聘为了在成都的中国-东盟艺术学院的院长。不久我又在北京开办了郁钧剑的声乐公益教室。这样无形中变成了我退而不休，又从事了所谓的教育事业，走上了一条

当老师的道路。于是呢，很多的学生就说，老师你都从业五十年了，为了你走过的道路，也为了你如今的道路，更为了你今后的道路，怎么说也应该要搞一个纪念活动。

我一想，说得还是挺有道理的。

后来也联系了保利剧院、国家大剧院这些北京的大型艺术场所，既然搞活动嘛，就想在北京轰轰烈烈地搞一次。但仔细一想，尽管是退而不休，但实际上毕竟自己已经是个退休的旧人、老人了，真没有必要这么张扬了，应该低调一点为好。冥冥之中，突然觉得有个声音在告诉我，你应该回到桂林去，回到生你养你的桂林去做一场纪念演出。

这个声音挺神奇的，既柔情似水，又斩钉截铁。容不得我做更多的考虑，很快我便与我的团队决定，将这场演唱会搬到桂林。毕竟我离开桂林四十多年了，从来没有在家乡做过这样的演唱会，没有给那里的山山水水和父老乡亲做一次养育之恩的报答。

其实桂林对我而言，已经是一种记忆了。因为离开桂林已经四十二年，父母早已经去世，我唯一的一个大哥也于前年去世。人们经常说父母在家就在，父母不在了家就不在了，所以桂林对我而言，更多的只剩下了一种记忆。但是乡情是永恒的，童年的故事、少年的传说，是永恒的。

我经常说我已经很长时间不说桂林话了，但是很奇怪很有趣的是，在我读书的时候，看报的时候，写文章的时候，往往潜意识里面都是用桂林话在进行的。我经常想改变一下这样的状态，于是我就换成普通话来念，来看，来写。但是又总是在不知不觉中，回到用桂林话的思维状态中去了。

所以我说这实际上也是一种血脉相承，我觉得我把这一次演唱会放到桂林，也就是我们常说的我们的根在哪里，什么是根，怎么报答。这次演唱会，就是诠释了“树高千尺也忘不了根”这个道理。

这次演唱会非常成功，首先得益于给我赞助的各位好朋友。尤其是知道我遇到了资金困难，立马就解囊相助的一些好兄弟、好大姐。

这次演唱会的“始作俑者”是一位在2020年11月就答应给予我资金支持的企业家，等我们的团队在北京联系好了曾在2008年奥运会、G20杭州峰会、国庆70周年人大会堂晚会、天安门焰火晚会以及建党100周年鸟巢晚会负责音响、舞美的团队后，并于2021年2月底到了桂林，商签了意向，一切案头工作准备就绪了，结果那位说好赞助的企业家却因为企业资金遇到了困难，无法兑现承诺。

这下我着急了。

这次演唱会，我不想用公家的一分钱。真正实现一个游子“回乡”的愿望，是靠自己的能力实现这个“回乡”的愿望。

但是没有钱这个愿望的实现是万万不可能的，所邀请来的演出嘉宾因为都是我的至爱亲朋和学生，不给钱不付报酬是可以的，但所请到的那些国家一流音响、舞美团队的设备费、人工费以及将器材从北京拉来的运费，总应该付吧？要知道后来光音响、舞美设备就拉来了九大卡车。所以说，没有钱对我来说是件迫在眉睫的大事。

正好3月北京在开“两会”，不少香港政协委员中我的好友也来了，在会后相见时，我有意无意地说起了这件事，没想到香港的杨大姐、志胜老弟立马慷慨解囊，每人赞助一百万。很快四川的吴先生、广东的荣卿兄也给予了如此赞助。同时，上海的董大哥，北京的陈先生，桂林的黎福超先生、席国际先生、王保良先生、林海先生以及发小马昌林都纷纷解囊，使这台演唱会的初始，大有雨过天晴的灿烂之光普照。

有了钱，尤其是有了“自己”的钱，腰杆自然就硬了，准备工作自然也就顺了。在桂林的发小，四十年前桂林文工团学员队的同窗习永光、杨俊新、史克林、尹晓珍以及桂林演艺集团的简宁、友人徐伟等鼎力相助，使准备工作稳稳当当地进行着。

演出定在5月15日，我是5月10日回到桂林的。

从5月1日开始，中国-东盟艺术学院第二届“郁钧剑民族声乐高研班”第二阶段在北京集中学习开始了，一共学习了七天，从1号到6号。“一对一”的教学，我担任了六天。7号一早我就到成都去了，8号在成都整整听了一天中国-东盟艺术学院这两届研究生的学习阶段的汇报，其中有声乐的、钢琴的。9号我又参加了一场母亲节的演出。10号回到桂林后，一直到15号整整五天，我每天都在体育馆的现场，从装置舞台、安排节目，到组织排练，事无巨细。因为我知道“细节决定成败”，我不放心啊，我是第一次回到家乡给父老乡亲们举办演唱会啊。

非常感谢的是家乡的领导此时站到了我的身后。

新上任的市委书记、老市长周家斌指示，桂林市的有关单位一定要全力支持这场演唱会。市政协主席、老宣传部部长陈丽华，安排了各种协调。时任市委宣传部副部长时曦主持有关会议，并安排桂林市委宣传部作为主办单位，将演唱会纳入桂林市纪念“中国共产党成立100周年”活动内容。

从5月9日开始，演唱会的舞台就在桂林体育馆搭台了，体育馆的工作人员说，从来没有见过这么浩浩荡荡的九卡车的舞台装置器材从北京拉来。当舞台装置好了以后，工作人员又说，也从来没有见过如此宽大、气势磅礴的舞台。

从5月11日开始，演唱会的执行导演、舞台监督、音乐总监等从北京到桂林就位。

从5月13日开始，广西交响乐团到达桂林，在体育馆合乐排练。这次广西交响乐团组织了最强大的队伍，共有八十位乐手。我又从桂林歌舞团老团里面请来了胡剑平、朱小音、谭戈等弦乐手加盟，还请到了广西师范大学的一百位学音乐的学生组成合唱团。如此乐队阵容，并现场演奏整场的演唱会，成为桂林音乐史上的最佳之一。

也是从5月13日开始，来自全国各地的近百名歌唱嘉宾陆续到达桂林，进入排练。

/杨澜//

5月15日的演出非常成功。从网上统计的数目来看，当晚演唱会直播流量共计2052万。

当晚首先上场的是主持人杨澜。风度翩翩的国嘴说：

“各位亲爱的嘉宾，各位朋友，女士们先生们大家晚上好。

“我是杨澜，非常荣幸担任今晚演唱会的主持人，你们好吗？

“风吹潮涌千帆尽，万木葱茏气象新，在这样一个美好的季节，桂林可以说是喜事连连，今天它迎来了自己远方的游子，我们在这里进行‘郁钧剑从艺五十周年回乡演唱会’，今晚也是民族音乐的盛宴，再次欢迎各位远道而来的朋友和我们桂林的父老乡亲。

“郁钧剑先生是久负盛名的歌唱家、艺术家、声乐教育家。今晚他将与他在歌坛合作多年的亲密歌友，以及他的学生们，还有中国爱乐乐团常驻指挥夏小汤先生、广西交响乐团的艺术家们联袂出演，用一片深情来表达对家乡对祖国对时代的深厚情感，同时也是表达对这片山水的滋养、家乡父老培养的感激之情。郁钧剑先生祖籍江苏，出生在咱们桂林，可以说这里的山水、音乐、文化和人情滋养了他，培养了他。所以他说：‘爱人生，就自然会爱桂林，因为我出生于斯。我爱父母，也自然会爱桂林。’这份爱这份情一直体现在他的音乐和歌唱当中，他说啊，离开桂林四十多年，平时他已经很少说桂林话了，但是你说有没有趣啊，每当他读书、看报、写作的时候他心里默念的都是桂林话。我想听到这儿咱们桂林的父老乡亲也会用桂林话这么说一句，‘这个小把爷唱得好好哦’。

“所以我们可以看到一个人对家乡这种深厚的情感。我想说今晚的演唱会是一次回归，是人的回归，是音乐的回归，更是精神的回归。”

杨澜能来，我真的挺感谢她的，因为主持人是门面啊，主持人的好坏，可以决定演唱会的分量、质量。因此她是这场演唱会我第一个邀请的人，早在三个月前就请她把日子定死了。杨澜很守信，之后遇到其他所有的邀请，她都婉言谢绝了。而且她还是以赞助的身份来担任主持的。

第一个节目是我和五位青年男高音演唱的《我爱你中国》。陈永峰是他们五位中第一个与我相识的，那是在2001年的时候。陈永峰可以说是他们那个年龄段的佼佼者，长期在二炮文工团，也就是后来的火箭军文工团担任独唱。他是中国音乐最高奖“金钟奖”民族唱法比赛中最早获得金奖第一名的男高音，后来长期担任他们团的歌队队长，直到该团解散。

永峰是位有担当的歌手，跟我有了更多的联系是在2014年，他筹备了“中国声乐男高音艺术研究会”，当时非常艰苦，他请我去讲课，在北京东五环外的一个很偏僻的文化站里，但很有人气。小小的剧场里，会聚了来自全国各地的百十位男高音歌友。2017年的时候，我受聘在中国-东盟艺术学院当院长，我支持他将研究会挂靠在我们学院，在成都正式成立了。全国各地居然来了四五百位男高音歌友。大家选他当了研究会的会长，我们在一起举办了“第一届‘金伯利之夜’民族男高音演唱会”，并举办了持续七天的“民族男高音论坛”。

永峰现在在海南发展，把当地的民族音乐事业搞得轰轰烈烈。

其中吕宏伟，名字相同，但此宏伟非彼宏伟。吕宏伟比王宏伟年纪要小不少，两人演唱状态、演唱风格都不一样，吕宏伟也是他们那个年龄段的佼佼者，也曾拿过中国音乐最高奖之一的文化部声乐大奖。他长期在武警文工团工作，并担任了武警文工团男声合唱团团长，也是一直到武警文工团解散。

宏伟是在2006年作为由我组队的中国文联代表队队员参加了中央电视台的“青歌赛”，那时候我们开始有所接触。

我被他的好嗓音和音乐感折服，但也为他的运气欠佳而打抱不平，在当今民族男高音中有很多流传的歌，都是他首唱的，如《扎西德勒》《又唱小白杨》《故乡有话告诉你》《草原恋》《扯开嗓子一声喊》《棒棒捶在岩石上》等等。我老说他是狗熊掰棒子，他一脸委屈地回答我，我没平台啊。

武警文工团解散后，他与我一同来到了中国-东盟艺术学院，让我特别感动。现在他是中国-东盟艺术学院音乐与舞蹈学院的副院长，硕士研究生导师。

曾勇和孔庆学比他们俩年纪要小，是2016年开始与我切磋唱歌的，在2017年的中国音乐最高奖“金钟奖”民族唱法比赛中，都获得了金奖，可见两人的实力都不可小觑。

开场第一首歌由他们四位“陪”着我唱，是我极大的荣幸。为什么说“陪”呢？因为毕竟是我的回乡演唱会，用这个字虽不妥不礼貌，但是是实情。

我特别喜欢《我爱你中国》这首歌，唱这首歌的时候有一种神采飞扬的自豪感。在我所策划组织的几百场演唱会当中，我几乎都会唱这首歌，因为着实喜欢。

/左起：曾勇、陈永峰、郁钧剑、吕宏伟、孔庆学//

/左起：郁钧剑、乔佩娟（原总政歌舞团政委、解放军艺术学院政委）、瞿琮（原总政歌舞团团长、解放军艺术学院院长）、傅庚辰（原总政歌舞团团长、解放军艺术学院院长）、陈晓光（原文化部副部长、中国文联副主席）//

这首歌是我们总政歌舞团的老团长瞿琮先生作的词，战士歌舞团大作曲家郑秋枫作的曲。我们总政歌舞团的大指挥家胡德风在上个世纪的八十年代就曾带我到广州东山战士歌舞团的宿舍区拜访过郑老师。

这次演唱会我把瞿琮团长从广州请来了，他夫人和女儿全家都来了，有点遗憾的是没有请郑老师。

第二个节目是于海洋演唱的《那就是我》。于海洋是2014年经刘和刚介绍来到我家让我“听听”的。多年来，在孟玲、李谷一等老师的帮助下，他越唱越好，终于在2017年的中国音乐最高奖“金钟奖”民族唱法比赛中，获得了金奖第一名。

在演唱会上让他率先出来演唱，是因为他要赶晚上十点的飞机去上海转道再去南京，所以，让他唱完了便去机场。在此之前曾劝他别来了，但他说郁老师回家乡，他应该跟着来。

因此，他在演唱会上说，我把这首唱故乡的歌曲，用我的情，用老师的爱，献给桂林的父老乡亲。

/2014年于海洋在我家让我”听听“，钢琴伴奏邓垚。
图中站者，左：于海洋；右：丁金龙
图中坐者，左起：邓垚、王未名、李玉、郁钧剑//

/于海洋//

第三个节目是“中国-东盟艺术学院第二届郁钧剑民族声乐高级研修班”部分学员集体演唱的经典歌曲《父亲的草原母亲的河》。

这首歌也是我最喜欢的歌中的一首，选择放在回乡演唱会上，是最合适不过的。我给同学们说，虽然唱的是父亲的草原母亲的河，但是到了桂林，我们就要感觉是在唱父亲的山母亲的水。我们都要想到歌中的那段歌词，“虽然已经不能用母语来诉说，请接纳我的悲伤我的欢乐，我也是高原的孩子啊，心里有一首歌”。我们还要想到，面前就站着我们的父母，我们正在把心中的这首歌，唱给他们听。

我在课堂上经常要求同学们站起来齐唱这首歌，经常有同学会唱得泪流满面。

在全场观众合唱《父亲的草原母亲的河》的歌声中，第一组歌的演唱结束了。应当说，观众的极其热烈的掌声和叫好声，证明了这场演唱会的开门红。

紧接着，第二组歌唱登场。

第一首歌是临时加的。大概是在4月中旬的时候，曾经来过北京我的公益教室切磋的，百色学院音乐学院的教师刘俊玮来电话，希望能给广西的民族男高音们一个展示的机会，他的建议非常好，我立即同意并请他来组织人员。那唱什么歌呢？考虑再三，觉得由家乡的人唱家乡的歌更合适；而家乡的歌中，唱桂林的歌更合适；而桂林的歌中，唱我写的歌最合适。于是，想到了我在1981年左右自己作词作曲的歌《故乡小唱》。

当时这首歌由中国唱片社录制成唱片，在全国还很流行呢。

写这首歌的时候，我刚离开桂林，思乡得不得了。刚离别家乡的人，都会有这种感受。因此，这首《故乡小唱》我是一气呵成的。

我写道："山峰秀，流水清，如画如诗故乡景。山水里长大，山水里成人，山水里有一颗父母心。人生征途千万里，难忘故乡山水情。

"蜜甘甜，酒香醇，如蜜如酒故乡音。乡音里重温孩提乐，乡音里常思念众乡亲。人生得意千百回，难比醉在乡音里。"

5月14日排练的时候，被我聘来做总导演的，原桂林市文化局副局长，歌舞团团长，也是我的好朋友杨俊新对我说，既然这首歌有八个人唱，不仅有广西南宁的、百色的、柳州的，还有你们北京来的王龙、曾传伟，为什么不加几个桂林的歌手呢？我一听有道理啊，说那太好了，

赶紧加吧，你是老团长了解情况，你说加谁？于是杨俊新就给我们增添了两位桂林当地的女歌手。而且整首歌的舞美在视频上，都配置了桂林山水的旖旎风光，从而将这首歌的情感表达得更加充分和浓烈。

《故乡小唱》后连续上场的是一组歌友们的独唱。

分别由广州来的贾双辉演唱了《中国喜洋洋》，重庆来的袁晓璇演唱了《长大后我就成了你》，沈阳来的王志昕演唱了《我深爱的故乡》，北京来的孙维良和杨西音子，分别演唱了《什么也不说》与《父老乡亲》，贵阳来的穆维平演唱了《情姐下河洗衣裳》，成都来的谭学胜演唱了《船工号子》。

/ 夏小汤 / 贾双辉 //

在这七位歌友中，有两位女将，一位叫袁晓璇，一位叫杨西音子，两人都是毕业于中国音乐学院的研究生，是当今歌坛上民族女高音的佼佼者。袁晓璇目前在重庆师范大学音乐学院当老师，是上一届和今年这一届，连续两届中国音乐最高奖“金钟奖”民族唱法重庆赛区的第一名。

杨西音子是贵州的水族，现在就职于中国歌剧舞剧院，是本届中国音乐最高奖“金钟奖”民族唱法贵州赛区的第一名。

/袁晓璇/杨西音子//

她俩在歌唱上都颇有追求。这次在演唱会上两人唱的都是经典的老歌，袁晓璇唱的是《长大后我就成了你》，杨西音子唱的是《父老乡亲》，两首歌都有相当大的难度，不仅要有掌握民族韵味的本领，还要拥有完成歌唱的技术和技巧。两人的演唱均获得了雷鸣般的掌声，标志着她们在民族声乐演唱上不断的进步与未来将取得的成功。

在这一组演唱者中，原战士歌舞团的歌唱家贾双辉，在广东地区独领风骚。原海政文工团的歌唱家孙维良，在人民大会堂举办过独唱演唱会，是当年海政文工团最具实力的男高音之一。其他三位——王志昕、穆维平、谭学胜都是音乐学院的顶梁柱，中青年教学的领军人物。其中王志昕是沈阳音乐学院的教授，他的演唱高亢嘹亮，讲究咬字吐字，极富乐感。穆维平是贵州大学音乐学院的院长，他整理翻唱的仡佬族民歌

/孙维良/王志昕//

/谭学胜/穆维平//

《情姐下河洗衣裳》，曾风靡民族歌坛，歌曲的旋律极具贵州的民族风情，歌中有至少六个以上的高音HighC，彰显了歌曲的难度与技巧性。维平在演唱中，采用了方言演唱的方式，使歌曲的民族风格格外浓郁，从而使之成为民族男高音的代表性曲目。谭学胜在西藏当过兵，之后到中国音乐学院师从金铁霖老师，如今担任了四川音乐学院声乐歌剧学院院长。我戏称维平和学胜是当今民族歌坛上的地方“诸侯”，其中也包含着对他俩在民族声乐的地域性上有更多担当和贡献的希望。

第三组登台的八位全是“90后”，其中六位都还是在校的研究生。

业内普遍认为，一般的男高音都是在三十岁左右才持有稳定的演唱状态，因此，“90后”能登上舞台独唱，确实说明了他们学习上的努力。

第一位登台的叫邓超然，在八人中年纪最小，1996年生人，中央音乐学院的硕士研究生。其中蒋志伟、何凡和他都是校友。与他们一样同是研究生的还有来自解放军艺术学院的何旭、四川音乐学院的刘泽昆、四川师范大学音乐学院的路志尧。崔鑫和冯金伟原是武警文工团男声合唱团的战友。目前崔鑫仍在团里唱歌，而冯金伟已转业到北京歌剧舞剧院，并获得了第十三届中国音乐最高奖“金钟奖”民族唱法的金奖。

邓超然

崔　鑫

何　旭

蒋志伟

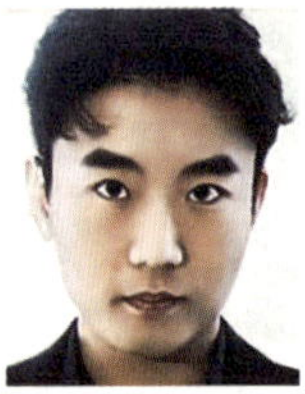
路志尧

刘泽昆

何　凡

冯金伟

八位“90后”歌手，在歌唱上各有千秋，但都代表着新时代的民族男高音的发展趋势。

第四组嘉宾就有点年纪了，就不是“90后”了，而可以说是当今民族歌坛上最有希望的崛起力量的一部分。

演唱《大江南》的是来自浙江的王昭璋、来自四川的雍建军和来自湖南的郁留成，他们在浙江、四川、湖南等当地都是享有盛名的青年歌唱家。尤其是我的本家郁留成，刚从中国音乐学院研究生毕业被分配到湖南，就获得了本届中国音乐最高奖“金钟奖”民族唱法湖南赛区的第一名。

雍建军的性格我特别喜欢，无论我是上课，还是讲座，每次他都来，而且都要背着照相机、手提笔记本电脑，还随时架起手机当录像机，像个记者似的满教室、满会场乱窜。要是别人我肯定特烦，但看着他一脸认真的样子，又不忍心呵斥他，就让他窜吧。

他上课的时候小动作特别多，鼻子嘴巴眼睛眉毛，手和脚都要不停地动，我曾经开玩笑地说，差点要把他两只手绑起来，让他唱。我说他的时候，他还喜欢做个鬼脸，于是我就对满教室的同学说：“你们看，雍

/左起：雍建军、郁留成、王昭璋//

老师在我背后恶狠狠地瞪我呢。”逗得全场哄堂大笑。我叫他老师，因为他确实是老师，是四川音乐学院民族声乐系的年轻老师。

他一脸委屈地说：“老师我哪敢瞪您啊，我天生就是这个表情。”结果全场又哄堂大笑。

我让他把手放直了唱，不许有任何表情地唱，假装“傻”着唱，还别说，还真有效果，当他不动时，声音也不紧张了，高音也畅通了，也能“关闭”了。平心而论，雍老师的唱功也属上乘的，与昭璋、留成一样，当属他们各自所在省份唱得最好的民族男高音之一。这次他们强强合作，联袂演唱的由赵季平作曲、廖勇作词的《大江南》，同样获得了一阵阵的喝彩。

紧接着演唱的三位，曾勇和孔庆学前文说过，他俩都是上上届“金钟奖”金奖的得主，毛一涵是上届“金钟奖”金奖的得主。

于海洋、曾勇和孔庆学一同参加了上上届的“金钟奖”，分别获得了金奖一、三、四名。

那届“金钟奖”比赛采用了“盲听”。所谓“盲听”就是在选手与评委之间树起了一道屏风，评委只能闻其声不能见其人，评委全凭听到的屏风后的那个声音打分。

组委会为此还想出了一个办法，列出了一个规定，即我们评委与选手是不住在一起的，分别住在不同的饭店。比赛时，两点钟上车，三点钟到现场，上车后收手机，评委都得把手机交出来，等评委交完了手机以后，现场那边才开始抽签。所以，即便你是我的学生，但你抽了几号，你都没法通知我。因为，我们没手机了。

那么选手站在了屏风的后面，谁的声音好，谁声音的穿透力强，谁就能够胜出。当年于海洋、曾勇、孔庆学，由于学了咽音，增强了咽壁力量，靠声带积极的闭合，使声音的力度、密度和强度，都有了进步，更有了穿透力，有了金属声，于是就脱颖而出了。

那次同是评委的张也老师看见了曾勇，就问我，郁哥，你看那个是不是曾勇啊？我说：是。她说：他怎么又来了？她这个“又来了”不是恶意的，意思是说，这个曾勇来过很多次了，每次成绩都不错，都是差一点进入有名次的决赛。如此这般，这次再来，如果没有太大的进步，那不就会重蹈覆辙吗？我觉得张也老师的这种认识，可能是不少评委的共识。结果没想到，因为是“盲听”，谁也没听出来曾勇的声音发生了巨大的变化，最后现场一亮分，曾勇名列复赛第一。这说明什么问题呢？这就说明了“盲听”的好处。

孔庆学是云南藏族，有一年他请我去到他的家乡举办讲座，在路上我问他：“你是藏族，应该有藏族的名字啊。”他告诉我说，他原来就有藏族名字，叫格桑旺丹。我说你不用这个藏族名字实在太可惜啦，你要是在过去的各种声乐比赛当中，用的是这个名字，使大家都知道你是藏族的歌手，那么可能你早就获奖了。而且你在“金钟奖”上获得了金奖，如果你是以藏族歌手的名字出现的话，那么报道一定会更加热烈。肯定是一件不得了的大事。

后来我帮他改了个名字，改成孔庆旺丹，不过鲜见他用。

曾勇和庆学唱的都是我改编的民歌。

曾勇唱的是根据四川民歌《我望槐花几时开》改编的《槐花故事》，在原曲的中间增加了两大段三拍子的故事。故事是这样写的：“高山上家门口，栏杆边一树槐，情哥哥当兵去，临行时把它栽，栽树时告诉幺妹此一去，翻山又过海，想念时到树下，鸿雁会捎信来。岁月走两三载，小苗也长成材，兵哥哥锦书来，问花开没开，花开时喜鹊唱哥回来，红烛花轿抬，傻幺妹日夜盼，树下常徘徊。”

这段词曲都是我新创作的，在演唱中获得了好评。

无独有偶的是，孔庆旺丹唱的也是我根据云南民歌改编的同名民歌《大河涨水沙浪沙》。两人对新作品的演绎，完成得都相当棒。而且两人歌风的民族特点也越来越浓烈，令人赞叹不已。

毛一涵还在读金铁霖老师的博士生。她与我切磋的方面是我加强了对她咽壁力量的训练，使她高音状态更加结实，更富有金属声。这种力量的加强，对她的花腔是很有帮助的。这次她在演唱会上演唱的《千年的铁树开了花》，创作于上个世纪的六十年代，是中国声乐史上花腔女高音最成功的作品之一。应该说一涵咽壁力量的长进，使她这首歌唱得不亚于前人，演唱中途不断地获得了掌声。

/孔庆旺丹（孔庆学）/曾勇/毛一涵//

接下来乐队和合唱团该休息一会了。但演唱会并没有安排中场休息，我怕偌大的体育馆，乌泱泱的四五千人，一休息就没谱了。而且庞大的曲目量，也不允许安排休息。

在乐队和合唱队下场的间歇中，主持人杨澜出来进行了互动。老练而睿智的她，用极有魅力的单口秀，完全把控了全场的情绪。

杨澜说，我想问问现场的观众，谁是听着郁钧剑老师的歌声长大的，请举手。结果引来了一片呼叫。杨澜惊叹，哦！都是吗？全场说都是。杨澜说，我看到有些白发苍苍的耄耋老人，这边还有中年人、年轻人，还有十几岁的青少年啊。我们在后台跟郁钧剑老师调侃过，你真是年轻的老前辈啊，已经从艺五十周年了啊。郁老师对我说是啊，我从十五岁就开始学唱歌了，所以你想一个人五十年的从艺生涯，整整半个世纪，陪伴了三代人的成长，这是多么幸运的一件事情。可以说呢，郁钧剑用他的歌声见证了一个时代的变迁。

杨澜接着互动，那么年轻的观众要问，郁钧剑老师到底是个什么样的人呢？我给观众透露啊，先卖点关子，只说他一个特征啊，那就是他胆大。当她说到这儿，只听得现场观众一片笑声，其中还有观众说，我知道。杨澜调侃他，你怎么知道的？其实他一点都不胆大，他连毛毛虫都不敢捏。

那为什么我说他的胆特别大呢？

杨澜说，郁钧剑老师在他年轻的时候啊，就去了对越自卫反击战的前线，去战地慰问最前沿的将士。什么叫最前沿呢？也就是说吧，对方的敌军士兵长什么模样都能看得见，而且他完全是在对方的射程之内的。他就在这种艰苦和危险的条件下，给将士们唱歌，居然毫发无损。此刻杨澜还忘不了幽默一把："我估计是对面的士兵也听了，这么好听，让他多唱一会。"这又引来了全场一阵欢笑。

杨澜说，这个说起来好像是个玩笑，那当时的确是要冒着生命的危险的。而且见证了他的这段非凡经历的领导、前辈啊今天也来到了演唱会的现场，我们一并向大家介绍一下。当年带队，也就是带着郁钧剑老师去到我们前线慰问将士的乔佩娟女士，她是当年总政歌舞团政委、解放军艺术学院政委，也是我们熟悉的民族歌剧《小二黑结婚》第一代小芹的扮演者。乔老师请您起立一下，接受我们大家对您的敬意啊。

在全场极度热烈的掌声和欢呼声中，乔佩娟政委起立向大家致意。

杨澜接着说，看乔老师身姿多么挺拔，你们都想不到她今年已经八十九岁了。就这句话，再一次引起了潮水般的掌声。也可以说呢，她是看着我们郁钧剑老师成长的啊。还有一位呢，是当年就在前线的原第47军军长、中国人民解放军副总参谋长钱树根上将，他也是耄耋之龄啊，今天也来到了我们的现场。

如此的介绍，同样激起了热烈的掌声，充满着敬意的掌声。

杨澜接着说，我问过郁钧剑老师当年有什么难忘的经历，他跟我分享过这样的一个片段，当年去前线的时候，有三个非常年轻的士兵，在一起闲聊的时候就对他说，将来啊等我们从前线回来，你一定要到我们家乡去唱，到那个时候我们再来听你唱歌，但是郁老师告诉我，这三个年轻的士兵都没有能够从前线回来。所以每一次他唱起战士的歌，就充满了感情。这种感情不是为了某一个舞台、某一个镜头来表演的，这是

/应邀参加演唱会观摩的还有我所尊敬的老领导熊光楷、朱小丹、曹伯纯、钱树根、侯树森、乔佩娟、瞿琮、覃志刚、刘晓琨、张文学、周家斌等//

来自他心底的深厚的感情，我们把掌声送给郁钧剑老师吧。这样一个用真情演唱的人，也一定会获得观众真情的回馈。

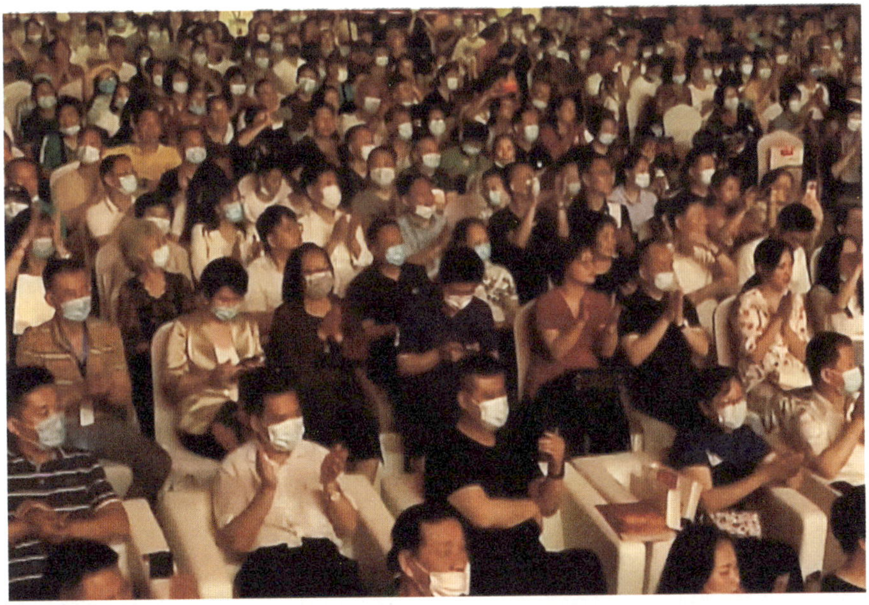

在乐队和合唱队休息的间歇中，演唱会安排了三组小合唱。第一组小合唱是由少数民族歌手，也都是我们教室的歌友，联袂演唱的经典歌曲。首先上场的是锡伯族的吴扎拉·涛与蒙古族的阿娜，他们是两口子。吴扎拉·涛应该是我们民族声乐界最高学位的获得者，是中央民族大学民族音乐方面的博士后，现在在湖南人文科技学院音乐学院担任院长。阿娜就职于中央民族歌舞团，两口子合唱的布里亚特民歌《小草》，真是夫唱妻和，开场开得不错。紧接其后的是敖程勇演唱的《天路》，在男声版中，可以说是最具风采的演唱之一。壮族歌友韦誉演唱的《山歌唱出好兆头》，土族歌友、今年中国音乐最高奖“金钟奖”民族唱法青海赛区第一名的张明旭演唱的《扎西德勒》，蒙古族歌友刘少峰演唱的《天边》，藏族歌手莫斯满和陈正平演唱的《再唱山歌给党听》，以及齐唱的《青藏高原》，给演唱会刮起了一阵民族风韵的飓风。特别懂欣赏和珍爱民歌的刘三姐的故乡人，格外青睐这一组的歌声。

莫斯满

刘少峰

陈正平

张明旭

韦　誉

敖程勇

阿　娜

吴扎拉·涛

第二组是女声小合唱，参加演唱的十位女将，都是女高音，都是各领风骚的女高音。

/左起：杨西音子、巫海侠、何智慧、赵洋洋、张宇、李梦佳、赵艺宇、刘茹梦、王珂迩、袁晓璇//

刚才唱过独唱的杨西音子和袁晓璇分别把住了两头。左起的第二位是来自上海音乐学院的在读研究生巫海侠。第三位是毕业于西安音乐学院的研究生何智慧。第四位赵洋洋也是研究生，却来自东北，毕业于哈尔滨师范大学音乐学院。第五位张宇，研究生毕业，是四川音乐学院的声乐教师。第六位是原战友歌舞团的李梦佳。第七位是来自江苏省歌舞剧院的赵艺宇，她还有一个名字叫赵嘎嘎，是毕业于中国音乐学院的研究生，也是今年中国音乐最高奖“金钟奖”民族唱法江苏赛区的第一名。第八位是四川音乐学院的在读研究生刘茹梦。第九位的学历最高，是中国音乐学院的在读博士生王珂迩。王珂迩的名字不好叫，好多年前第一天到教室来，我把她叫成王可爱，后来便一直叫她可爱了。

这十位青年女高音歌唱家中，有所谓的纯民族唱法的，也有所谓的纯美声唱法的，还有既不是美声，也不是民族的唱法的。我把她们“凑”在一起，是因为独唱的位置实在是有限，要是放在平常，她们都是可以响当当地担任独唱的。

把她们“凑”在一起，我也是希望她们通过合作相互地取长补短，因为在一起唱歌，互相能听到别人是怎么唱的，于是是可以互相“照顾”的，而这种“照顾”的过程，就是一个学习的过程，一个互补的过程。

当天晚上她们联袂演唱了四首歌，分别是《渔家姑娘在海边》《九儿》《微山湖》《家和万事兴》。每一首歌都抒发着她们年轻的声音，展示着她们靓丽的风采。

男声小合唱，是我们分别在成都、北京举办了多届的“民族男高音演唱会”的撒手锏，每次他们的登台都会赢得满堂彩。一片片的欢呼声，一阵阵的口哨声，伴随着浪潮般的掌声，响彻着演出的现场。

此次演唱会，他们依然是重头戏。

/左起：王超、李鹏飞、路志尧、胡伟利、雍建军、郁留成、宋玉鹏、张卫亮、刘文彪、崔鑫、李凌利、李传龙、王继明//

在当晚的演出中，唯一没有按节目单走的曲目就是他们这一组。因为在下午彩排的时候，我突然觉得他们这组联唱的曲目安排得过于丰满，因此，也就过于冗长。我准备删曲目，但删哪首呢？手心手背都是肉，最后割爱把我自己作词的那首《没有强大的祖国　哪有幸福的家》给删掉了。

大家把他叫作超哥的王超，与湖南歌剧舞剧院的李传龙，以及中央民族乐团的李鹏飞首先联袂演唱了《北京颂歌》，一开嗓就有一种石破天惊的气势。原本与超哥站一起演唱此歌的是中国歌剧舞剧院的男高音郭煜，郭煜撞上了剧院的排练，没有来成，于是李鹏飞便欣然顶上。三位青年歌唱家不负众望，在此歌最后的高音部分“美好的前程”，采用了“飙歌”的形式完成，将“英雄男高音”的高音辉煌发挥得淋漓尽致。

雄浑过后是清秀。艺术规律上有一种说法，就是反差越大效果越强烈，因此，紧接着《北京颂歌》的是一首非常抒情的三拍子军旅歌曲《青青草原上》。这首歌的曲作者是印青，印青的旋律是作曲家中我最喜欢的旋律之一。由于对他的旋律有一种“癖好”，以至于早年在我创办的，总策划、总导演的“百花迎春——中国文学艺术界春节大联欢”中，有过整场晚会使用他的曲目竟占有三分之二比例的事情发生。

我安排了崔鑫、宋玉鹏、张卫亮、刘文彪四位抒情男高音联袂演唱这首歌，轻松活泼、优美飘逸的歌唱，像一股清泉流淌着。而李凌利、李传龙、王继明的《大开江》，以及他们与胡伟利、郁留成、路志尧、雍建军等集体合作的《骏马奔驰保边疆》《走进香巴拉》也都让观众如痴似醉。

值得一提的是李金华，他是“90后”的四川音乐学院的研究生，也是我们高研班的学员，我安排他在《走进香巴拉》中担任了领唱。一年前我在雍建军的课堂上听过他唱，那时候的他唱歌几乎不用咽腔，因此声音中缺乏亮音。这对男高音而言，是严重的缺失。这段时间他的进步很大，因此，我安排了他领唱，这是对

/李金华//

年轻人的一个鼓励，因为年轻人是民族声乐的希望。

必须要提的是钢琴伴奏蒋赛。

蒋赛来到我的教室担任主力伴奏，是五年前的事了。那时候他就是一个气质出众、相貌出众的小帅哥。非常奇怪的是，我居然在一年多的时间里都叫不准他的名字，一会叫他蒋其，一会叫他蒋帅，弄得他也别扭，我也尴尬。有一次丁金龙提议，要不你叫他蒋赛赛肯定就不会叫错了。唉，我觉得这个建议非常好，于是采纳了，就叫他赛赛，从此再也没有叫错。

蒋赛赛不是弹钢琴出身的，而是在四川学习声乐，在莫斯科学习合唱指挥，因此，他弹歌唱的伴奏是最合适的。我一直认为钢琴的教育应该分钢琴演奏与钢琴伴奏两个专业，因为钢琴伴奏并不是很需要弹奏李斯特、弹奏拉赫玛尼诺夫、弹奏勃拉姆斯、弹奏肖邦的技巧，而真正需要像赛赛这样懂歌唱、懂和声、懂即兴伴奏的从业人员和专家。

/蒋赛//

赛赛对工作极为热情、认真、负责，而且知识渊博，但凡与他交往过的人都会对他交口称赞。现在他也是我们中国－东盟艺术学院特聘钢琴伴奏。

时间过得真快，转瞬演唱会就快到尾声了，在乐队和合唱队再次上场前，主持人杨澜继续与现场互动，其中她给大家介绍说，这场演唱会郁钧剑老师没有花“公家”的一分钱，顿时赢得了全场极其热烈的掌声。

同样在极其热烈的掌声中，四位当代民族声乐年轻一代的中坚力量，陈永峰、吕宏伟、降央卓玛、刘和刚先后登台。

陈永峰和吕宏伟分别演唱了自己的代表作品，《我是一条小河》和《又唱小白杨》。

/陈永峰/吕宏伟//

在这场演唱会的筹备过程中，原来并没有确定要邀请降央卓玛来，虽然说有一次在中央电视台《回声嘹亮》做她的专访时，她是把我以老师的身份作为她的嘉宾请去的，正如她在节目中所说的那样，我只是多次带她随我做团长的“中国艺术团”出访过多个国家。对她的出场、谢幕和装束都有过要求，当然我也多次要求她多练哼鸣，并示范过怎么练哼鸣。但毕竟没有所谓的在课堂上“上过课”，她称我为老师，是她对我的尊重，是一种心地的善良。

没有想到的是，我在5月9日成都的一次母亲节的演出中与她相遇了。丁金龙在跟她的助理闲聊时，说我15日在桂林有这么一个活动，结果没有想到她11日回复我了，说经过她重新安排日程，推掉了三场演出并于14日来到了桂林，这让我特别感动。

降央给我的印象就是朴实。我曾经在多个场合说过，我是从唱片里认识的降央，是降央那当今歌坛极难听到的清新、清纯、亲切的歌声感染了我。降央不善言谈，但特别知道感恩。在我多次请她参加活动后，有一年安排了她与我同唱一首《卓玛》，临上台前我突然看见在她拖地的藏袍里没有穿鞋，是光着脚的。我很惊讶，事后我问她为什么呀。她说，老师，我个子一米七多，要是再穿高跟鞋就超过你啦。不知为什么，当听完她这句话后，仿佛有一股暖流冲击着我的心扉。

/降央卓玛//

那天晚上降央唱了两首歌，都是她的原创歌曲，令我刮目相看，因为她在朝着拥有自己的作品的方向努力着。演出完后，在后台她见到了我，更令人感动的是，她双手合十地对我说“谢谢老师请我来唱歌”，并流下了激动的泪水。

降央唱完是刘和刚登台，真是一个巨浪紧接着一个巨浪。

和刚是2000年春天来找我“听听”的，当时他还是解放军艺术学院孟玲老师的学生，在此之前他曾多次与我联系过，说要来“上课”，要来唱给我“听听”。但我一直没有答应，不过因此我也去了解了他，知道了他的一些大概。如是孟玲老师的学生，那也是蒋大为兄的学生，所以我想，如果我接纳了他，会不会惹麻烦啊？

那年春末夏初的一天，在我总政歌舞团的宿舍门上响起了一阵敲门声，我从门镜里往外一看，是他来了。我想他终于来了，并寻思着怎么拒绝他。

打开门，他一半腼腆一半胆怯的样子站在那儿，勾起了我的一点恻隐之心，拒绝的话便说不出口了。

我让他进屋了，我看见他手上拎着两瓶酒，我想他可能知道我爱喝酒。再仔细一看，是两瓶尖庄酒，我知道那酒不是好酒。当时我的心里咯噔一下，一刹那间我决定让他唱给我“听听”。

为什么？因为我从酒的品牌上，看出了他是个苦孩子。

他应该是没有钱买更好的酒来拜师学艺。

从此我们就有了缘分，一直走到了今天。

那天他唱了两首歌，一首是《父亲》，一首是他自己作词作曲的《撸起袖子加油干》，受到了观众热烈的欢迎。在两首歌之间他说了一段感人肺腑的话：

“今天我感到很高兴，开心，幸福，为什么这么说呢？今天必须要感谢一个人，这个人就是我的恩师郁钧剑先生。2000年跟郁老师学唱歌，到现在已经二十一年的时间，我今年四十有余了，这么算起来，有一半的时间都跟郁老师在一起。所以，此时此刻我要代表我自己谢谢老师对我的关心、爱护、帮助和教育。其实此时此刻我也想代表今天上台的所有学子，向老师致敬，向桂林人致敬。”

/刘和刚（左）与夏小汤（右）/刘和刚//

哎呀，满腔对老师的挚爱，化作了一句“向桂林人致敬”，顿时赢得了山呼海啸般的喝彩啊。

“从艺五十周年，在建党一百周年之际选择回到桂林，回家演唱，这是一位艺术家的情怀，家国情怀啊。所以我说我幸福、我荣幸跟老师来到桂林，所以在这里我也代表我的老师，感谢家乡的父老乡亲。”

我深深地被和刚的真诚和大爱折服。

最后一组的演唱嘉宾应该说都是我五十年歌坛上所积攒下来的，这次能够来的最亲切、亲密、亲爱的兄弟姐妹。

首先登台出场的女中音歌唱家姜丽娜，是我在总政歌舞团的战友、中国音乐学院的校友。从1983年开始，我们就同在北海后面的恭王府，老的中国音乐学院校园里学习。那时候我去上大学，是总政歌舞团保送去的。在该校学习的还有一位属于团里保送的女歌唱家，时任总政歌舞团合唱队政委的乔佩娟，便嘱我每个月都要给那位战友代领工资、粮油票，并带到学校。正好姜丽娜与其同宿舍同琴房。而由于那位女战友社会活动繁多，十次去琴房几乎十次都只能见到姜丽娜，于是，从那时起我们就成了朋友。

1986年的时候，姜丽娜从中国音乐学院毕业，被分配到了总政歌舞团。第二天，她就与我一起跟着此时已是总政歌舞团政委的乔佩娟上了对越自卫反击战前线的老山。

2003年我转业走了，她也成了老同志，担任了总政歌舞团合唱团的团长和总政歌舞团的声乐指导。

后来我2016年退休了，受聘担任了中国-东盟艺术学院的院长。不久她也退休了，我便又把她聘为中国-东盟艺术学院音乐与舞蹈学院的学术院长。

从此我们又成了战友、校友了。

第二个登台出场的是佟铁鑫，他比我小两岁，严格来讲他跟我是一代人，都是七十年代末，八十年代初，初出茅庐的歌坛新人。那时候跟我们前后脚的“新人”还有殷秀梅、关牧村、张暴默、郑绪岚等。蒋大为兄比我们要早一些，成方圆比我们要晚一些。

铁鑫与秀梅、牧村是施光南老师最好的哥们，当时施光南老师写的歌，尤其写的“男歌”，都是铁鑫首唱。那时候施光南老师对我也挺好的，我跟施老师是在1977、1978年的时候，他到桂林采风时认识的，他曾经还为我写的三首歌词谱过曲。1979年我考上总政到北京后，与施老师便续上了联系。于是从那个时候开始，我就与铁鑫成为朋友了。

这次铁鑫能来参加我的回乡演唱会，是我们四十多年友谊的见证，也是我们四十多年友谊的必然。

第三个登台出场的是李丹阳。丹阳比我小可能有十岁，她应该是与宋祖英一拨的。丹阳出道的时候，她有个亲戚在北京的月坛开了家重庆火锅店。年轻的我们喜欢吃火锅，也就常常到那家火锅店去聚，一来二往，也就结下了这份好朋友的缘分。跟丹阳合作是在香港回归那年，国家在人民大会堂办了一台盛大的庆典晚会，安排了我与她合唱开场曲，于是朋友的缘分就更深了一步。

丹阳的歌唱跟她说话一样，很有个性，很有四川人的个性，泼泼辣辣、直直爽爽的。我蛮喜欢这种个性的，这么多年来，在她的这种个性的氛围里，我也感受到了友情的直率与真诚。

/姜丽娜/佟铁鑫/李丹阳//

就像我把蒋赛老叫错，而改叫了蒋赛赛一样，我开始也老把姜丽娜叫错，叫成姜大丽，叫来叫去，很多人就跟着我叫姜大丽。

演唱会上大丽唱了《吐鲁番的葡萄熟了》，铁鑫唱了《多情的土地》，丹阳唱了《亲亲的茉莉花》，三首都是经典。而他们三位也可以说是歌坛上的经典人物了。经典的歌曲由经典的人物来唱，必定会掀起一个又一个的高潮。

吕继宏的登台出场把演出推向了又一个高潮。

我一直说，继宏是我们这一代民族唱法中嗓子本钱和乐感最好的，其实唱歌无非就是靠这两个基本的条件。所以我说，继宏是民族唱法“60后”的领军人物。

因为说他是“60后”的领军人物不会得罪人，起码不会得罪我们这些“50后”的人。

我跟继宏热络起来是近十来年的事，因为随着年纪的增长，我们这一代歌者大多数人的嗓音都有了变化，而继宏却没有，反而是越唱越好。

2003年后，我到中国文联担任了一定的职务，负责组织大型文化文艺活动。我常常想到的参与者就是他，还有张也。因此，在我所策划组织的“百花迎春——中国文学艺术界春节大联欢”，从2003年到2016年这十四届中，几乎每届我都必须请他们俩。尤其是到了后来，他们几乎成了我的所有晚会中依靠的对象。

我记得有一年“百花迎春”，作曲家印青向我推荐了一首他在甘肃文艺采风时新创作的歌曲，叫作《甘肃老家》，我拿到谱子后一试唱，顿时觉得这是首好歌，是一首可以唱响的歌。当时，我完全可以留下来自己唱，但是我想到了继宏，想到了他是甘肃人，想到了他的嗓音条件比我好，完成此歌的演绎会比我更方便。于是，这首歌我请他来唱了。

我们之间的友谊没有功利，只有事业。

所以，继宏在他演唱的两首歌之间，也像刘和刚一样说了几句引起全场轰动的话。他风趣地说：

“我看前面主持人、刘和刚老师说了话以后，我们都没话说了，不知道我能不能说两句话。”观众们一阵欢呼，期待他说话。

他说：“非常高兴能够在郁老师郁哥的带领下，回到他美丽的家乡为各位做现场的汇报演出，谢谢。其实郁哥在北京，甚至在全国，专业上的朋友很多，但是为什么只带我们几个人来呢。”此时他停了下来，卖了个关子，又引起了全场的一番骚动。然后他才说：“因为我们关系最好。”这句话同样赢得了全场会心的雷鸣般的掌声。

他还说：“郁哥搞这场活动，其实挺不容易的，自己策划，自己筹资金，自己带了很多观众过来。郁哥你真不容易，谢谢。开句玩笑啊。我知道今天晚上是座无虚席，一票难求。再一次祝贺郁哥五十年艺术生涯辉煌灿烂，我期待你下一个五十年!”

话音刚落，顿时掀起了山呼海啸般的欢呼声。

在山呼海啸般的欢呼声中，继宏演唱了他的代表作《咱老百姓》，引来了全场的同声高唱。

/吕继宏（前）与夏小汤（后）/吕继宏//

最后登台的嘉宾是张也妹妹。

我管张也叫也也，管吕继宏叫继继，这些都是我们生活中很亲密的称呼。

我跟张也的合作从上个世纪八十年代就开始了，好像最早唱的是《蝴蝶泉边》。百度上可以找到当年的视频，我和她都穿着白族的服装，在一群白族姑娘小伙的翩翩起舞中演唱着这首歌。环境中有花有草，有树有水，虽然都是假的，在摄影棚里做出来的，不过这可是当年最高级的拍摄了。

后来我和张也的这种合作一发不可收，仅在中央电视台的春节晚会上就合作唱过三首歌，分别是1997年的《黄河鼓震》，2000年的《家和万事兴》，2002年的《知足者常乐》。哈哈，不过现在也也不和我合作了，而改和继继合作了。不过也无所谓，肥水不流外人田嘛，好事不进别家门嘛。

也也妹妹是踏着掌声走上舞台，融入掌声唱完第一首歌的。没有想到的是她也在第一首歌唱完后讲话了，她说："我们都是郁哥哥的好朋友，我看下面坐了很多郁哥哥的老领导、老师长、战友、朋友、家人，还有他桂林的父老乡亲们。我们是台上的演唱者，还有我们的指挥家，我们的乐队，我们的合唱队，我们都用自己的方式，表达对郁哥哥的爱。"

全场顿时一片"哦"的欢叫声。

"我们这一次跟着郁哥哥一起回到生他养他的桂林，我们用歌声祝福他家乡的父老乡亲，祝福所有在座的朋友，生活幸福美满，万事如意。"

也也的话语是高潮后的又一个高潮。

是山呼海啸般的欢呼后，又一个山呼海啸般的欢呼。

在也也妹妹的《走进新时代》歌唱后，我作为那晚的"主人"、主角，趁着观众对也也的掌声和欢呼声走上了舞台。

/张也//

其实这时候我非常累了，真有点走不上台去的感觉。算一算，从5月1日在北京的高研班开始，到15日的演出，整整半个月，可以说我真的一点休息的空隙都没有。

尤其是15日当天，一大早起来就去了体育馆，做最后的舞台验收，也就是把所有的舞美灯光以及舞台的装置仔细地看一遍，还要看视频所选择的画面对不对。再有入场票实在太紧张了，按常规给主办单位桂林市委宣传部，至少要800张票，结果我们连80张都拿不出。所以，怎么在不影响消防通道的状况下，加一些位置，这些别人确实也不敢负责，也得要我来确定。因为毕竟这场演出中间的环节太多，方方面面的协调都是很麻烦的事。幸亏北京有丁金龙、李玉、郑国梁、周智的团队，幸亏桂林有习永光、尹晓珍、杨俊新、史克林、简宁、徐伟的团队。

早上体育馆忙完了，中午又赶回香格里拉酒店，金伯利钻石集团的董事长董大哥专程从上海来为我举办欢迎宴会，宴请多年对我关照的部分老大哥、老领导，有北京来的解放军上将熊光楷、钱树根、侯树森等，有全国政协常委、港澳台侨委员会主任、广东省原省长朱小丹，有全国政协常委、教科文卫体委员会原副主任、中国文联副主席覃志刚，以及广西的老领导、自治区原党委书记曹伯纯，自治区人大原副主任张文学，广西军区原司令刘晓琨，以及我的老领导乔佩娟、瞿琮等将军。他们是我拟邀请的尊贵的嘉宾名单上的百分之九十八，我特别感谢他们的到来。

也感谢桂林市委书记周家斌，他对他们发表了热情洋溢的欢迎词。

饭吃完了，本想休息一下，但下午一点半体育馆的最后彩排将正式开始。按常规我的节目在后面，掐时间我可以在下午三点后再去现场，但不放心，还是早早地去了。幸亏去了，体育馆里与演出无关的人员相当多，看来我只能“发火”了。我大喊一声，无关人员请出去。结果这一喊，我心想糟糕，嗓子顿时感觉也冒火了。也是幸亏我去了，在现场对女声小合唱、男声小合唱的曲目临时做了删减和调整，这样才保证了晚上的演出效果。

拖到了五点钟，精疲力竭地回到了离体育馆数百米远的临时休息地，想睡一会睡不着，爬起来还得自己洗头吹头，乔装打扮一番好晚上上场。

六点半又往体育馆赶，要与主持人对词，要迎接嘉宾，一直到上场的钟声响起，音乐响起。这时我还得上台与学生一起演唱开场的《我爱你中国》。

开场唱完后，我“瘫坐”在舞台侧的入场口，一直观看着台上的演出。警察与保安看见是我，也就默许了我坐在那里。入场口是个斜坡，我坐的椅子只能是仰后斜着的，不知道是谁一直站在我的身后，用身体将椅子顶直了，让我坐好。还有人过来给我按肩膀，说实在的当时太累了，竟没有记住这两个好人是谁。

我坐在台侧的样子，被细心的观众看见了。后来在“我是郁钧剑”的公众号里有一个叫高嘉敏的歌迷，专门留言说：

“您的从艺五十周年演唱会，却把舞台都留给了年轻人，看着您独自坐在台侧的角落里，默默地注视台上学生们的演唱，一阵莫名的心酸涌上心头，才渐渐明白您的良苦用心。五十年，半个世纪，多少付出，多少坚持，多少经典，多少辉煌，您却能如此云淡风轻，轻描淡写，怎样的胸怀与气度！看着您略显疲惫地上台，寥寥数语却有些哽咽，才了解您对家乡的热爱与想念从未改变，而我想爱您的人也未曾改变。六十多岁的老人，每天二十个小时的排练，每一个节目每一个细节都亲自指导。演出当晚，近四个小时，静静地坐在那里，认真聆听每一位歌手的演唱，直到最后时刻，才慢慢起身，走上舞台，却依然把最饱满的热情留给观众，把演唱会推向高潮。演出结束后，看着您满是汗水，让人心疼，是真的累啊。本该享天伦之乐的年纪，您却依然在为民族歌唱的未来而努力，为您钟爱的事业而拼搏，这样的您叫人怎能不爱？永远支持您，祝福您，幸福安康！”

上台前我真有上不去的念头，除了感到很累，也想到了自己真是挺老的了，因为65岁的生日已经过了，已经66岁了。已经确实是高龄了。能走到今天，就是在践行着自己从小学到过的一句话吧，叫作有一分热就要发一分光。然而，这时的耳边又响起了另外一个声音，面对着我们现在民族唱法的这种局面，面对着民族男高音的这种局面，作为一个过来人，为了这个事业，也为了这个行当，你今天就是在发一分热，发一分光。

那天我真是被搀扶着走上台的。当我略有蹒跚之感地走到台中间时，面对着满脸慈爱、满脸期待的父老乡亲，一股暖流瞬间涌上心头。在那一刹那，我想起了逝去的父母，想起了自己的童年、少年，想起了无数熟悉的桂林的故人面孔，这些一刹那的想起，同时也一刹那地凝聚成了一种力量，我一口气唱了三首歌，把对这一切的爱，都倾诉在了歌声中。

在我唱最后一首歌的时候，所有参加演唱会的嘉宾和歌友，都回到了台上，与我同声高唱着，当年我之所以离开桂林的答案——《当兵干什么》。

显然大家都被感动了，台上台下一片激情澎湃。

大家欢呼张也，欢呼吕继宏，也欢呼佟铁鑫、李丹阳、姜丽娜，欢呼刘和刚、陈永峰、吕宏伟、降央。

我说，请吕继宏带领我们再唱一首《再见了，大别山》，让我们把歌中的大别山唱成桂林，唱成自己的家乡。

狂热的观众不肯“放过”我们，我们又加唱了《不忘初心》。

忘情的观众仍然不肯“放过”我们，张也提议说：“我们唱个桂林的歌《多谢了》呗。”没有伴奏，大家清唱：

“多谢了，多谢四方众乡亲，我今没有好茶饭，只有山歌敬亲人。

“莫讲穷，山歌能把海填平，上天能赶乌云走，下地能催五谷生。

“取笑多，画眉取笑小阳雀，我是嫩鸟才学唱，绒毛鸭仔初下河。

“多谢了，多谢四方众乡亲，我今没有好茶饭，只有山歌敬亲人。”

演唱会落幕了，从晚上七点半准时开演，到结束时已是晚上的差五分钟十一点，居然没有一个人退场。

据说，此后的半个月，回乡演唱会依然是桂林人闲谈中的话资。

更没有想到的是，回乡演唱会在全国也引起了巨大的反响，尤其是在声乐界。

时到今日，每当回想起演唱会的情景，就会由衷地感叹，为什么演唱会会有如此的成功？因为我们唱的是乡情。

乡情是人生旋律的重要主题。

诗人艾青说过，为什么我的眼里常含着泪水，因为我对这土地爱得深沉。

我郁钧剑也斗胆地在《家在桂林》中说过：“我爱人生，就自然会爱桂林，因为我出生于斯。我爱父母，也自然会爱桂林，因为我的父母埋葬在这里。”

我的从艺五十周年的纪念活动就这样过去了，将来还会有六十年、七十年，甚至一百年。希望我们大家都好好地活着，六十周年的时候再见。

哈哈，但愿如此。

/左起：佟铁鑫、张也、郁钧剑、吕继宏、李丹阳//

钧剑从艺五十周
回乡演唱会

后　记

这本《桂林拾遗》曾答应出版社要在四五月份交稿的，但的确因为太忙，竟一拖拖了三四个月。

2020年初，疫情来临的时候，政府为了百姓的健康安全，号召宅家，我马上响应，随即决定借此机会写书，并拟出了写书的方向。开始只拟了两本，一本是《郁钧剑 · 民族唱法131例》，另一本是《置剑梅隅 · 郁钧剑格律诗词选》。第一本有近30万字，第二本字数倒不多，但是是格律诗词，要检查声调词牌、格律平仄、标点符号等等，特别费精力和时间，加上《郁钧剑 · 民族唱法131例》一书越写越“难”，许多论点必须反复地查资料文献进行考证，因此，两本书整整写了一年。

在这一年间，看见了案头上一直准备着回答《关于东镇路历史文化调研》的提纲，也就在不写这两本书的时候，当作换换脑筋去写了他几句。不承想一写又放不下了，这样就出现了要写第三本书的冲动和行动。

在2020年年中的时候，人民音乐出版社接纳我《郁钧剑 · 民族唱法131例》的书稿，令我特别高兴，因此也就特别来劲。不久北京出版集团也接纳了我的诗词选集书稿，再次令我特别兴奋，因此更感到了干劲十足。其间，北京出版集团的领导、文化行家康伟先生又建议我在诗词选集中加入我的字画，这当然是锦上添花的好主意，必须采纳。

兴奋之余与康先生聊到，我有个“郁钧剑民族声乐公益教室”，自从宅家后学生们、歌友们不能来上课了，便自发地组织了一个“拉·丁群”，每天大家都到群里来相互问好请安，再聊聊唱歌。而我呢，也就在每天早上写他个百八十字的短文，算是个互动吧。结果大家对这些文字都很喜欢，纷纷转发。于是又有人劝我是不是应该结集出版，否则浪费了可惜了。这又是一个锦上添花的好主意。

康先生听到这个说法后说，今年正好是你从艺五十周年，完全应该多出些“纪念品”，你先整理整理，如合适，我们出版社当然可以考虑。就这样，第四本书的工作又摆在案头的议事日程上了。

这时候，就已经开始忙得左脚打右脚了。除了文字量的加大，诗词选集里面的字画也是需要花大量的时间去组织和编辑的。

我把每日一篇发在群里的短文收集成册，取名为《花乡日记》，因为我现在居住的地方就是在北京的西南隅，一个叫花乡的地方。取名《花乡日记》，于地缘、于文化、于现实都是我特别喜欢的。

在整理短文的时候，突然发现其中还有许多关于歌唱方面的交流问答。因为我不是说了嘛，我们这个“拉·丁群”，除了每天的相互问候请安，还有就是只聊唱歌。所以在唱歌方面，也有很精彩的内容。于是助理丁金龙就对我说，干脆把这部分内容与公益教室里的一些讲课作为“声乐笔记”整理出来。这的确也是一个锦上添花的好主意，我头脑一热，又把这个计划放在案头上了。

这下第五本书就出来了。

“既来之则安之”，写吧。趁现在自己还“年轻”。

在正常的情况下，我每天都是早上五点左右必定坐在书桌前的，写到八点吃早饭，再打个盹，然后又开始写。中午有一个小时左右的吃饭和午休时间，再继续写到晚上的八点半或者九点，过十一点睡觉。日复一日。

更加高兴与兴奋的是，前两本书《郁钧剑·民族唱法131例》和《置剑梅隅·郁钧剑格律诗词选》已经出版,《花乡日记》也即将由北京出版集团出版。

算算这五本书，将近写了150万字。不算不知道，一算吓一跳。一天写5000字，满打满算，至少得写上小一年。回过头来一看，还真把自己吓了一大跳。

严格说来，这本《桂林拾遗》是在疫情之前就计划写的，是五本书的第一本，没想到的是它却成了五本书中最后完成的一本。

写得慢的原因，是在写它的过程中，最多地触动了我心底的痛。我不止一次写出了哽咽，写出了泪水。我知道这本拾遗，将是我对桂林的最深沉的眷念和最后的爱。

既然是最后的拾遗，我想为我岳父也留下一笔，因为在桂林乃至整个广西都曾留下过他的足迹。岳父叫杜西书，福建人，1931年参加工农红军。1949年随解放军第四野战军南下解放桂林，解放全广西。是1950年广西第一届人民代表大会代表，是军事组七位委员当中排名第一位的委员。他还参加过十万大山的剿匪战斗。后回到北京工作，一直在海军担任要职。

我在这里说到他老人家，没有任何显摆的意思，只是作为他的后辈，想借此机会也纪念他一下，就像纪念自己的祖父和父亲一样。

/我们和岳父岳母//

最后，当然要感谢漓江出版社的张谦总编辑，感谢小辛，感谢谢青芸。

特别要感谢的是漓江出版社，请“漓江”出版社出版我的“桂林”拾遗，我觉得是最合适不过的了。也是我的心愿。

也了了我的心愿。

2021年9月9日于北京三乐居